# 1/2 的谢尔盖

[俄] 柳德米拉·彼得鲁舍夫斯卡娅 —— 著

韩小也 辛萌 —— 译

广东旅游出版社
GUANGDONG TRAVEL & TOURISM PRESS
悦读书·悦旅行·悦享人生

中国·广州

### 图书在版编目（CIP）数据

1/2的谢尔盖 / (俄罗斯) 柳德米拉·彼得鲁舍夫斯卡娅著；韩小也, 辛萌译. — 广州：广东旅游出版社, 2022.10

ISBN 978-7-5570-1954-9

Ⅰ.①1… Ⅱ.①柳…②韩…③辛… Ⅲ.①长篇小说 - 俄罗斯 - 现代 Ⅳ.①I512.45

中国版本图书馆CIP数据核字（2022）第020420号

Original title: <Нас украли. История преступлений>
Ludmilla Petrushevskaya, 2017
The simplified Chinese translation rights arranged through Rightol Media（本书中文简体版权经由锐拓传媒取得Email:copyright@rightol.com）

著作权合同登记号：图字 19-2022-067

出 版 人：刘志松
策划编辑：滕　婷　李梦黎
责任编辑：廖晓威　林伊晴
封面设计：杨西霞
责任校对：李瑞苑
责任技编：冼志良

½ 的谢尔盖
½ DE XIEERGAI

广东旅游出版社出版发行
（广东省广州市荔湾区沙面北街71号首、二层）
邮编：510130
电话：020-87347732（总编室）020-87348887（销售热线）
投稿邮箱：2026542779 @ qq.com
印刷：文畅阁印刷有限公司
地址：河北省保定市高碑店市世纪大街北侧
开本：880 毫米 × 1230 毫米　32 开
字数：235 千字
印张：9.125
版次：2022 年 10 月第 1 版
印次：2022 年 10 月第 1 次
定价：58.00 元

【版权所有 侵权必究】

本书如有错页倒装等质量问题，请直接与印刷厂联系换书。

# 目录

| | |
|---|---|
| 21世纪男孩出发 | 1 |
| 20世纪关于九十年代的事 | 3 |
| 21世纪抵达蒙特加斯科 | 4 |
| 20至21世纪科利亚的故事 | 9 |
| 库斯托迪耶夫 | 21 |
| 玛莎和谢尔盖·谢尔佐夫的故事 | 38 |
| 塔玛拉和瓦列里的故事 | 42 |
| 玛莎出生的故事 | 53 |
| 玛莎的爱情 | 57 |
| 阿丽娜的故事 | 64 |
| 谢尔盖·谢尔佐夫的后续故事 | 73 |
| 阿丽娜的故事继续 | 79 |
| 基尔克里昂的故事 | 86 |
| 阿丽娜的故事再续 | 89 |
| 叶莲娜·克谢纳冯托夫娜与丈夫的谈话 | 91 |
| 阿丽娜的婴儿之"死" | 94 |

| | |
|---|---|
| 妇产医院里的相亲会 | 96 |
| 阿丽娜的不见面相亲 | 101 |
| 谢尔盖·伊万诺维奇·谢尔佐夫求亲 | 105 |
| 塔玛拉·格纳季耶夫娜的故事 | 107 |
| 叶莲娜·克谢纳冯托夫娜"待产" | 110 |
| 塔玛拉·格纳季耶夫娜上战场 | 114 |
| 基尔克里昂大衣的故事 | 117 |
| 塔玛拉·格纳季耶夫娜与卫生员 | 120 |
| 谢尔盖带走阿丽娜和孩子 | 123 |
| 谢尔盖和拉丽斯卡 | 126 |
| 谢尔盖和阿丽娜的家庭生活 | 129 |
| 塔玛拉·格纳季耶夫娜和索尼娅·斯坦尼斯拉沃夫娜 | 135 |
| 阿丽娜和法雅 | 140 |
| 小偷阿丽娜 | 147 |
| 塔玛拉·格纳季耶夫娜和谢尔盖 | 149 |
| 谢尔盖·瓦夏 | 156 |

| | |
|---|---|
| 绑 架 | 161 |
| "产后"的基尔克里昂一家 | 163 |
| 结识巴丽娜·伊格纳季耶夫娜·米舒丽思 | 169 |
| 婴儿车 | 174 |
| 塔玛拉·格纳季耶夫娜的孩子 | 176 |
| 消失的孩子 | 181 |
| 阿丽娜的三年国外生活 | 184 |
| 俄罗斯迎接阿丽娜 | 199 |
| 一个叫叶伏格拉夫的人 | 203 |
| 拉诺奇卡上战场 | 209 |
| 拉诺奇卡在等待叶伏格拉夫的消息 | 218 |
| 20世纪的拉诺奇卡与叶伏格拉夫 | 221 |
| 叶伏格拉夫在莫斯科 | 228 |
| 隔壁住宅 | 234 |
| 阿丽娜的新家 | 245 |
| 险象环生 | 249 |

| | |
|---|---|
| 生活之后的生活 | 253 |
| 我们妇女的委员会 | 258 |
| 可怕的电话 | 261 |
| 蒙特加斯科的客人 | 266 |
| 偷 听 | 269 |

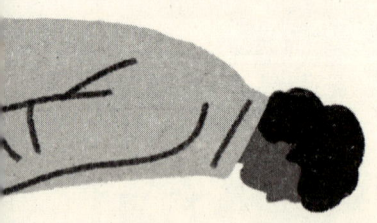

21世纪

# 男孩出发

母亲把孩子们送到了机场。

"好吧,谢尔盖,你看着点奥西亚,别丢东西。奥西亚,你也精神点,把背包拿好。这是你们的护照和机票。到了就立刻给我打电话。每天都要打,说到做到,早上醒了就打,还有晚上,否则非把我急疯了。谢尔盖,你盯着这事。你们俩分别给我打。如果你们一旦有什么事打不了电话,我就去找使馆。"

"妈,你是不是该说够了?还去找使馆。我们是小孩子吗?头一回出远门啊?"

"我都不知道你们要去找谁。奥西亚,你又干什么去?"

"办手续。我们要来不及了。"

"一会儿再去。你们去排队我就没办法和你们说话了。"

"啊,是有人跟踪我们吗?"

"也不是没有这种可能。"

"妈!又开始搞侦探小说那套了是不是?"

"奥西亚,不对,是肥皂剧。一对儿失踪的双胞胎儿童!"

"妈,行了,我们要迟到了。"

"谢尔盖,别开玩笑。我再说一遍,我不知道你们要去找谁。"

"父亲啊,还能找谁。"

1

"好吧。说定了啊,你们每天都要分别给我打电话,记住了吗?早晚都要打。告别时必须说——吻你。"

"吻你。"

"吻你。"

"而且不要把他的事对任何人讲。"

## 20世纪
# 关于九十年代的事

那是疯狂的九十年代，请注意。就是那个年代，由劳埃德保险承保的满载着有色金属的俄罗斯货轮消失在了汪洋大海之中。就是那个年代，数十亿美元的工会积蓄都流向了海外离岸公司，这些钱就源于被变卖的学校、工厂、管理机构的大楼、军队和地方医院、疗养院、幼儿园和培训机构，还有党和共青团组织的建筑。就是那个年代，莫斯科按惯例曾经属于区委会和市委会的、整座整座的现代派和帝国风格的宫殿，最后都像不要钱一样被贱卖……空空如也的工厂，也落入了手里攥着根本不值钱的私有化券的二道贩子手中。正是那个年代，有人找到一个拥有十亿资产的业主，建议他把所有资产都捐出来，业主果断拒绝，拒绝的后果就是——那年夏天，在人们去别墅度假的季节，两个潜水员被命令事先潜到水库里，水库的岸边就矗立着业主的大别墅。岸上，业主的保镖们一边烤着羊肉串，一边不时地瞥一眼主人，他热得难受去水库里泡澡了。结果业主一眨眼的工夫就被淹死了。是被扯着腿儿拽下去的。好吧，关于这件事史学家还会写的。

21 世纪

# 抵达蒙特加斯科①

两个背着旅行包的小伙子开着玩笑,登上了莫斯科飞往蒙特加斯科的飞机。

顺便说一句,舷窗外已经是 21 世纪的第一个十年。两个英俊的黑发美男,有着经典的虎皮骑士的侧影,正因如此,莫斯科的巡警总是有一搭没一搭地盯着他俩,但不知为什么,从来没有强行检查过他们的护照:谁愿意招惹外国人。他们看起来有点像爱吃通心粉的。此外,他们后背笔直,尽管肩膀挺像有肌肉的男子那样,但要说他们是柳别尔齐和松采沃②那片的六人小黑帮,他们的腿又长了点。牙总龇着,你看吧,跟拍广告的似的。牙长得也很另类,一看就和我们不一样。

不说他们了。

但唯独有一点必须说明:那天晚上在谢列梅捷沃 2 号机场值机柜台工作的加莉娅,看了第二本护照后,眨了眨眼:两本并排的护照完全一样……姓名完全一样,甚至出生日期也一模一样。双胞胎?可就连名字也一样。现实生活中不应该有这样的事!那现在该怎么办?

算了,这不是你的能力,能……力所能解决的,特别部门的人会说,

---

① 文中虚构的国家。
② 柳别尔齐和松采沃是 20 世纪 90 年代莫斯科犯罪团伙云集的地区。

你这是没事找事，飞机延误会根据相应条款开除你的。反正照片不一样，俩小伙子长得也不像。

于是，他们毫无阻碍地坐进了飞机，在里面度过了规定的时间，并在蒙特加斯科国际机场下了飞机。

科利亚手里拿着写着"谢尔盖·谢尔佐夫"的一张小纸片，正站在接机的人群里等着他们。两个高加索年轻人走到他跟前。

他俩一边私下里小声地嘲笑着谁，一边走到他面前。他明白了。他们也看见了他。彼此都沉默起来。

"您是在等谢尔盖·谢尔盖耶维奇·谢尔佐夫吗？"其中一个问道。

另一个大声笑起来。

"我俩就是。"又是第一个男孩解释道。

他们对着笑着。好像来接他们是为了恶作剧。非常不严肃。连句问候都没有。这里即使是在酒店的电梯里，人们也会相互问好，当主人有客人来的时候，都是科利亚亲自安排他们在酒店里入住的。科利亚本人已经习惯了这种礼貌。

为了避免发生不愉快，这里大家总是相互面带着微笑，但不能盯着别人的眼睛看，人家会不理解的。就是不能凝视。但是这俩男孩并没有看他，只是相互看着对方。

科利亚问："你们哪位是谢尔盖·谢尔盖耶维奇·谢尔佐夫？"

"我俩都是。"

科利亚像照片一样完全呆住了。他俩又大声笑了起来。他们是来这里开玩笑的。

"那我看看你们的护照。"科利亚突然说，连自己都感到很意外。他可是负责接主人的一个儿子啊！不是两个！

他们把护照给了他。护照上的所有内容，除了护照号码，都一样。

没办法,他只得开宾利车把他俩都拉回去。

他俩摇头晃脑,又相互对着笑了起来(他在后视镜里看着他们),没看出他俩哪里像自己的主人。

没错,高加索人的脸。黑皮肤、黑眼睛、黑头发、大鼻子。他俩长得也不像。他们喃喃自语着。小声地笑着。

他开车带他们路过的都是亿万富翁住的地方。高墙、树木、房屋。别墅简直太豪华了!四周圈着围栏,外面就是花园。

"和我们家一样,一会儿你们就看到了。这是瓦尔迪斯·范伯斯家。"科利亚说。

俩人做了个鬼脸。可能他们不知道瓦尔迪斯·范伯斯是谁。

"网球运动员,"科利亚解释说,"世界排名第十五。"

他俩像白痴一样,瞪着眼睛。下巴都快掉了。很吃惊的样子。接着又大笑起来。

"在温布尔登和澳大利亚网球公开赛上得过第三名。"

"不可能。"一个说。第二个眨了眨眼,嘟起了嘴。

俩低能儿,莫斯科小流氓。科利亚断言。

天黑了,他们对欧洲这里的事一无所知。

科利亚总是把范伯斯的房子指给主人的所有客人看,好让他们知道他们要去拜访的人可是和范伯斯比邻而居。

"他和女友出行开的都是法拉利。"科利亚解释说。

这俩小丑又开始张着嘴互相挤眉弄眼。

这时科利亚岔开话题说:"这里住的是一个银行家,亿万富翁,有十个老婆,去珠宝店的时候都穿着'布尔卡'罩袍。"

他说着,甚至都没有看后视镜里他们在后座干什么,做什么鬼脸,怎么拍手。

在入口处,司机按了一下遥控器,打开了大门,然后将他们沿着林荫小路送到了主人的别墅,开车经过了他自己所谓的门房(门关着,妻子显然在花园或主人的别墅里忙着)。

"门房,这就是个门房。"科利亚自言自语地强调说,但差不多也是个二层楼。科利亚在上面搭了层类似阁楼的东西。用纤维板装饰了墙壁,这样女儿安吉尔卡就有了玩耍的地方。

"就像一个包装盒子,"妻子说,"到处都是胶合板。"

"那你就自己动手弄啊。"

主人在等他的儿子,可(科利亚心里骂了一句)一下子飞来俩"骗子"。他又没有过双胞胎儿子,而且还叫同一个名字!

主人很兴奋,这很好理解,但他完全还没想到这俩孩子会为他安排这样的把戏。这兄弟俩就像双人杂技演员。

然后科利亚平静了下来。他了解主人这个人。

"没事,他很快就会把这个问题解决掉。"他想,"过去他应付的可不是这样的人。"

司机科利亚一直以自己的主人为豪。以前他也给别人开过车,还是在苏联时期,但不常开。当时整个部门只有两辆车。他给当时的老板开车,而现在的主人那时还是个小卒,黑色伏尔加经常轮不到主人坐。

开着开着,现在的主人凭着他的精明算计,进了人民代表委员会,把科利亚也带过去了。好日子就开始了,各种订购商品、私有化券,然后改革就开始了,主人从中谋取了巨大的财富,好像有三座工厂,还有两艘载着废铜的船,这些船在尼日利亚海岸沉没了,保险公司是一家有信誉的公司,叫劳埃特[①]。

主人也石沉大海了,长话短说,在调查人员尚未启动此案前,主人

---

[①] 应为劳埃德,此处为错误发音。

就从拉什卡销声匿迹了,两个调查人员还在电视和集会上出现过,两个小丑。

主人干的是对的。

## 20 至 21 世纪
# 科利亚的故事

科利亚失业后，回到了图拉的父母那里，正好他的父母租了300公顷的地，要搞类似农场的经营。

但养牛犊的牛棚和放设备的仓库被人烧了，谁烧的很清楚，是邻村的村民干的，因为父亲租的是他们的地。这片土地早就没人耕种了，到处都长满了白杨树，但当地人还是很生气。

父亲去过那个村庄，请他们干活儿，并许诺给他们好的工钱。可他们不干。他们认为他给的报酬太少，每个人都想知道莫斯科那边给多少钱。啊哈，想知道在莫斯科的阿尔巴特街[①]小牛棚工作能得到多少工钱。这让酒鬼干活儿很难。

父亲就雇了来自吉尔吉斯斯坦的难民，他们都是无家可归的俄罗斯族人，正在等着取得俄罗斯的国籍。父亲给他们买了三栋无人居住的木屋。

刚开始安顿下来，就有三个男人拿着镰刀来找他们，说要把他们全都砍死，然后烧了，他们说"这不是你们的地"，而是他们的。

其实都是一些鸡毛蒜皮的小事，后来据一个村妇讲，这几个男人不

---

[①] 莫斯科市中心的一条著名步行街，起源于15世纪，约1千米，紧邻莫斯科河，莫斯科市现存最古老的街道之一。

过是在那些别人废弃的木屋园地上给自己割草的。为了一垛干草就把别人赶跑了。后来又把父亲养牛犊的牛棚和放设备的仓库全烧了。人啊，就是接受不了比他赚钱多的人。

无奈，科利亚和他的父母就逃离了那里。

那些村民发誓要把父亲的房子也烧了。尽管他们世世代代就住在这里，父亲就是在祖父木屋的园地上盖的自己的房子。两位老人那时候就住在这个房子里。以前夏天还经常接我们到那儿去，科利亚恶狠狠地回忆着。我们就是那儿土生土长的！

但是原因很简单：两个村子，我们村和邻村，一直在争斗。

有一次，那个村子的人打牌输给我们村的人一整块地。打牌输的也不只是他们自己，还有他们的地主。他们总是忘不了这件事。

舞会之后两村的年轻人也会在俱乐部附近大打出手。

每逢伊利亚节[①]，我们村总会有人在树林里被砍伤。伊利亚节是我们的一个教堂节日，那天我们总是要在科廖尼村的森林里庆祝。而他们就在周围晃悠。对我们的人突然袭击，然后就窜到小路上跑掉。

我们村一个女孩儿上吊自杀了。然后村里的小伙子们就去他们村，见谁杀谁，还烧了他们的木屋。

能怎么办，只能逃走，科利亚就和父母一起去莫斯科投奔姨妈，姨妈在一个大厦的管理部门工作，就让科利亚的母亲去她那里做调度员。

她在地下室的集体宿舍给我们找了一个房间，跟摩尔多瓦和乌克兰扫院子的人一起住。更可怕的是，到那儿去的都是一家一家的。所以厨房总是人满为患。

---

① 伊利亚节在8月2日（俄历7月20日），节日这天，男人们既不能下地干活儿，也不能在家干活儿。伊利亚神很受俄罗斯东正教教徒尊敬。人们习惯认为他是总管雨、雹、雷、电的神。

母亲很快就明白了其中的奥妙，姨妈也不是凭空就能掌控一切的，在她的帮助下，后来母亲开始独自担任新区房管办的领导了。

她们安排父亲在车库做领导工作，临时在一楼给了他一个一居室办公，那里还有一个12平方米的厨房，科利亚就在厨房里摆了个沙发床，有人把这个全新的沙发床扔在了宗主教池塘区[①]一个单元门口，科利亚正好开着父亲的嘎斯[②]货车从那里经过——可能是有人搬家，放不下了，或者是什么人死了，母亲对此充满疑惑。

去了几趟迪厅和莫斯科的女孩子们交流了之后，科利亚灰心丧气。这些女孩子很快就把他了解了个透（"你是莫斯科的？""是莫斯科的。""莫斯科哪里的？"），刨根问底之后，了解了他一无所有，在车库工作，而且是农村户口。甚至都没人愿意和他一起去麦当劳坐坐。

过新年的时候，科利亚决定去看看祖父，由于无事可做，所以12月31日他就去了一个类似城市的较大的镇子上的迪厅。

总和祖父待在一起实在受不了，听来听去还是那些有关战争的传奇故事。祖父一喝多，就开始讲。不是他想回忆，他也从不去回忆，因为无法控制回忆，所以回忆会自己涌上来，来自另一个世界的老朋友会活灵活现地浮现在他的眼前。

在那个迪厅，科利亚认识了两个女孩儿，他开着嘎斯货车去过她们家里，其实就在旁边，可是她们后面又跟来一个女孩儿，也硬挤进了车里，胖胖的，也是迪厅里出来的，一副桀骜不驯的样子。几乎是从地上直接就跳进了驾驶室。那两个姑娘就开始骂她。

来到她们家，胖女孩儿直接就坐到了科利亚的大腿上，并开始吻他，

---

[①] 位于莫斯科市中央行政区的一个区域的总称，其中包括一个池塘、一个公共花园和一个小区。

[②] "嘎斯"是代号，是英文GAZ的音译。它是高尔基汽车城生产的系列汽车。高尔基汽车厂也被中国人叫作"嘎斯"厂，是苏联汽车工业的支柱。

浑身乱摸。那两个女孩儿绘声绘色，说她们还是第一次见到这种人，开始赶她走。

科利亚就把她送回了家，她邀请他进去，她说母亲去亲戚家了，后天才回来，家里一个人也没有。

女孩儿开朗又朴实，不像那些莫斯科的姑娘，喜欢装模作样。她说："我可不是一个人在玉米地里折腾的。"

"什么？"科利亚气喘吁吁地问。

"没什么，快朝左肩吐三下[①]。"女孩儿回答道，她什么都没问，就答应科利亚了。

她还开玩笑说："开吃吧。塔帕雏鸡[②]。"也就是说她什么都不在乎。还满嘴脏话。

科利亚以前就是个左右不了自己的棒槌，现在他不用压抑自己了，终于可以尽情地放纵了。

女孩儿也不反对，看得出，这不是她的第一次。似乎是在报复谁。而对科利亚来说她正合适。原来这是个不错的女孩儿，甚至可以说很漂亮——后来在沙发上他仔细地观察了她。

一切结束后，她一丝不挂地躺在那里。衣服都扔在了地板上。他竟然问："你叫什么名字，漂亮姑娘？"

"你忘了？"

她说出了自己的全名，包括父称，又补充了年龄：还不到十七岁。就是个十年级的中学生。

"你可真行。"

---

[①] 迷信认为向左肩吐口水可以赶走邪气（俄罗斯人认为左肩坐着恶魔，右肩坐着天使），向左肩吐三口唾沫就会大吉大利。

[②] 俄罗斯的一道菜的名称。这道菜是从格鲁吉亚传入俄罗斯的，格鲁吉亚人做这道菜用的煎锅叫"塔帕"。

她看起来像有二十左右。可能因为她很胖。

和这个年龄的女孩儿做这事是要坐牢的。这叫"刑事犯"。村里所有的小伙子都门儿清,就怕女孩子的父母会找他们算账并强行把女儿嫁给他们。而整个夏天村里的女孩儿(她们从城里回到亲人这里来过夏天)都觉得这个词很好笑。因为没有一个人想嫁人。

冬天村子里就只剩下老太太了。老头儿几乎都因各种疾病死掉了。只有科利亚的祖父还在撑着。

和新认识的女孩儿道别的时候,科利亚亲自帮她穿上衣服,系上背后的扣子,女孩儿问科利亚要了电话号码。

二月份,她打电话说怀孕了。而到四月份她才满十七岁。

科利亚吓坏了,"怎么会这样?"女孩儿说:"你可是什么都没用,对我没有采取任何保护措施。我其实是处女。"

"你怎么可能是处女?"

"本来就是啊。"

"我什么都没发觉?"

"我掩饰来着。因为我觉得说自己是处女很难为情。都十六岁了,还没和任何人在一起过。朋友们会嘲笑我的。但其实我什么都懂。我看过录像带。"

"什么录像带?"

"就是色情的呗。"

"你太让我吃惊了。"科利亚惊讶不已。

"在迪厅的时候我就打你的主意了。你还和我跳舞了呢,记得吗?"

"不记得!"

"你喝醉了。我们一伙儿人一起回来的,咱俩还亲密了一路。看见她们把你领走,我就跟在你后面。我知道她们这些人。喜欢群交。她们还会再叫别的男人。跟着你的时候,我还专门去了女邻居那儿,才弄清楚了她们是谁,要让你开着嘎斯车去哪儿。她们都是成年小姐,从图拉来找她的,她们是女邻居的侄女。都二十多岁了,年纪甚至更大。我已经不止一次在镇子里见过她们了。然后我就也跳进了你的车里。她们摆出那副嘴脸,骂我,往外推我,掐我!但是我不怕,到了地方我也坐在她们的桌子旁,就像你是我男朋友一样。她们也不知道这都是谁和谁。我就马上开始和你接吻。所有的事都在桌子底下做了。然后穿上衣服就带你走。看见你要走,她们都蒙了。"

"你能不能先想想再说?"科利亚惊讶得像个傻瓜。

"但这是你跟我说的,'咱们去你那儿吧。'是你说的!"

"我不记得了。"科利亚呆呆地对着电话回答着,对未来做父亲有点摸不着头脑。

"你要为你的行为负责。你想让我才上十年级就去做流产吗?然后落下终身残疾?并且杀死自己的孩子?"

科利亚就去劝她,但是她恶毒的母亲竟然在家,说要把他关进牢里去。母女俩有他的护照信息,怎么会这样?

但事情就是这样。孩子只要一生下来,她们就会去图拉做亲子鉴定,看看孩子的父亲是谁。

很快一切就张罗起来了,女孩儿的母亲是一个工业日用消费品商店的售货员,他们那儿有所有的婚礼用品。岳母买了一套德国餐具,还买了所有的酒,而冷盘是科利亚请姨妈筹备的,她同意了。祖父从自己的木桶里拿过来好多菜,他一直都做腌白菜、酸苹果、酸黄瓜,还分给他们一袋子土豆。

他们结婚了。父母赞成他娶了个自己老家——一位名叫加莉娜的图拉女孩儿。

科利亚在莫斯科找了份工作,租了间一居室。加莉娜在托儿所做保育员,尽管她已经怀孕四个月了。她一直这么丰满,所以直到第七个月也没人发现，那个时候已经可以休产假了。

加莉娜住进了妇产医院的留观室，化验结果有点儿不太好。之后安吉尔卡出生了，不足月，早产，这样按法令给加莉娜的钱就会比预期的少。

加莉娜在妇产医院因为担心孩子一直哭。安吉尔卡体重不达标，但现在很多人生的孩子都比较瘦小，这是医生对科利亚说的。他去问过医生，为什么会这样，为什么要把加莉娜弄到椅子上检查，都怀孕九个月了，希姆基来的医生用勺子一弄，结果晚上羊水就破了。

医生说这是例行检查，分娩的时候什么事情都可能发生。

这就是全部答案。但这很快就被遗忘了，因为加莉娜带着安吉尔卡还有科利亚在他们的一居室住了一个月后，科利亚的母亲分到了一套三居室的公房。

父母马上就邀请他们带着安吉尔卡去他们那儿住！

科利亚非常高兴，开心极了，购置了所有的东西，把房子也弄好了——原来可是毛坯房！他从建筑工地的塔吉克人那儿买回了瓷砖，一切都自己动手，买了橱柜，虽然不是新的，但质量很好。

真正的生活开始了，安吉尔卡已经可以在屋子里随心所欲地跑来跑去了，加莉娜没有出去工作，在家照顾她。

他们买了一张折叠床，带着安吉尔卡三个人住在一起，暂时没买婴儿床。手头太紧了。

突然有那么一天夜里，母亲门也没敲，走进了他们的房间，脸黑得像乌云，看了看他们说道："你们搬走吧，没什么好说的。"

"什么？为什么？"科利亚都没弄懂他妈是怎么回事。

加莉娜生完孩子就一直在节食，喝酸奶吃麦片，想瘦下来，她说，科利亚的母亲很强势地和她谈过。据说是加莉娜吃了冰箱里不属于她的东西。

加莉娜宁可上吊也不会吃他们的东西的。科利亚了解她。

妻子本来也很强势。她回答他母亲的话还是一如既往的风格,滔滔不绝,还带脏字。母亲也不是省油的灯。这些图拉的女人,都不苟言笑。

加莉娜后来还补充说,伊琳娜·伊万诺夫娜①让她简直烦透了,早就连抱怨都不想抱怨了。

"那话的意思好像是安吉尔卡不是你们家的孩子。"

"好像是说我骗了你,说我十六岁。是,从迪厅出来我是骗了你,我当时已经二十了,还有就是我当时在我妈的商店做清洁工。难道我还要告诉你母亲说我骗你了吗?你根本不会娶一个比自己大的女人,还是个清洁工,而且我还这么胖。可是我去我妈那儿就是做清洁工的,因为我知道她快要死了,我就去帮她,装卸工人总欺骗她。当时售货员的岗位不缺人。妈妈去世后我本来应该当部门主管的,我可是职业技术学校毕业的,我有中专学历。在迪厅我就喜欢上了你,你和我们村里的男人完全不同,我想和你生个孩子,所以就跟在你后面和那些小姐一起上了车。然后想出一个办法,骗你说我十六岁,等你睡着了,我就抄下了你护照信息。然后要了你的电话号码,当得知怀孕时,就决定一定要嫁给你。我们去登记的时候你没注意到我写的出生年份。我必须保住我的家庭,我妈妈一直在哭,她希望我去堕胎,打算雇一个杀手杀掉你。要五百美元,哪怕就一百美元也会有人去这样做的,有这样的败类。让你母亲谴责我去吧,但安吉尔卡是你的女儿。我又胖又比你大。我是清洁工。我可以走,随她的便吧。"

科利亚坐在沙发床上,如当头一棒。还得再找房子!可是没钱啊!

科利亚很爱他的父母。尤其是母亲。现在他理解她和父亲了,而且姐姐当时也反对他娶加莉娜。但加莉娜是他的妻子,安吉尔卡是他的女

---

① 科利亚的母亲,加莉娜的婆婆。

儿,他已经习惯了和她们一起生活。女儿出生六天他就开始照顾。

加莉娜幸灾乐祸地看着科利亚,泪流满面。好像已经证实了什么一样。她回娘家的镇子了,拿走了自己所有的东西。他送她回去的,加莉娜一直沉默着,似乎是受了很大委屈那种。

好在已经是四月了,好吧,就当是妻子带孩子去别墅度假了吧。科利亚还继续和父母住在一起,只有休息的时候才去她们娘儿俩那边转悠转悠。一句话也不和母亲说,跟父亲就更不用说了。他们也沉默着,连孙女的情况也不闻不问。亲孙女啊!

唉,生活发生了这么大的转变,家人都变成了敌人。加莉娜怪他不去和她们一起住。可是在农村那里去哪儿找工作啊?这就等于把自己在别人的镇子上活埋了一样,而且她还有一个嗜酒成性的弟弟,像她说的,动不动就挥拳头。甚至还要从图拉来找他算账。

用一个夏天的时间,科利亚攒了一点钱,为的就是能租一间一居室。希望秋天就可以搬进去。但是加莉娜不让他碰。他来了就睡在地板上。生活全都毁了!

就在这时候,从谢尔盖·伊万诺维奇·谢尔佐夫,他的老雇主那儿来了消息。

不知道他们通过什么渠道找到了他的电话号,一个陌生男人打电话给他说,谢尔盖本人在一个国家需要一个司机和助手,地址保密。

"谢谢你,"科利亚答道,他心慌意乱,所以什么都没听懂,"我现在已有妻女,可能,我不能一个人去了。"

他说"可能",是因为他不知道他和加莉娜的事会怎样。没准儿她已经在村里找别人了呢?找了老相好呢?在科利亚之前她有过一个相好的。

安吉尔卡长得也确实根本不像他。他和加莉娜都是浅褐色的头发,但女儿却是黑色卷发。母亲暗示过这一点。可能，这正是所有事情的症结所在。

而谢尔盖对他目前的生活一无所知。他以为他还和以前一样，是一个自由的哥萨克。但科利亚现在已经不能说走就走了。他甚至无法想象自己会在这个时候出去赚钱。

加莉娜——是科利亚的唯一。母亲还有她宠爱的女儿——科利亚的姐姐，她受过高等教育，有房又有钱。而科利亚呢，只是一个考试一直得三分、勉强念完八年级的儿子。他们始终把科利亚看作是落后分子。

"我还会再打给你的。"电话里的那个男人说，还真是一点儿没错，不久又打来了："你把她们的所有信息念一下。你妻子和孩子的护照。他们会按地址把邀请函给你寄过去。那儿的条件对于一家人生活来说还是不错的，有单独的警卫室。"

这个警卫室其实就是花园里一个两居室的房子！妻子开始给园丁打下手，现在她心满意足，他们生活中的一切都变了。

童年的记忆派上了用场，她还记得小时候妈妈强迫她在别墅的院子里松土，到现在加莉娜也不喜欢干这个活儿。但她干得很棒，学会了使用草坪修剪机，园丁只给她演示过一次，她就会了。甚至还在警卫室的门前种上了自己家乡图拉的鲜花。母亲从镇子给她寄来了种子，加莉娜在春天到来之前就育好了苗。

在蒙特加斯科这里，无论是芬芳的烟草花、福禄考、紫菀、唐菖蒲，还是天竺牡丹，都没人亲眼见过。这个村里的人根本就不认识这些花。也不知道金花菊！

主人是在奶奶家的镇子上长大的，所以他立刻就说奶奶家就有一个小花园，现在他很自豪，自己终于也有一个不同寻常的小花园了。对地道的俄罗斯人而言,在这个到处只能看到草坪的地方,这很难得。

主人在帆布凉篷下的摇椅上坐着。女主人则拿这个既非花园也非菜园的地方开着玩笑。因为加莉娜还种了黄瓜、西红柿、茴香和香菜!这里热,土也热,种什么都长得快。

主人喜欢从他们的小菜园里揪一些不含硝酸盐和农药的菜吃。和商店卖的简直不可同日而语!

作为储备,加莉娜还把买来的菜进行腌制和渍制,因为种的菜不多,只够做沙拉。那也不叫什么地,也就手帕那么大。

第二年冬天,女主人想了想,因为她品尝了加莉娜腌的西葫芦和茄子,就把后院的一块儿地也给她腾出来当菜园。

有一天夜深人静的时候,加莉娜对科利亚说:"你别再想了,安吉尔卡是你的女儿,她的手指和你的一模一样,又长又弯,指甲也和你一样,很漂亮,我的手指,你看,不一样,我这就是一双农村人的手。

"只不过我父亲有一头卷发,长得也黑,看来我奶奶肯定是遇到了个罗马尼亚人,谁说得准呢,他们村被占领时有过罗马尼亚人。我父亲就是在这些罗马尼亚人撤走后出生的。祖父没能从战场上回来,否则他肯定会把奶奶和这个小吉卜赛父亲一起赶走的,村里人都这么说。"

"奶奶生产的时间,比预产期推迟了些日子。之后奶奶就带着父亲离开了,她去了沙特尔托夫镇的一个建筑工地工作。父亲则被她临时送到了孤儿院。吃了多少苦啊!而这一切都是因为头发的颜色。"

"而我的这个吉卜赛父亲也不认为我是他的女儿,因为我是白皮肤,"加莉娜说着就突然哭了起来。"我的厄运就是从那时开始的。这就是发生在我身上的故事。"

加莉娜很聪明,科利亚的母亲都说了她什么,她全都明白。而且科利亚也不止一次听到过。

"这种事儿常有,算了吧,都过去了。"科利亚说,亲了亲她短粗的手指。"既然我们这儿已经有两个罗马尼亚女人了,什么时候我们得到那儿去一趟。离这里很近。等男主人和女主人都不在的时候,我们就去。"

# 库斯托迪耶夫

加莉娜，司机科利亚的妻子，外号库斯托迪耶夫，突然就到了国外，她可以二选其一：可以凭借98-60-98这个身型去做类似俄罗斯小姐那样的美女，只不过第一个数字是体重；第二个是大腿根儿的维度，如果把腿看作一个圆柱，就是圆柱最顶端的维度；第三个是腰围。

或者是第二个选择，加莉娜必须像所有当地的女服务员一样，所有的乌克兰人、泰国人、波兰人，还有"从莫斯科来的"姑娘们。也就是说，要减肥，瘦得像风干的里海拟鲤一样，瘦到眼圈发黑，还要学会龇牙微笑应对任何一个眼神。记住是礼貌地微笑，而不是冷笑。而且这些女人都会说蒙特加斯科语，不知不觉就叽咕会了。英语也是。

库斯托迪耶夫上中学的时候对语言就不擅长。德语老师硬给她打了三分，是因为加莉娜的母亲让老师进了本来不让进的工业日用品商店的库房。

她母亲是售货员。加莉娜上中学时就知道以后要当售货员，而且一定是日用品商店的售货员，她经常通过母亲给朋友们搞到她们需要的东西。当然不是免费的。她给自己赚出了买化妆品的钱。

她们镇子上的家里什么都有，"夏里亚宾"墙纸、白色的罗马尼亚路易十四家具、捷克的"卡斯卡德"吊灯、餐具、"红宝石"牌电视机，母亲给弟弟尤尔卡和女儿买的都是进口产品，到了加莉娜这儿就出问题了，她太胖了，她的尺码外国没有供货。

母亲给她买过一双小短靴（要不就是不过膝盖的长靴）和一件针织衣服，但加莉娜没穿过，对于自己来说都太紧了。

父亲以前是司机，但由于酒驾被吊销了驾照，之后夏天他在船坞工作，冬天就在家待着。

由于无事可做，父亲就喝酒，还打妈妈，要钱不给的时候就打，有一次他把六岁的尤尔卡的头按在凳子上，手里拿着斧头大喊，"你要是再不给钱他肯定就玩儿完了。"母亲也冲他大喊，"我求你了，放开他，你对自己太不负责任了。"可他还是在孩子头顶上挥舞着斧头，并且把尤尔卡的肩膀压在凳子上。

母亲哭了，给了他钱，后来尤尔卡睡觉的时候，在睡梦里他总是像要被砍死似的大声哭嚎。

父亲跑了以后，妈妈把斧头藏在了自己的床垫下面。

当父亲又喝得烂醉一瘸一拐地回来，穿着尿湿了的裤子，在厨房的沙发床上和衣而睡的时候，母亲叫醒了加莉娜，她们用床单把父亲捆了起来。

一大早他就醒了，开始又是喊又是骂："快给我解开。否则我就把你们都杀了！"并且让给他再拿点儿东西醒酒。这时候母亲拿着那把斧头站在他跟前说："现在我要对你执行死刑！"他就骂得更凶了，像鱼一样扑腾着，但母亲骑在了他身上，然后说："我是替尤尔卡和加莉娜处决你，狗东西，为你对她干的那些好事儿处决你！"他全明白了，于是开始大叫："我和她什么都没干，是她自己扭着屁股勾引我的，"然后柔声细语地说，"你们饶了我吧。"

尤尔卡醒了，站在厨房门口，谁都没发现，上次的斧头经历对他已经足够了，他又一次看见了斧头，只不过这次斧头是在母亲手里。

而母亲发现了尤尔卡，她让加莉娜把他领远点儿，然后让她去拿一

22

条毛巾,父亲还在一个劲儿尖叫,母亲就用毛巾把父亲的头蒙上,放下斧头,拿起毡靴朝着被蒙住的父亲的脖子就是一下。

他马上就不吭声了,像被憋死了一样,母亲把毛巾揭开才发现,他好像断气了。她们把捆在他身上的床单解开,母亲叫了救护车。一直哭。加莉娜也是。

父亲身上留下了一些床单的勒痕,但医生连看都没看被子里的父亲,嫌弃父亲身上那股呕吐和各种混杂的臭味。父亲经常在床上大小便。

但妈妈没有受到任何指控,病人是醉酒状态下心脏骤停,解剖后还发现他已经是肝硬化晚期了。妈妈问要不是这样他还能活多久,医生迟疑了一下说,这样的病人有的能活一年,有的还会更长一点儿。

"算了吧,您也别再想这事折磨自己了,这样也挺好。"

加莉娜从未对母亲说过,父亲对她都做了什么。他一直说,"你要是敢说出来,我就杀了你母亲。你又不是我的女儿,去你妈的……"加莉娜是个丰满的女孩儿,很漂亮。他可以几个小时不停地做,这个牲口。而加莉娜七点前还急着去幼儿园接尤尔卡,母亲九点才回来。

到现在加莉娜也受不了抽烟和喝酒的男人身上的味儿,全都是因为他。

加莉娜和丈夫总是白忙活一通,可错不在她。女儿生下来了。但是丈夫一有空就喝酒抽烟,她又不能和他说那些事。

女儿安吉尔卡是加莉娜唯一的幸福和莫大的骄傲,小姑娘六岁就开始去当地的学校上学,很快就能用他们的话聊天了。女孩儿瘦瘦的,一头黑色卷发,简直就跟当地孩子一样,而且腿长,一看就是个美人胚子。

丈夫科利亚像个小牛犊一样,也很爱加莉娜。每天晚上都呼哧带喘地忙活着。可一点儿效果也没有。不过,加莉娜担心世界上的一切,所以不让安吉尔卡单独待在他身边。

但是加莉娜开始发觉,她这个母亲跟在女儿后面送她上学,但又一句话也不会说,女儿很难为情。还得要安吉尔卡大致翻译给她听,比如,"明天得早点儿来,不能像今天这样。"

于是加莉娜就去当地一家超市的库房上早班,从九点上到十二点。

在家学不会蒙特加斯科语,主人和科利亚都不会说。而瘦得像麻秆一样的女主人什么语都会,但是她忍受不了加莉娜,戏称她"你简直就是'库斯托迪耶夫'",并朝书架上边点头示意。加莉娜也勤快,特意爬上去,找到了《库斯托迪耶夫》这本书。她开始看插图,整个人都在发抖。是,有一张插图上的人和她很像。

然后加莉娜故意把一个半大沙发搬到了浴室,脱下衣服,放开水龙头,好像是在搓洗一样。其实是坐在那儿什么都没干。当时家里一个人也没有。浴室里女主人钉的是整面墙的镜子。

不,插图上的库斯托迪耶夫阿姨比加莉娜瘦很多。加莉娜的脸长得更好看一些,嘴唇也是,所有地方都比她美。那个阿姨年龄大了,差不多三十的样子。而加莉娜身材结实,胸和腹部都结实,而且腰还细。加莉娜在花园和菜园弯腰驼背地认真干活儿可不是白干的。

戴着橡胶手套,穿着工作服。当地的电视里经常看到这样装束的人。只不过人家好像是开着小型联合收割机在耕地。加莉娜历来就受不了菜园和花园里的活儿,但是妈妈一直强迫她做,看来妈妈做对了,现在派上用场了,而且也是一种锻炼。

中学上体育课时,她有些害羞,跳高跳跃横杆儿的时候,班里的男同学毫不掩饰地哈哈大笑。说她是母牛。

而班里的那些男生,现在在哪儿呢?有的蹲监狱,有的酗酒,还有些有个二手配件棚子,在做所谓的生意,这些人现在自己就跟娘们儿似的,腆着肚子,挺着乳房。都是"俄罗斯美男",库斯托迪耶夫鉴定完毕。

也就是说,加莉娜一去超市上班,就展示了自己的实力,用主人谢尔盖·伊万诺维奇的话说,就是让他们看看我是谁。

一整箱的酒，她自己就从卡车上搬到库房里去了。他们刚把手推车拿过来，她就已经完事了。他们就都拍着她的肩膀笑。

是一个女人把她安排到那里去工作的，加莉娜和她就是在这个超市认识的，当时那个女人正往货架上一袋一袋地摆货，结果货物散落得满地都是，她就开始骂骂咧咧，是加莉娜帮她捡起来的。

原来这个女人竟然是同乡，都是从彼尔姆来的。之后两个人经常聊天。分享各自的生活经验。

有一次，这个老乡莉玛笑着给她讲述了自己之前雇主的故事：那位雇主是一位上了年纪的英国人，虽然60岁了，可一到莫斯科，就想结婚了，因为从电视上听说莫斯科遍地都是美女，然后就认识了一个从伏龙芝来的叫妮莉娅的姑娘，她在这里打工当保姆。

他是怎么认识的她呢？妮莉娅亲自给她讲过：

约翰到妮莉娅做保姆的那家去做客，她也被叫上了桌，妮莉娅对那家人来说不是外人，而且正好在学英语，所以坐在那儿，他们说什么她都听得一清二楚，他说明天下午五点要去"民族"饭店喝茶，如果有人想搭个伴儿，那他将非常欢迎。

主人立刻翻译给妻子，但妻子说她有事。

到了第二天下午五点钟，这个妮莉娅就带上小女孩儿，一起去了"民族"饭店，其实在这个时间她本来应该和女孩儿坐在家里做功课的。她领着孩子闯了进去，说是来赴约的。保安过去问，约翰亲自跑出来，十分惊讶，但仍旧邀请了她们。看来，妮莉娅早已深深地埋在他心底了。

其实，后来她才知道，已经有人把他介绍给别人了。在莫斯科的时候就有个高加索的一家人一直在关照他，他们家有一个二十六岁的女儿，虽然不十分漂亮，但按妮莉娅主人的话说，至少没胡子。他们本来是开玩笑介绍他们认识的。

你看，妮莉娅已经算计好了，如果一个姑娘带着孩子，那"民族"

饭店的人一定会放她进去,一看就不是妓女。于是她和这位约翰先生喝了整整两个小时的茶,约翰给小女孩儿点了冰淇淋,平时在家里不给她吃,更何况是冬天。到了下午七点,女孩儿的父母已经要急疯了,不停地给妮莉娅打电话,但她没接。

结果正如她所愿,约翰对她很感兴趣,去了蒙特加斯科后就给这个妮莉娅发了邀请函,她要去半年,但他给她发的邀请只有四个月。当然,妮莉娅当时就被她陪孩子做功课的那家雇主开除了。

她尽快办好了签证就出发了。然后就开始在我们这里生活,和我们的约翰生活在一起,而我只是工作到下午六点。

而之后的一天夜里,她叫来了警察,说约翰对她实施性虐待。强迫她只穿一条丝袜整夜给他跳舞。后来她就带着所有的礼物跟着警察离开了家,他甚至还给她买了裘皮大衣,这可是杏树开花的阳春三月。

而后这个妮莉娅也不知在哪儿又住了三个多月,但肯定不是在蒙特加斯科。莉玛再也没见过她。

"这里的警察来得很快。不像在咱们家那儿,除非发生命案,根本等不来警察。"莉玛说。

加莉娜很了解这一点。母亲报了多少次警啊,都没等来警察。每次都回答说:所有人都在处理命案。

语言方面加莉娜好歹可以应付了,半年以后她自己就都能听懂了,需要说什么的时候也能说了。然后超市很快就不让她做装卸工了,而是像那个从彼尔姆来的老乡一样,往货架上摆货。而且加莉娜还从售货员那儿学会了一些词语和表达方式,这些安吉尔卡在学校里是不可能学到的。他们还告诉她果蔬部和乳品部的,当然还有鲜肉部的商品,店家都是从哪儿进的货。

这也有用,现在她和丈夫科利亚再不用去超市里花大价钱买吃的了,她已经知道便宜的农场在哪儿,她和科利亚就去那里采购,把那个区都转遍了,而发票和购物袋超市有的是。主人是不会挨个儿检查的,只是看看总共是多少钱,然后就按发票上的数额给钱。

太太——女主人对我们做的饭菜不屑一顾,只吃自己的那些麸皮、人造牛奶,说是富含什么狗屁的蛋白质和氨基酸。

加莉娜早上七点半给女儿和丈夫准备好早餐并端上桌——然后这个"库斯托迪耶夫"就骑着自行车送女儿上学,之后再去上班。

女主人每天早上都吃自己那些罐装的东西。严格遵守自己永葆青春的秘诀。不摄入谷蛋白。

主人快到中午一点时才起床。整晚都在看录像或上网,看色情片。加莉娜会给他把午餐端上来。

有一件事彻底把她撂倒了:亲人去世。

警察说,一年前她的弟弟尤尔卡到阳台上抽烟,而他当时喝多了,他们给出这样的结论,最终发现他躺在阳台下面的柏油路上。烟还泡在血泊里。

尤尔卡的前妻立刻赶来极力捍卫自己继承人的权利。但是尤尔卡已经离婚了,买房子的钱是母亲给的,她保留着所有的资料,上面有尤尔卡的签名。母亲好像早就预见到这个带着孩子来的女人是在打房子的主意,因为她嫁给了一个酒鬼,没工作,还有癫痫病。

尤尔卡和她不是随便在哪儿,而是晚上在她的货棚子认识的,她在那儿卖货,他那会儿正好去了那里,骑着自己的破车。妈妈给他买了个小踏板,那个不需要驾照。

所以他总是骑着这个车去莫斯科一个朋友那儿,给他打电话,说:"我这就过去,骑车去,在你们家旁边那喝点儿。"这个女的就是他喝醉的时候在一个货棚子遇到的,当时她手里拿着一个箱子,想把箱子搬起来。他正好进去买烟,而其实这是卖菜的棚子。

但这不重要,他把她的箱子从地上搬起来放到柜台上,后来她说,太体贴了!她邀请他到柜台后面,请他吃了香蕉,喝了自己家罐装的家酿果酒,那儿晚上很冷,靠喝这个可以暖和暖和。

于是他们彼此就迅速地贴近了,他说他在她那儿一直坐到早上,想吃什么就吃什么——香蕉、橙子,喝果酒。

她在莫斯科昼夜地工作,和女合伙人一起租了间房,轮流睡觉。所以她把他带回了自己家,有空床。

她和尤尔卡很快就结婚了,去婚姻登记处登了记,但尤尔卡听了母亲的话,没把她的名字加到房产证上。承诺三年后她就能获得长期居留证。可是,等了一年后,她就和一个顾客好上了,一个上了年纪的军人常去她那里。

就是这样,但最可怕的是,原来,尤尔卡临死前把他的单间卖了,买主正是那个二十四小时营业的菜棚子的摊主。然后尤尔卡仍旧住在自己的房子里,那个男的说,他允许他在开始装修前再住两周,因为他们目前还在做预算。男人还拿出了所有的资料。

尤尔卡的房子在那之前就已经完全破败不堪了。母亲没去过他那儿,离得太远,而他自己什么都不会干。房子里没有地板,也没有隔墙,卫生间的东西全都砸碎了,抽水马桶躺在地上。

这就是所谓的,你给儿子买了套房子,最后既没了儿子,也没了房子。但是母亲为了他已经是身心疲惫了,他长大后成为父亲那样的人。他竟然还打母亲。

而且那个摊主说,好像尤尔卡想用卖房子的钱去某个交易所赢一笔。傻瓜就是傻瓜,安息吧。

房子里一点儿钱也没剩。当然,一定是那个摊主把他推下去的。虽然没什么必要,既然所有的资料都已经齐备了。

母亲心神不宁,想弄清楚到底发生了什么,加莉娜抱着安吉尔卡飞回来给弟弟下葬，翻遍了弟弟的所有破破烂烂的东西，所有的东西都翻遍了，什么也没找到。

她陷入了沉思之中，会不会是有人为钱杀害了尤尔卡。因为一戈比也没剩。但是，警察来的时候，房子是从里面上了防盗链的，门是撬开的，而楼上楼下住户的阳台早就封上了，所以从楼上和楼下顺着阳台是不可能进到尤尔卡的屋里的。

但是现在的人啊，他们为了钱，都能从楼顶把登山运动员顺下来。因为尤尔卡的阳台没有封，他们可以把那些迷迷糊糊的醉汉吊着从栏杆放进来，把钱拿走，挂上防盗链，再把他们拽上去，就完事儿了。

加莉娜留下来陪母亲，母亲两周后就去世了，去世时已经完全精神错乱。

在母亲还有呼吸的时候，加莉娜强打起精神，请求她在另一个世界问问尤尔卡，问他把钱弄哪儿去了。"然后你托梦告诉我。"加莉娜说。

母亲听没听见她的话就不得而知了，但是从那时起，加莉娜回到蒙特加斯科后，每天吃早饭时都会给科利亚讲自己的梦，看他能不能发现某种暗示。

科利亚总是像小牛犊一样咀嚼很久，现在他吃饭时眼睛就直勾勾地盯着盘子，一次也没发现什么可疑的东西。

"你看啊，你听我说。我给你讲一个我做的梦。我做了这样一个梦，弄不懂是什么意思。就是这样的。好像我在地上走，地是黑的，像煤炭一样，而且还很热。而从那往上有一个梯子。妈妈呢，好像在梯子上站着。我想登上去找她，可地面太热了，烫脚。你都想象不到，乌黑的云层压得很低很低，黑灰色的，像灰烬一样压在头上，无法呼吸。妈妈还在沿着梯子往上爬，上面，父亲拿着斧头在那儿站着，能想象吗？我把脚放到梯子上，你知道吗，烫得要命！可妈妈怎么能站在上面呢？'妈妈，妈妈，你下来，到我这儿来。'我一看，她不是在那儿站着，而是飘着的。她的脚根本没挨着梯子。我感到要窒息了。这时候一切都消失了,我躺在那,脸上盖着被子。晚上很热。"

科利亚"哞哞"了一句什么。他继续吃着。

"我希望自己在生活中能被人理解。"加莉娜说道,在经历了这漫长的几个月后,终于可以放松一下了,于是她尽情地号啕大哭起来。

科利亚又"哞哞"了两声。这个小牛犊。

过了一个半月没有加莉娜和安吉尔卡的生活,现在倒有些不习惯了,还有就是,妻子做了缩胸整形外科手术,从G杯变成了D杯,还做了吸脂,也不知道现在她那儿是什么样了,反正他没看出来她有肚子。

顺便说一句,加莉娜省了不少钱,在图拉做这个手术能便宜一百倍,甚至还有人专门从莫斯科到那儿去做。但是没必要跟丈夫说这些事儿,既然他根本什么都不懂。给这种人解释需要很长时间。

加莉娜在自己家乡的城市还认识了一个女人——维聂拉,一个殡葬代理人。毕竟她一个月抬出去两口棺材。

她很喜欢那个女人,就从母亲刚去世以后,加莉娜已经是第二次没给另一个代理人开门了,救护车刚走,那个代理人就冲到门口。而她则给维聂拉打了电话。

维聂拉瞬间就赶来了,坐了一会儿,喝了点儿酒,然后她向加莉娜透露了一个秘密,说他们都有自己的人昼夜监听急救中心的电话。警察局一收到急救中心发去的死亡信息,就会在第一时间通知他们,地址也会传给他们,然后联络人就会给殡葬代理人打电话,不管白天黑夜。有了地址和姓名,代理人很快就会按地址找上门,并且是第一个按门铃。比警察去得都早。等警察们都散了,我们的人就过来了,说:"请接受我衷心的哀悼,伊万·彼得洛维奇已逝,我将为您提供帮助。"有时候赶上半夜,人们还没清醒过来,让怎么签合同就会怎么签。

维聂拉答应加莉娜,一旦有机会,就会把她安排到他们系统去工作。

维聂拉的丈夫鲁斯塔姆比她小十岁,她也把他安排进了太平间做卫生员,在太平间死者家属会给他们很多钱,她自己想去上一个主持人培训班,就是那种,戴着黑色带子站在棺材旁边,说:"现在,各位亲朋好友,是说'再见'的时候了"。

加莉娜也很感兴趣,但是维聂拉告诉她,像她这种 G 罩杯火葬场是不会要的。那儿挑选得很严格。

所以加莉娜就在她们图拉那儿找到了一家诊所,赶紧做了两项手术,减去了腹部和胸部的脂肪。

她把母亲的房子连同里面的东西都租出去了,那个维聂拉偷偷告诉她,应该去哪儿找自己的弟弟埃迪克,维聂拉把弟弟安排到了房屋中介做房产经纪人。

至于房子里面的东西怎么处理,以及所有这些家具,加莉娜已经毫无兴趣了,她只拿走了照片还有两套瓷器——一套茶具、一套"圣母"餐具。这房子对她来说太可怕了。

感谢上帝,现在她的存折每月都有进账。这都是额外的收入。加莉娜另外拜托埃迪克帮她找房子的买家。

丈夫科利亚向她保证,不会相信主人的任何诺言,什么要在莫斯科的花园环形路上给他们买房子之类的,不要在任何东西上签字,也不要接受主人送的任何礼物和钱,因为他转脸就会向警察局声明,说他的仆人把他打劫了,然后提供出钱的号码。他什么都有记录。

因为出过这样的事,回想起来都让人不寒而栗。

有一次主人受莫斯科方面的委托将科利亚派去了邻国,又让妻子去了以色列某个地方的诊所,他自己坐在那儿看了好久的色情片。

通常他都是夜里看的,可现在举止似乎有些疯狂。好像是买了新的。日本的。

而加莉娜正好从超市回来,正给他做早餐。

她来回走的时候,从旁边看到了所有的画面。而且传出的声音一听也就明白了。

主人用鼻子"嗤嗤"了两声,甚至好像是吭哧着偷偷嘲笑她,然后说:"坐下,跑来跑去干什么。"

加莉娜推托说:"等一会儿。"

"有什么可等的,坐下。这些,你恐怕都不会吧,看看——欣赏欣赏,看她是怎么弄的,啊,'库斯托迪耶夫'?"

应该不在意就行了,加莉娜摆好饭菜,从厨房往客厅里走。

而主人开始笑着给她讲:

"有一次我们去日本,想找几个日本妓女,当地人就带我们去了。我们走进去,那儿坐着卡佳、玛莎和达莎。她们就高兴地喊:'哎呀,咱们国家的人来了。'我们又去了另一个地方,那儿还是坐着卡佳、玛莎和达莎。我问她们从哪儿来。全都是从哈巴罗夫斯克和符拉迪沃斯托克来的。等找到当地的,已经有其他事,顾不上她们了。怎么,你不感兴趣吗?"

加莉娜于是脱去了围裙,摘了手套。主人一直看着她,发出哼哼的声音,然后拍了几下身边的沙发,她转过身,头也没回地走了。

回到自己的房子,加莉娜就哭了起来。她站在那儿,吃着冰箱里给安吉尔卡买的冰淇淋,一边哭,一边用洗碗布擦拭着眼泪。

主人突然冲进房子,还没等她转身,就从后面一把抱住她,揪着辫子把她按倒在地板上,真是畜生,然后不知用什么东西使劲儿打了一下她的后脑勺,可能是拳头,使足了劲儿,然后开始乱摸,低声说:"'库斯托迪耶夫',你的骚灌木丛在哪儿呢?'库斯托迪耶夫'。"

她屈服了——否则就会受伤。从爸爸那儿学到的教训一定要吸取,她学会了张开双腿配合,这样自己才不会受伤。

但是主人骑着她疾驰了还不到两分钟，就泄了。然后他就回自己的房子了，一边走一边还说："你……愚蠢的牝牛。"

加莉娜委屈极了！就打电话报了警，既然已经这样了。

那些警察很快就来了，她说有人攻击她，从后面，她没看见是谁。她没有哭，而是浑身发抖。

他们全都做了笔录，拍了照片，把加莉娜带去了警局，然后又去了医院，给她做了涂片化验。

主人没给警察开门，假装自己不在家。而且他的宾利也没在车库，他们进去看过了。——因为科利亚把车开走了。

警察们问加莉娜她老板在哪儿，她回答说"不知道"。

但她其实知道，主人就坐在自己房间的浴室里，听着庄园里的动静。警笛声他肯定听见了。当然，他被吓到了——因为自己惹的麻烦，也因为加莉娜叫了警察。

接下来呢？加莉娜洗了个澡，骑着自行车把安吉尔卡接了回来，并陪着她，而科利亚是晚上才回来的。

就像什么也没发生过一样，早上加莉娜走进房子，用自己的钥匙打开门，给主人准备了早餐。他从卧室出来，手里拿着一个信封，一张丑恶的脸上带着醒酲的微笑着说："那么，就再见吧。这件事儿发生以后你肯定不想继续在我家工作了。我是这么想的。而且由于你的行为我也觉得没意思了。"

加莉娜不屑地说："您这样是行不通的。警察局有您的涂片。他们从我身上取下来做化验了。"

"什么？"

"我说的是，您即将坐三十年牢。"

"哎哟。别痴心妄想了你。今天我就把你们扫地出门。这是你们的钱，滚吧！"他破口大骂，"总理可是我朋友。"

33

"提醒您这可不是在那儿,这是在这儿。"

"我会跟科利亚说你一直朝我劈开大腿勾引我。我不想这样了,这是最后一次,你就讹诈我。"

"随便你怎么跟科利亚说。警察局都有记录,还录了像,能看见家具被撞倒了,还有我后脑勺上的淤血。他们还在门口找到了我被你从辫子上扯下来的头发。"

"头发是你自己扯下来的!淤青是你自己撞门上了!我没碰你,是你……朝我劈开的腿!是谁在那儿扭屁股来着?"

(又和父亲如出一辙。)

"他们会抓你去坐牢的。俄罗斯很多人都巴不得你最好别在这里坐牢,而是回去……"

"哦吼,哦吼。你可真会异想天开!算了吧。'库斯托迪耶夫',你生什么气呀?我就是没控制住。而且你又那么美!走来走去在我眼前转。就是圣人也把持不住啊!更何况我呢,我都没和别人接过吻。"

主人胆小了。确实害怕了。始终保持着把信封往前伸的姿势,像是对自己的一种保护。

"'库斯托迪耶夫',你想要什么?这儿的国籍吗?一家人的?"

"不要收买我。您就在监狱熬满刑期吧。"

"我没想收买你。我不是没提给你钱的事儿嘛。想要莫斯科的房子吗?我在那儿有四套。在萨多瓦·斯帕斯街、西夫采夫·弗拉热克胡同,还有两个高层在沃斯塔尼亚街。"

"坐牢去吧。"

"哈,你个毒妇。我今天就把一套一百二十平方米的住宅过户给你,他们会把资料用航空件发给我的。"

"您会在科米共和国坐牢。会在管制严格的重犯监管区。每周能去一趟货棚子买一次东西。没人会给您送吃的。就在那儿当个臭山羊吧。"

这些我都会为您安排好。"

"够了,'库斯托迪耶夫'。你都是从哪儿知道这么多的?"

"您就熬刑期吧。"

"我给你鞠个大躬,'库斯托迪耶夫'。别让我坐牢。你灌木丛里的玫瑰太好了,真让人难忘啊!去我那儿吧?像俗话说的,咱优哉游哉地……"

"还想,别想美事了。"

"我本来现在立刻就可以把钱给你的,五万欧元,但是我不能从账户里取钱。警察会怀疑的,以为你讹诈我。你在我面前扭屁股,这算是讹诈吧?"

"我?在你面前?"

"跟我来嘛。我实在受不了了。"

"好了,我已经把早饭放桌子上了。我没空。"

幸亏她没拿信封。那里面肯定没多少钱,然后他就会去找警察,说自己被偷了。

但是她没回家。她挤到凉台下面的狭小空间里,坐到了一个木头托架上,那里面有一个被建筑工人遗忘了的通风口——是从厨房直接通过来的。

这个通风口是安吉尔卡发现的,她爬了进去,就像所有的小孩儿一样,什么东西都想研究一下。母亲找了她好长时间,都要疯了,而安吉尔卡大喊着"咕咕",加莉娜在厨房已经决定报警的时候,她听见了离她很近很近的那个"咕咕"声。

就好像有人在旁边说话一样。她从房子里跑了出去,估算着位置,看厨房应该在哪儿,应该是那儿,凉台下面,可以从栏杆中间爬过去,最后安吉尔卡对喊声有了回应。

之后加莉娜不止一次趴着爬进这个密室,那儿她完全坐得下。

她什么都偷听过，主人家所有的谈话、谈判，两口子之间的大吵大闹，妻子想让丈夫收养她三十岁的儿子。

按照蒙特加斯科的法律，遗产的第一继承人不是妻子，而是子女。

主人回答说："你那么急于做寡妇吗？"但是，他说，"我自己有儿子，让你那败类……给我……滚一边儿去。"

主人现在正在打电话。"我就是要办理沃斯塔尼亚住宅的房契过户。名字和地址我这就念给你……等一下，一会儿再给你打。"

加莉娜迅速从藏身之处爬了出来，往家跑。手机铃声已经响了："'库斯托迪耶夫'！现在这样，把你的地址和护照信息用短信发给我。"

加莉娜没有理会，只管奔跑。

"喂，你怎么不说话？害怕了？我是一百年也离不开你了。是你自己朝我扭的屁股，自己勾引我的。"

"别说了！"她已经回到了自己家的凉台上，可以自由说话了。"我什么也不知道，也不想知道。您一定会蹲监狱的。"

"已经安排好了，我自己过去和你说。"

主人来到她收拾得整整齐齐的小屋，科利亚穿着裤头儿坐在那儿看网球，这个奸诈之徒开始站在门口微笑着说，他决定送给科利亚和加莉娜一套房子，为他们美好、忠实的友情。

加莉娜手里拿着擀面杖，回答说："这是您的事儿。跟我毫不相干。我不会在任何东西上签字。您的任何东西我都不需要。"

科利亚则正相反，差点儿没哭出来，并且冲过去拥抱了主人。

加莉娜走到花园远处的角落，开始除草，泪流满面。她全身都在抖。另外加莉娜还想，为什么科利亚变得这么冷漠，他是不是和夫人好上了？或者是和莉玛？

其实加莉娜误会了，夫人一直都是去找健身教练的，只不过是科利亚送她去的。

关于莉玛也得想想,她总来做客也不是无缘无故的。

这就是司机科利亚去接主人从莫斯科来的儿子时他的家庭状况。主人的儿子是一式两份的。

欲知后事如何,读者在小说结尾加莉娜·库斯托迪耶夫的故事中将会了解到,她总是在厨房忙活做饭,而厨房和客厅是一体的。

## 玛莎和谢尔盖·谢尔佐夫的故事

周围的人总会提出一个问题：谢尔盖·谢尔佐夫这个人，到底是怎么到莫斯科来的，更何况还考上了莫国关<sup>①</sup>这样的学院，这种学校只有大人物的孩子，或者按惯例，都是本行业内部的，比如外交官家里的孩子，才能考进去。这个问题可能永远都会是一个谜，因为谢尔盖只是一个个子不高、相貌平平的小伙子，来自克拉斯诺达尔的一个地区，也正因如此，他一向沉默，全部简历就是服役后考进大学，仅此而已。备考的时候，还在区团委干过两年。

考上了大学，学会了英语，还有爷地语和伊尔都语<sup>②</sup>，以后去节度<sup>③</sup>直接就进大使馆工作也足够了，但这里得先停一停，因为毕业以后需要先工作一段时间。

而他又没户口，什么都没有，甚至毕业后学校会让他搬出宿舍。这样的人在莫斯科找工作也没人要。

这期间他的生活里走进了一个叫玛莎的姑娘，她和谢尔盖一起学习，她打国际长途告诉父母，说要嫁给同班同学谢尔盖，为了帮助他。

---

① 莫斯科国际关系学院。
② 爷地语和伊尔都语均为作者虚构的语言。
③ 节度为作者虚构出的国家，根据故事应位于南亚地区。

她跟他们把一切都说得很坦白，玛莎很诚实，她说他们之间除了相互尊重，就没别的了，可是谢尔盖需要帮助，而她已经做好了准备。还说他以后可能会出国，去节度或巴基斯坦。

她暂时只和父亲谈了这些。

"他家是哪儿的啊？"女孩现任的大使父亲问了一个寻常百姓的问题。

"这有什么区别吗？"玛莎很敏感地反驳说，"就是克拉斯诺达尔附近的那么一个城市。"

"啊哈。是不是穆哈斯兰斯克村①，城市类型的村镇啊？这样的人你找了很久吧？"

"才不是什么村镇。"女儿坚持自己的观点。

"那你也得和他一起出国了！和这个蠢货！"父亲瓦列里·伊万诺维奇大吼道，"和蠢货一起生活！"

"那又怎么了？"玛莎回答，"怎么就蠢货了。他……"

"出国说是三年！其实就是一辈子！"

"那又怎么样？他是好人！"

"闭嘴吧！再生几个孩子！"

"说对了。"宁折不弯的玛莎赞同他说的一切。

"你随便，但是我不会给他注册户口的！"

"你会的，"玛莎反驳说，"如果你不给他注册户口，我就去法院上诉你，然后会判给我一个房间，我给他注册就完了。我有这个权利。"

"你就是个傻瓜！"父亲大声喊道，"你这是背叛，你知道吗？背叛我和你母亲，我们一切都是为了你！一切！给你买的房子已经开始建

---

① 小地方的代名词，不清楚在哪里，没人在乎。"穆哈"俄语中是"苍蝇"，"斯兰斯克"的发音接近"拉屎"。因此名称带有戏谑口吻。

了！合作社的钱都交了！交的还是大伙儿都抢的交钱多的合作社，我都给你安排好了！都是为了你，傻瓜！"

母亲塔玛拉·格纳季耶夫娜没有机会加入他们的谈话，但是她在分机上听见了所有谈话内容。晚些时候，她在卧室里说："玛莎不是傻。她是爱上他了，瓦列里<sup>①</sup>。而他需要先在莫斯科工作一段时间，好能出国。可是没有户口是找不到工作的。"

"这跟我没关系！"

"但是她想嫁给他。然后利用这个关系好给他上户口。"

"傻瓜。你比她还傻两倍。是他在利用玛莎，是他！"

"也有可能。你更了解。只有你。除了你还有谁能更明白呢。"

沉默，气得呼哧呼哧的。

玛莎的母亲继续说："这是玛莎的事。我们应该体谅她。"

"体谅？体谅将会有个粗俗之人要和我们共同生活吗？"

"我们每半年就回去一个月，瓦列里。"

"过两年我们要是回去不走了呢？"

"我们回去，他们就走了。也许这个小伙子他的未来很光明。他表舅在'医药及医疗设备进口公司'系统。"

"谁呀？"

"玛莎说的，叫维克多·伊万诺维奇·切尔姆辛。"

"就是那个切尔姆辛？"

"是他妈妈的表兄弟。"

"你继续说。"

"他们想派他去节度。待三年。一年后走。"

"你是从哪儿知道的这些？"

---

① 瓦列里·伊万诺维奇的昵称。

"我就是知道啊。玛莎说的。我给她打电话了。"

"女人啊……耳朵根子软……耳朵根子软啊,明白吧……背着我。"

"你记不记得,当初我父亲也反对我嫁给你。"塔玛拉·格纳季耶夫娜说。

"他是对的,"丈夫生气地答道,"他很有远见。我要不这么傻……"

"我爸爸就是因为这件事儿死的。"塔玛拉·格纳季耶夫娜说。

"他啊,"瓦列里·伊万诺维奇反驳道,"那是喝酒喝的,没别的。他就是个酒鬼。"

显然,这个话题不是第一次被谈起。

## 塔玛拉和瓦列里的故事

　　故事里的人——瓦列里·伊万诺维奇和塔玛拉·格纳季耶夫娜，是玛莎的父母——他们正是属于苏联人当中被圈内人称作"特权人"的那个社会阶层，都是内敛而又训练有素的外交官。梳着一头整齐白发的瓦列里·伊万诺维奇，本身是从南方斯塔夫罗波尔的乡村走出来的，以前是足球运动员，后来从事体育及共青团活动。在州委会做指导，他就是在那儿被发现的。

　　当时那个年代，外交官和领导干部都是从工人出身、又经过考察的人当中选拔出来的，其实这样做是对的。

　　那时国家的一切都建立在他们的基础上，他们的品位和文化层次上，包括戏剧、电影、电视、文学和科学发展——可是只有旨在应对战争和太空研究的处于保密状态的"邮箱"项目才能得到慷慨的拨款。

　　有一个科学研究所竟然还有个生物化学处，处长是个女的，生物学副博士，她为自己的科研人员拿到了一个课题，想研制么一种只会对某一种族起作用的东西。

　　后来退休以后，她睡觉都一直枕着一个热衷于"死而复生"的人写的小册子。那个人吸引了一屋子一屋子的人，卖他那些充满无穷力量的小册子。

　　现在我们继续说瓦列里。他遇到自己的妻子已经是在使馆工作以后了，妻子是一位大使的女儿，人长得很漂亮，从母亲那边说，算是出身于莫斯科格鲁吉亚大公的贵族之家，从父亲（大使）这边讲，也算是农村人，但整体上她还是像母亲。

塔玛拉当时在读大学，到国外父母那里度假，漂亮的石头围墙里住的都是自己人，整个使馆的人都生活在同一屋檐下，这样不仅可以和外国人隔绝开来，也不用学习当地的语言。弄得最清楚的就是物价，知道在什么地方的哪个批发库房食品和酒卖得便宜。使馆里的女人们让外号叫"矿工"（因为肮脏）的本地厨师教她们做腌蘑菇和腌黄瓜，他甚至还做了古里亚腌白菜①、罗比奥②，还有阿雅帕桑达利③，这是大使夫人妮娜·格奥尔基耶夫娜强烈要求的。

鱼子酱是他们从家乡带来的。可以经常给当地的土著共产党员弄点俄式午餐。

坐在小花园里，同事家的孩子们在里面跑来跑去。玩会儿"报城市名"的游戏。

打牌是禁止的。但是有国际象棋和俄罗斯跳棋。还有当地的电视频道，大家到了入夜时分都会看。说是为了学习语言。可是那上面播放的都是歌舞，还有邻国的宝莱坞电影制片厂制作的音乐电影。带当地语言的字幕，那些歌曲里拐弯的一行一行的字跑来跑去。屁都看不懂。

大使的女儿塔玛拉一直在仔细观察着年轻的外交官瓦列里（按照她的大使父亲充满蔑视的定义叫"足球运动员"），他和使馆里的孩子们一起踢足球时，她就从阳台上仔细观察，他像带一个足球队一样训练他们，虽然男孩子只有四个，脚还倒腾不过来呢，算是学龄前预备队员。

在这异国他乡，只有十一二岁以下的孩子才能带在身边，再大了就

---

① 格鲁吉亚腌白菜。
② 格鲁吉亚的一种豌豆沙拉。
③ 格鲁吉亚用茄子、西红柿和甜椒做的一种凉菜。

得送回国,使馆没有适龄学校。

所以和他踢足球的都是小小孩儿。他们是除了趴在纸上写作业,随便干什么都行!

塔玛拉坐在阳台上,成了他们唯一的观众。她在二楼扇着扇子,看着楼下的孩子们追着球跑。

那天,也就是塔玛拉来的第一天晚上,在写字台前坐累了的足球运动员瓦列里走到了院子里,去找自己的队员。他朝那个阳台扫了一眼,然后就淋漓尽致地展示了他擅长的所有技能。

大使的女儿塔玛拉不知怎么有些愁郁,晚饭时目光暗淡地坐在桌前,什么也没吃。

第二天,聪慧的大使夫人说有事找瓦列里,因为前一天晚上她正巧看了一眼阳台,回到自己房间后,又马上看了看窗外的院子,小足球运动员们正在那大声地呼喊。他就被大使夫人召见了。

于是瓦列里就带着姑娘去参观了所驻国的首都。他还展示了自己的其他才能,每次都是把手递给姑娘,牵着手把她扶下车,然后女士优先。玩笑开得——说实话——相当的粗鲁。

天火辣辣的热。姑娘累得筋疲力尽。

从母亲那边说,塔玛拉应该是格鲁吉亚人,是一个有着一双修过的细长眉毛的瘦弱的姑娘。每次触碰,她就会发出如琴弦般的颤巍巍的声音。这瓦列里起初就发现了。

甚至有几次,从车上下来后他也没有松开她的手,就一直牵着她走。但是,塔玛拉一直保持着她石雕般的贵族脸,这既引起了瓦列里的敬意,同时,好像也激起了他作为男人的自豪。

要不是大使亲自叫他过去,并皱着眉头盼咐他再陪塔玛拉去参观城市,接下来的事瓦列里自己还真决定不了。

"你知道,她说想熟悉一下这个国家,了解一下当地的风俗。逛逛市场、看看电影。"

在市场上,瓦列里给她买了一个大柚子,当然,"柚子"一词他用的是俗称,发音并不准确,他亲自切开,剥下每一瓣上面的皮,给她展示该怎么吃。

然后他用自己的血汗钱,当地的货币,买了电影票。

电影院是美国风格的,至少还有空调。对于普通人来说票价有点儿贵。观众厅里只坐了一半人。孩子们在座椅之间跑闹。大人们在远处对着他们喊。每到情节的转折处观众就会交头接耳(电影源自当地生活,有谋杀情节,也有歌舞)。

瓦列里把头歪向大使女儿标致的耳朵(耳垂上点缀着钻石),东一句西一句地给她翻译着。他呼出的气息让姑娘感觉到了脖子后面的一阵凉意。瓦列里有时是故意吹的气。

紧张竟然有如此强大的力量,以至于最后瓦列里用嘴唇去触碰了她如天鹅绒般柔软的耳垂,塔玛拉立刻疑惑地把头转向他,高高地挑起八字眉,然后眯起了她美丽的眼睛。

瓦列里大功告成。直到电影结束他们一直在亲吻,然后又在公园的长椅上坐了坐,后来就爬进了一个长满刺的灌木丛,瓦列里把上衣翻过来垫在下面。他们疯狂地缠在一起,像摔跤运动员一样。一切该发生的都发生了。瓦列里甚至没有想过这一切会发生得这么突然。

他们衣衫不整地回来,像刚从垃圾堆里钻出来似的,在门口相视而笑。瓦列里就像每一个尝到禁果后的男人一样,很贴心,从未婚妻发髻里摘下几根小草棍儿。

塔玛拉不是处女:对于二十七岁的年龄来说这毫不稀奇。虽然她也不能算是很有经验。这么说吧,之前肯定有过几次。一开始塔玛拉由于疼痛不由自主地发出嘶嘶声,然后就开始发出轻微的喊叫声。老道的瓦列里立刻就明白是怎么回事了。但现在她身边早就没有任何人了。

"别出声！"瓦列里严厉地低声警告她。

好在不远处正在大声放着当地音乐。塔玛拉很投入地做完了，呼吸声嘶哑而急促，胸部不断起伏，一声不吭地喘着粗气。瓦列里对自己很满意，虽然他不得不扔掉一个手帕。

没有手帕刚才还真坚持不下来。常年四十度的高温，并且湿度也大。本来想把手帕留下来，但是他后来意识到，会把裤兜弄湿的。裤子是棉布的，本地买的，很薄。也不能像傻瓜一样拿在手里。

塔玛拉的裙子仍旧很干净，因为瓦列里一开始就认真仔细地帮她把裙子卷到了腰部以上。在应付女孩儿方面，这位前足球运动员的经验还是非常丰富的。他已经领过好几个女孩儿来过这个公园了。可以说，这事儿所有人都知道。

往往认为，使馆的楼里是有窃听器的，大使夫人就想让下属都知道，她对事情有多了解。难怪选瓦列里做她的向导。二十七岁的格鲁吉亚处女，这像什么事儿呀！

这对儿"新婚夫妇"终于还是回到了使馆的住所。昏暗的大厅里，瓦列里和塔玛拉一起站了很久，放开她的手之前低声说了些什么。他轻声地说着各种扯淡的话，比如"你的眼睛好美"和"你就是我的妻子"。然后他们又亲吻了。

二楼的灯还亮着。塔玛拉的父亲和母亲没睡，惊慌不安地坐着，衣着整齐。

年轻人什么事儿都做得出来，以前还有过叛逃的呢。大使的女儿和外交官私奔，并且留在国外不回来了！叛徒的父母是要被判处民事罪行，遣送回国的啊！

"嗯。你去哪儿了？"父亲看到回来的塔玛拉，上去就是一个巴掌。"我们差点儿就要报警了。"

"爸爸！我要嫁人了！"塔玛拉一边躲闪，一边大声地喊道。

"嫁人？你嫁一个我看看！"父亲不由自主地大喊，母亲妮娜·格奥尔基耶夫娜赶忙参与进来。

她把塔玛拉领了出来，把一切都问清楚了，然后回到丈夫身边去安抚他。

"他就是个乳臭未干的毛孩子！什么都不是！塔玛拉身边有那么多优秀的小伙子，图马尼扬的儿子！杜宾纳·维克多·彼得洛维奇的孙子！"父亲勃然大怒，"可是她呢？她注意过他们吗？没有！一丁点儿都没有！而且以后呢！你考虑了吗，以后会有多少麻烦啊？我会被召回！明白吧，他这是把裙带关系扩大化！瓦列里被召回是肯定的了！丈夫？他也配做丈夫？！回国后他能去哪儿，一个两手空空的骗子？去克拉斯诺达尔儿童足球队当教练？就是个傻瓜，傻瓜！他连房子都没有，带塔玛拉去住宿舍，是吗？原则上说他就是个穷光蛋，不是吗？"

"别着急，别着急，"夫人劝他说，"塔玛拉都多大了啊！也该出嫁了！"

"而且还有！瓦列里是有任务的，他不能没完成任务就撒手不管了，明白吗？这是工作！"

也就是说，瓦列里还要顺便从事间谍活动，他雇了一个老侨民，他熟悉当地的反苏圈子。这个老人很需要钱。因此瓦列里才给办事处寄了详细的有关慈善舞会、集市以及有白卫军色彩的文学晚会的详细报告。这么一来，办事处就把握住了侨民的日常生活脉搏了。特洛茨基老人，别看上了年纪，却表现出了极大的积极性，因为他毫无例外地仇视所有侨民（侨民对他也一样）。

革命后这么多年以来，一个俄罗斯小群体（已经延续到第三、第四代了）无所不用其极，得罪了每一个同胞，彼此不和，多次重婚，其中就包括特罗茨卡娅夫人，维吾尔·沙拉霍夫公爵夫人一离世，她就和公爵在一起了，带走了特洛茨基家族存下的所有珠宝，现在又加上了著名的维吾尔·沙拉霍夫锦匣。

毒舌们瞬间就传话给特洛茨基，说那两个不要脸的早就盼着这一天呢，好能媾和。好像他们早就死心塌地、厚颜无耻地同居了。那个不幸的老太婆不会是被他们毒死的吧？

他给警察局写了五封信。均无济于事。现在，特洛茨基（已满75岁）专门强迫自己去参加所有他以前讨厌的活动，低三下四地蹭杯茶喝，甚至小孩子的生日会他也去参加，还写信告发沙拉霍夫家族（苏维埃政权强烈反对者，操控秘密组织）和所有其他人。

不再躲躲藏藏，他开始穿着体面（以前将就着穿一件磨得发亮的夹克），并且还和一个寡妇（她丈夫以前是律师）开始了柏拉图式的浪漫，她有一辆还能开的车。

现在，他去哪儿都开着车，和自己的女人一起参加一些免费的活动，诸如观赏城市烟花燃放之类的，正因如此，他才赶紧给瓦列里（也就是给克格勃）写信，愤恨地告发当地城市官员，说他们挥霍纳税人的钱。他在信里还提到了当局和警察局受贿的所有事实。

虽然这些信写得文不对题，喜欢备用的瓦列里还是都买了下来并寄了出去，起码可以比对信中提到的名字去研究当地居民的心态以及贪污受贿等腐败活动的动向。也就是说，哪个官员已经在公开受贿了，以及一旦有什么风吹草动可以指望谁。而不久前，特洛茨基可是出了大风头，在阅兵式上他数了当地的坦克数量。共有六辆，其中一辆还直接就停在了广场上。

现在，如果瓦列里结婚，他们把他派走，那使馆的这个活动也会受到威胁。此外，谁会允许这样一个亲戚数量不断增加的家庭在使馆的屋檐下存在呢——他自己和妻子、女婿、女儿，以后可能还会有外孙！

除此之外，大使对自己的女儿还有一种男人的爱，所以他无法去想自己美丽又聪明的女儿会躺在一个笨拙的男人身下，被别的男人在床上当作妓女一样蹂躏。她应该永远保持纯洁，以表对父亲的忠诚，他对此事是这样理解的。

虽然他也琢磨了，女儿也该出嫁了，但同时又觉得没人配得上她，一切都是未知的（塔玛拉已经在部里做了三年的图书编目工作，工作地点就是书库后面的某个地方，温和静默的工作环境，这是爱她的父亲帮忙安排的）——但是这样他倒能平静些。

第二天，大使格纳季·伊万诺维奇把瓦列里·伊万维奇叫了过去，大喊着"你知道你都干了什么吗"，像年轻时一样，飞身过去给了下属一记耳光。

瓦列里没有了任何贵族和外交官的风度，像街上的混混一样对着格纳季的心口窝乱捶一通，大使倒下了，瓦列里拔腿就跑，上楼去找塔玛拉，说了句"我们得谈一谈"，然后就拽着她坐上了电气火车，开始漫无目的地往前走。最后他们来到了一小片相当不隐蔽的棕榈树的小树林，外面是高高的围墙，也顾不上瞭望台上的士兵了，瓦列里迅速插入了塔玛拉的下体，让她怀上了自己的孩子，做了昨天因为保护大使女儿的名誉而没有做的事。

结果，原来他们躺的地方紧挨着当地驻防军围墙外的隔离带，换一种情况肯定把他们当间谍抓起来了，但他们却一切顺利（看来，士兵跑去拿望远镜去了，瓦列里和塔玛拉走的时候，上面瞭望台那儿有什么东西还在闪）。

对瓦列里来说，最重要的就是要射到塔玛拉身体里。他耳朵一直在火辣辣地疼，这让他产生一种报复心理。他报复的不是塔玛拉，而是她父亲。就这样，在幸灾乐祸的报复氛围中，塔玛拉怀上了未来的女儿玛莎。

瓦列里和塔玛拉回去的时候，又是快半夜了，塔玛拉的父亲无声地躺在自己和妻子的床上，并没有起来去向为了爱而反抗并和男人私奔的女儿展示自己的尊严。

他决定不再使局势继续加剧，而是要踩一踩刹车。也就是说，先要让塔玛拉离开他，然后想办法抓住他的弱点并消灭掉他。就是这样，比如，他做了什么不好的事被别人抓住。

格纳季躺在那正精神振奋（热血沸腾）地在脑中构思着各种画面。他脑海里已经勾画出一个阴谋，就像是经验丰富的剧作家一样。

但是第二天一早，瓦列里便主动递交了离职申请。

不过莫斯科那边开始打电话澄清此事。卢比扬卡①没有通过他的申请。莫斯科那边根本无法理解，这个年轻人之前的表现那么好，发生什么事了呢？

格纳季已经准备好了应对准备，一个晚上没有白过，他在国际电话里把这件事描绘成了这样，说瓦列里由于嫖娼染上了梅毒，女保管员在他的门口捡到了一张瓦列里弄丢的化验单，上面有化验结果和他的姓名（医生的诊断已经有了，是使馆医生的杰作，万事俱备）。还附上一个装过抗生素的空玻璃瓶，说是从瓦列里的垃圾筐里发现的。

一年前，类似的事情曾经发生在一个司机身上，他被医生送去做检查。然后据女清洁工说，她有点儿不对劲儿，而她只和司机住在一起。他和女清洁工都被送去实验室做涂片化验，然后没等到出结果他们就被召回了。顺便说一句，化验结果显示只有女清洁工是阳性。

所以这条路是行得通的。医生按照大使的指令伪造了类似的化验条，上面的名字是瓦列里。塔玛拉也听过了父亲的说法，她在自己房间哭了很久，父亲还给她看了玻璃瓶，以及那张写着那个"叛徒"名字的化验单。

使馆里炸了锅，所有人都对瓦列里避之不及。他去院子想和孩子们

---

① 指坐落在卢比扬卡广场上的克格勃办公地。

训练,孩子都没影儿了。他溜去了女保管员米拉的家,她是自己一个小球员的母亲,但是米拉走出门外,用身体挡住了门,然后说:"像您这样的性病患者,这里免进。"她脸上带着十分痛恨的表情,因为瓦列里这段时间一直在和米拉同居。她又补充说,"以后别再来我这里,妈的。"

"你跟谁说'妈的'呢?"瓦列里反驳道。

但米拉已经把门"砰"的一声关上了。

瓦列里有些摸不着头脑。处境糟糕透了。

但是让格纳季没想到,瓦列里上过青年间谍短训班。小东西派上了大用场。简而言之,午饭前,瓦列里借助于甲壳虫式窃听器,偷听了使馆内部电话交谈的内容,从中了解了事情的来龙去脉。听得他惊讶不已,浑身都被汗浸透了。

这之后,他向自己的办事处写了一封密信,信中对此事的描述是这样的:格纳季大使将给特洛茨基用于完成超级重要任务的钱据为己有,特洛茨基要以沿着驻军围墙散步为掩护,对驻军(可能是火箭部队)进行观察,还需确认,就在NN车站附近(瓦列里预先将一定数额的美元藏在手提箱的二层底里),而当瓦列里问及大使关于给特罗茨基用于这个绝密活动的钱时,格纳季大使说,没有收到过这笔钱,也就是说,他将钱据为己有的事实已经非常清楚。

然后,被抓到了侵占这笔钱的大使,就用假的梅毒化验单对他进行诽谤(可以到给出这个化验单的那个实验室去,就可以澄清我根本没有去过那里的事实!),而且,事情的起因是,大使反对自己亲生女儿塔玛拉和他,即瓦列里的婚事。

瓦列里还提供了驻军的地址,就是那个在小树林里,离首都半小时车程的驻军,特洛茨基本该被派到那儿沿着驻军围墙散步的。

结果,瓦列里的密信比格纳季的通报稍晚了一点儿。

51

然后瓦列里就去找了使馆的医生,并要求他们把这个传说他得了梅毒的化验单亲手交给他,以便他找到那个实验室并让这个伪造的化验单真相大白。

"什么化验单,您说什么呢?"惊慌失措的使馆医生反问道。"您在哪儿看到您得梅毒了?您是疯了吧?还是喝多了做梦呢?"

"你自己才他妈疯了!"被臭骂一通的瓦列里回答说。他已经不怕再失去什么了。

## 玛莎出生的故事

结果塔玛拉的父亲和瓦列里（还有医生）均被召回。塔玛拉的暑假也以各种痛苦的遗憾而告终。

瓦列里不辞而别就飞回了莫斯科，大使因心脏病发作躺在床上，母亲流着眼泪仓促地收拾积攒下来的东西。

家具需要走水运，用船。开销太大了！太大了！买"伏尔加"新车和给塔玛拉在合作社买房（已经给她交了首付）的事也泡汤了——她自己也有错。

妮娜·格奥尔基耶夫娜从内心深处有一种被欺凌之感。直到现在她也觉得，自己就算不是这世界的主宰，但无论如何也是自己周围世界的主要的具有影响力的人物。

所有人都臣服于她，丈夫、丈夫的下属、当地的仆人，甚至还有当地的掌权者和他们的夫人。更不用说远在波季[①]的亲戚！那儿还剩下一个守寡的姐姐——她唯一的女儿可是只嫁给了一位报亭售货员啊！

不知是否需要补充一下，妮娜·格奥尔基耶夫娜永远断绝了和亲人的所有联系，回莫斯科度假时，不认识的人按门铃是不会开门的。从来不会有改变。

---

① 格鲁吉亚城市名。

当然也有一次例外,但还是没让拎着皮箱的厚脸皮的来客进门,他们说是直接从火车站来的,好像是她的外甥女和丈夫及年幼的儿子。"我不认识你们。"妮娜·格奥尔基耶夫娜说,并果断地"砰"的一声关上了门。否则他们就会形成惯性。

可现在的情况很可怕,又无法挽回!一家之主成了无业游民,女儿被骗子侮辱,还很可能怀有身孕。

一路都怀着沉痛的心情。妮娜·格奥尔基耶夫娜没有哭。生命的尽头已经来临。回去后,如他们所料,丈夫受到上级的制裁,前大使一家迫于无奈搬到了郊区的别墅。

还在休假的塔玛拉,在父母面前就开始显露出妊娠的症状了。每天早上都会呕吐。母亲让她去做流产:

"你想什么呢?孩子要是得了梅毒,你知道这意味着什么吗?脊髓痨!会瘫痪的!我的小心肝儿啊,你看看医学百科全书吧!你看,父亲现在已经没有工作了!我们拿什么养他,养你这个梅毒孩子!"(接下来从母亲的表情判断,她是在咒骂。)

在这艰难的时刻,她也曾经使用过她父亲的语言。

最主要的是,塔玛拉不知道去哪儿找瓦列里。瓦列里也没有别墅的地址。

但是她低估了自己未来的丈夫。晚上她听见她的窗户吱吱响。她赶紧打开窗闩,扯下纱网。瓦列里像贼一样爬了进来。他们久久地无声地亲吻着对方,塔玛拉一直在流泪。

"收拾东西,我们走。"瓦列里说。

"你说什么呢,我怀孕了。"塔玛拉回答。

"这对你有好处,要多走动。"勇敢的瓦列里说。

瓦列里爬了出来,把塔玛拉也夹着接了过来。他们又漫无目的地走,然后就直接在也不知谁家的篱笆下过了一夜。塔玛拉不合时宜地哭着,反复肯定地说:"你是我的。我爱你。你呢?"瓦列里从牙缝里挤出了一句:"我也是。"

快到早晨时,他们把所有的事都讨论好了。瓦列里在等待去另一个国家的任命,将在塔斯社的屋檐下工作。

"去那儿只要已婚的人,"他说,"你的护照在哪儿?咱们去拿。否则他们就会藏起来,我了解这种人。"

半年后,前大使格纳季被派往远东的一个贫穷、目前中立的国家做贸易代表,从当地人手里买购买劣质商品,而实际上是出口武器来支持当地的叛乱分子。从而对政治施加影响。

妮娜·格奥尔基耶夫娜又成了女主人,但现在已经是规模最小机构——商务代办处的女主人了。

而瓦列里和塔玛拉早就被派到了拉丁美洲的一个国家。可是他们的女儿玛莎是在莫斯科出生的,为了省钱,塔玛拉生产前一个月就回来了,免得在当地诊所花外币。

此后的一生之中,变得逐渐成熟的塔玛拉——后来的塔玛拉·格纳季耶夫娜,与瓦列里·伊万诺维奇如影随形。她成了一个沉着、能忍、寡言、认真仔细的优秀间谍妻子。不再有任何问题,也不再轻易流泪。

瓦列里生气地嘲弄她,冲她发犟脾气。故意用粗俗的表达和脏话来挫败她的自尊心。显然,瓦列里被他岳父一有机会就重复的话,搞得不安:"你是靠利用我和塔玛拉给自己走出的仕途,却把我的路给断送了。"

此外,有这么一个粗野的大使老爸的塔玛拉,以前是一个不折不扣的贵族小姐。知道如何像公爵夫人那样穿着打扮,在国外买回布料,然后让廉价的莫斯科裁缝按照国外的剪样为她缝制。

必须强调一下,塔玛拉只以一个人为榜样:杰奎琳·肯尼迪。同款大衣、"药片"式女帽、露锁骨西装。实际上,她的脸长得很像杰奎琳,只是这一点没人发现。

带女儿出去时,她给女儿穿的是典型的英国公主的服饰:格子裙、漆皮鞋、大领上衣和短西装。

女儿,确实长得并不是很漂亮(你见过漂亮的英国公主吗?安娜公主?玛格丽特?),但她却是一个能给人留下深刻印象的女孩儿。

即便如此,放纵不羁的瓦列里·伊万诺维奇在家里还是处于统治地位,总是把自己的失败发泄在妻子和女儿身上,而且还时不时地冒出一句:"你们是不是想挨抽?"

塔玛拉爱女儿爱得没边儿,但从女儿十二岁起就不得不把她送到莫斯科去上学,由外婆妮娜·格奥尔基耶夫娜抚养长大。

妮娜认为抚养瓦列里的女儿长大,这是无期的苦役。至于大使外公,格纳季,在饱尝耻辱后很快就离她们而去了。毕竟公熊无法忍受另一头公熊在自己的窝里白白享受,失败者就该离开。

## 玛莎的爱情

最后，长大了的玛莎是一个孤僻而又算不上十分漂亮的姑娘。不知道如何卖弄风情和装扮自己。没办法，全世界所有的公主都是孤独的，她们找不到适合自己的伴侣，最后就会对仆人产生炽烈的激情，唉……

玛莎其实私下里是善良、热心而又敏感的姑娘，只是她怎么都不表现出来。这一切她的母亲塔玛拉·格纳季耶夫娜都知道，并且很清楚，她一直都会这么孤独。

她们深深地爱着对方，经常通电话。母亲是玛莎唯一的朋友。

玛莎长得像父亲，浅色头发，是一个不显眼的好学生，家境好、彬彬有礼、沉默寡言又难以接近。

一年级的时候她就偷偷地爱上了谢尔盖，因为有一次在存衣处他对她说："你的书包拉链开了，得拉上。万一……来，我帮你拉上吧。"然后他就给她拉上了书包的拉链。而她的包正好背在身体的侧面。他那双体贴而又熟练的手就摸了玛莎的大腿。后来他就总和她打招呼。

上三年级快要开春的时候，生日前的一个月，玛莎似乎失去了理智，她明白了，应该有所行动了，也就是说她彻底做好了准备，把整个房子擦了一遍，打扫干净（外婆经常生病，而母亲一如既往地和她的大使丈夫常住国外），然后打国际长途电话的时候，让母亲通过外交邮件给她寄来最时髦的音乐唱片和窗帘布料，还有牛仔裤、薄毛衣、蕾丝短裤和配套的胸衣。过生日那天她邀请了很多人，她走到每个人的面前，把写着地址和日期的卡片发给他们，其中就包括谢尔盖，她拿着同样的卡片去找他，他在另一个班。

他说："谢谢，我一定去。需要我带什么吗？"

"只带一瓶干葡萄酒就行，如果您不为难的话。"

外婆不赞成把一群吵吵闹闹的人带到家来，他们来的时候（很多人甚至毫不相干，好像是被邀请同学的朋友，一副野蛮的样子），她躺在卧室，用钥匙把屋门上了锁，但是玛莎把所有的事都一个人扛了起来。

大家在跳舞。谢尔盖在一边坐着。玛莎拿着蛋糕跑过来，一不小心撞到了他腿上。他点点头，对玛莎表达的歉意不苟言笑地回了一句："我原谅你了。"

然后在大家还没有把浴室和客厅的地毯吐得一塌糊涂之前，他就先于其他人走了。但几天后在走廊里，他走到她的面前，问她有没有第一次世界大战和巴尔干分裂内容的讲义。玛莎让他下课后来她家里。

他们喝着茶。外婆用脸上的表情表示着抗议。谢尔盖穿得很寒酸，鞋子更是不忍直视——一双粗糙的人造皮革制成的登山靴。

他走后，外婆问："亲爱的，他是哪儿的人呀，什么家庭啊？"

"他就一个人独立生活，从南方来的。海边出生的。"

（事实上，他家离海边三百公里。）

"你的'足球运动员爸爸'对我们来说已经足够了。而且你的外曾祖父可是公爵。他学习怎么样？"

"不知道。我觉得还行。"

"那你看上他什么了啊，你告诉我！"

玛莎沉默了。

之后她和谢尔盖之间的关系很久没有任何进展。见面问个好，仅此而已。就这样，不好不坏，没有任何变化，这段单相思就这样持续着。

有时他们也一起去图书馆、去食堂。

转过年的四月，谢尔盖又一次在存衣处走到她面前，开着玩笑说："这回包的拉链好了？你好。"

他已经穿好了衣服。玛莎马上问："你去哪儿？我的意思是，你要往哪儿去？"

"往哈巴罗夫斯克方向，但比那儿要近一些。有人推荐我去一个州立师范学院读研究生，同时教书。看来，以后得将注意力放在中国了。那当初为什么要学爷地语呢？"

他们朝地铁站走去，但事实上他们沿着小巷走了很远。这是他们第一次一起散步。玛莎在发抖，她的颧骨都痉挛了，但是外表什么也看不出来。

"生日过得怎么样？"他问。（他还记得！）

"就那样吧。我外婆一直生病。我们两个人在咖啡厅坐了坐，仅此而已。"

（我们都是什么人啊！其实玛莎邀请去咖啡厅的是一个一起练击剑的女友。）

"高兴吗？"

"可真是高兴。过完那天的生日清理脏东西就用了一个星期。所有人都喝吐了。我可是够了。"

一切原来都如此简单。梦想实现的时候，看起来就像平日里的生活一样。感觉不出任何幸福。

他们在朝克鲁波特金地铁站的方向走着。甚至也没散步，就只是朝着一个方向走。朝着他要去的方向。

谢尔盖说,当然,凭他会的这么多门外语去穆哈波伊斯科①教历史有点儿不情愿。

他和玛莎就像亲近的朋友一样聊着,探讨着自己未来的命运。

"情况基本就是这样,"他最后说,目光绕过玛莎,朦胧地看着其他方向,"我们只能告别了。"

"那莫斯科呢?留在莫斯科?"玛莎闷闷不乐地回应着。

"有人推荐我去一个办事处,我在那儿实习过,医疗进口公司,那儿有一个位置,还可以去节度进修,但是没有莫斯科户口他们不要。我所有条件都很合适。非常可惜。我会说ゃ地语和伊尔都语。还会说英语(就像面试一样,谢尔盖把自己取得的成绩一一列举了一遍)。但他们很可能会要沙茨金,而他只会说英格利诗和法兰奇②。但是,他们说,他们一年就能把他教会……给他补课……知道他父亲在哪儿吗?"

"这可不好。"玛莎回答道。

"这我知道,"谢尔盖沉重地回答,"而且去节度他们只派已婚的夫妇。"

玛莎突然就像有了投身跳进深渊一样的勇气:"你如果愿意,我去跟外婆说,我们假结婚,然后让她给你注册户口。"

对玛莎上户口的建议、求婚和一片真心他是怎么回答的呢?

他说:"这太复杂了。"

"啊,"玛莎痛苦地拉长了音调说,"是啊……那好吧。没办法。"

他们走到了克鲁波特金地铁站,谢尔盖就告辞了:"我在附近一个地方有点儿事儿。"就是说,他没有去送她,也没去喝杯咖啡,像玛莎

---

① 这是作者虚构的地名。带有戏谑口吻,"穆哈"在俄语中是"苍蝇"的意思,而"波伊斯科"接近"打"的发音,让人能联想起苍蝇拍。作者想表达的就是一个被人遗忘了的、边远荒凉的小城市。

② 英语和法语。

计划的那样。他也没留下来过夜,像她自己想象的那样——和外婆之间的问题、吵闹、流泪,所有这些她想象的,也都不会发生了。

"那再见吧,"玛莎说,"要不,咱们去我家?外婆做饭特别好吃!她会做菜卷儿!然后咱们看看录像,爸妈给我寄来一部特别棒的电影!"

"暂时不行,"谢尔盖若有所思地回答,"暂时不可以。"

"你记下我的电话号码,然后今天就来我家,我们把所有的事都讨论一下。"

"我有你的电话号码。"谢尔盖说。

"那,一定来啊。再见。"

晚上玛莎一直在哭。她主动向谢尔盖求婚了!而他,好像是,拒绝了。她开始怀疑,谢尔盖是不是已经有别人了。可能,他现在就想结婚。他是怎么说的来着,"只派已婚夫妇"。意思就是说,谁会和你联系,然后还得带你这个没用的东西一起去节度。

而且第二天晚上(她在学校没看到谢尔盖)玛莎和外婆进行了谈话:"你说,如果我要嫁人,你会是什么态度呢?"

"嫁给谁啊?"妮娜外婆吓坏了,她凡事都作最坏的打算。"嫁给那个人?"

"那个人是谁啊?"

"就是来找你的那个。我告诉你,要不我还不明白呢!现在我一下就全清楚了!就是在我们家喝茶的那个!嫁给他?"

玛莎耸了耸肩。

"他是哪儿的啊?"外婆接着说。

"我们年级的。"

"不是,我问是哪个城市的?"

玛莎很不情愿地回答了,就像大声地说了什么不雅的话一样难受。

"啊,当然。我告诉你,你生日那天他把咱们家所有的房间都检查了一遍，甚至我不在的时候还去了我的房间。我从洗手间回来，正好在我房间门槛撞见他，我带着嘲笑的口吻这样问他：'您是哪位？'他说：'您就叫我谢尔盖吧。'如此厚颜无耻，他竟然很冷静。"

"你没和我说过。"

"玛莎！不是迫不得已我不会和任何人说的，什么都不会说的。他简直太让我震惊了，我的宝贝啊，让我震惊的，我告诉你，就是他的自信。我才不会叫他谢尔盖呢！怎么，他跟你求婚了？"

"这不重要。"

"什么不重要啊！这才是重要的！我跟你说，我亲爱的，他就是想让你给他注册户口！这一看就明白了！"

"其实他什么都不需要。"玛莎痛苦地说。

"想都别想，"外婆丝毫没有注意玛莎的话，大喊道，"我不会给他注册的，何况连你的户口都不在我这儿，在你爸妈那儿。他们肯定不会接受他的。也不会让你做这件事的！你会看到，我们会结成统一战线的。难怪他们把房门锁上不准你出去呢。他们那是有预感。"

"外婆，他根本没打算和我结婚。"

"那你们住哪儿？住我这儿？我这儿可不需要他。我是个老人，一个病人。我能容忍得了他用我的浴室和洗手间吗！听他吐痰的声音！甚至还有上厕所的声音！在我眼皮底下使唤你？谢谢了！我已经有这样一个女婿了。你爸爸。这个'足球运动员'。外公进了坟墓就是因为他。"

"外婆，你平静一点儿。你永远都在责备父亲！"

"平静什么平静！你听好了！闭上你的嘴！并且记住，你爸妈不会让你们俩进家门的。我更不会！明白了吗？"

玛莎都要哭了。她回答说："外婆，问题根本不存在。谢尔盖不打算留在莫斯科。"

"怎么，你要跟他走？"

"外婆！他不会叫我和他去的。他根本不需要我。"

"不，需要。我已经预感到了这件事结局是怎样的。哎呀，不幸啊，真是不幸！我这倒霉的眼睛，总是提前就让我把所有的事都看得一清二楚。"

## 阿丽娜的故事

这个故事的开头是这样的,女孩阿丽娜是莫大[①]的学生,住在名为"山上"的宿舍,和大学生阿夫坦季尔走到了一起,他们是在舞会上认识的。

每逢周六,列宁山上的大学里,皮肤黝黑[②]的学生们都会在宿舍两层挑高的大厅里播放优美的流行音乐!

全莫斯科的人都梦想着能考到那里。

阿丽娜一支舞也没跳,虽然一直有人在邀请她。

阿丽娜是一个生父健在的"孤儿"。母亲不久前死于肺结核,诊断一出来,父亲立马就走了,以完全无过错方的名义离了婚,然后转头就娶了一个年轻的女人,母亲一死她就搬到了家里来,靠父亲生活(阿丽娜已经住到宿舍去了),然后直接就不让阿丽娜进门,依据就是她有传染病。

他们家就在莫斯科郊区,在别墅村,现在阿丽娜已经回不去了。而且,母亲所有的东西、所有的财产,都不许她动。

继母养了一条恶犬,并把它放到别墅的院子里。但这里又没有警

---

[①] 莫斯科大学。
[②] 指非洲、印度或阿拉伯国家等地的留学生。

察！还好暂时还有宿舍可住，阿丽娜也就没有特别悲伤。

阿丽娜是个好姑娘，就像晴朗的天气，白白净净的，身材匀称。阿夫坦季尔，当然，就像山里的鹿：一头卷发、漂亮的高鼻梁、一双栗色的大眼睛，还有耐看的嘴巴，哪儿长得都好。而且，阿丽娜一看见阿夫坦季尔，就觉得和他早就相识，而且还相当熟悉。

已经是后来的事了，还是他们第一次上床的时候，到了早上，得赶去上课，阿丽娜看了一眼正在熟睡的他，突然想起来：在她小时候捏泥塑的那个艺术小组，捏的安提诺斯头部的形象就是阿夫坦季尔。

他唯有一点不好，腿短。但也不错了。什么可能都有，没准儿安提诺斯就是这样的呢。

他们的生活来源就是：父母给阿夫坦季尔寄过来很多钱。他父亲在沿海小城波季的报亭卖报纸，还有两栋房子租给过来度假的人，并且房间还是带隔断的。这样就有二十张床。他自己和妻儿在夏天旺季的时候就住在院子里石砌的小房里。阿夫坦季尔的母亲是一个药店管事的。

阿夫坦季尔稀里糊涂就进了地理系（他自己也不知道：好像是妈妈在学校有个熟人，她在他们家那里度过几次假）——因此学业上他也没特别让自己操过什么心。

管他们的正好是这个女老师，她是教学部门的。阿夫坦季尔的成绩簿里没有低于三分的成绩。

然而有一天，阿丽娜告诉心爱的人，她怀孕了，并且希望孩子能有个爸爸。

阿夫坦季尔没明白："谁？我爸爸？"

"不是。是你。你要当爸爸了。"

"什么，没懂，你听我说。我要当爸爸了？"他笑得像个孩子。

"我们得去婚姻登记处。"

"去哪儿？"

阿丽娜把一切都给他解释得清清楚楚。然后朝他歇斯底里地大闹了一番，说早就有一个人要娶她了……尽管她不爱那个人，但是孩子需要一个爸爸。她很有可能会嫁给他。而那是个外国人。

"谁，那个姆博瓦拉？"愤怒的阿夫坦季尔大喊，"我要杀了他！"

姆博瓦拉是个讨人喜欢的人，有着棕褐色的皮肤，是他们部族首领的儿子，是个穆斯林。他的确特别喜欢阿丽娜，而且多次开玩笑向她求过婚，让她做他的小老婆。姆博瓦拉家的茅草屋里已经有两个妻子和三个孩子了。姆博瓦拉十七岁。他经常给阿丽娜看自己孩子的照片。

"那我怎么办！"阿丽娜继续说，"你又不想娶我！"

"亲爱的，我想！"

但是得有障碍。他还不满十八岁。阿丽娜也刚二十一岁。阿夫坦季尔还是未成年人，要想结婚，必须征得父母的允许。他立刻就给父母写了封信。但是他们好像并不着急。

而姆博瓦拉每次见面时还是要拥抱阿丽娜，并向她展示可爱的婴儿照片。这激怒了阿夫坦季尔（当然所有这些见面他都亲眼见到了，就这么巧）。

三个月后，他满十八岁时，没有等来父母的祝福，他就和阿丽娜去婚姻登记处提交了申请。

阿夫坦季尔郑重其事地把自己的幸福写信告诉了父亲。阿丽娜也用俄语写了几个字。

没过多久，那个教学部门的熟人对阿夫坦季尔说："你父亲要飞过来，想让你带着未婚妻去机场接他。"并递给了他一张写着时间和航班号的纸条。

在指定的时间，阿夫坦季尔和阿丽娜（她的小肚子已经显现出来了，快八个月了，她几乎没有发胖）站在到达大厅里。

阿夫坦季尔突然全身颤了一下，猛地向前冲了过去。

在一群乘客中有一个身材矮小、留着胡子的胖男人,戴着一顶硕大的鸭舌帽,穿着一件黑色的紧紧巴巴的小西服,像查理·卓别林一样。他身后缓慢笨拙地跟着一位美丽、十分丰满的女人,屁股很宽,有点儿下垂,女人披着白色的披肩。

阿夫坦季尔扑向他们,差点儿就要哭了。他们抱住了他。

阿丽娜僵住了,继续微笑着。怎么,这是他的父母?可怕的阴沉着的脸,留着胡子的胖子,基本也长了胡子的阿姨,两个人红红的眼睛往外冒着。好像刚哭过,或者是好久没睡觉了的样子……

胖子听阿夫坦季尔说完,看了看站在一旁的阿丽娜,以自己的方式和他简短地说了些什么。然后他们三个人转过身,直接朝他们刚才出来的那扇门走去。

阿丽娜在原地站了三个小时,等着阿夫坦季尔。后来她感觉很难受,昏倒在了地上。她被送到了医院,进了留观室。

她从那里给好朋友法雅打了电话,法雅打探后对她说,阿夫坦季尔主动退学了。申请已经寄了过来。他的东西都被那个在教学部门工作的熟人从宿舍拿走了。

阿丽娜躺在病房里,泪流满面。

产期临近了,医生不知道开始给她打什么东西。阿丽娜因为不活动都浮肿了,开始出现并发症。医生就没有让她出院。

这时候留观室的女病房来了一个新的孕妇,叫玛莎。

她和阿丽娜一样大,都是二十一岁,但是她已经从莫国关毕业了,而且准备和丈夫谢尔盖去节度工作,去的那个城市名称特别长——类似于帕姆帕拉姆帕拉姆国。

玛莎从侧面了解了阿丽娜的故事(这里所有的事都是人们众所周知的),就试图让她开心起来,一直请她吃东西,给她吃水果和维生素,给她育儿方面的书让她读,但阿丽娜没有任何反应她什么都不想要。她不想读育儿的书。她，压根儿就不想生孩子。她叫来律师，并告诉这位律师阿姨，她想把婴儿留在这儿。律师给她的答复是，首先应该把孩子生下来，并答应给她拿来一份申请表。

玛莎越是精神振作，越是鼓励这个邻床的孕妇应该高兴地准备生产，甚至还塞给她书看，阿丽娜就对这一切越反感，也就越嫉妒邻床的那个孕妇——玛莎。

每天都有人给玛莎送来果篮、杂志，给她写纸条。阿丽娜的床头柜上空空如也，只有杯子和勺子。

实际上玛莎的情况也不容乐观，她开始出现并发症，尿液中查出了蛋白。这在生产时可能会有生命危险。他们甚至还说要提前给她做剖宫产手术。

她父母在国外，回不来，但玛莎并没有灰心。她每天晚上都去一楼窗户那儿和丈夫谢尔盖还有外婆聊天。

玛莎已经决定了，孩子就叫谢尔盖。

"你呢？"玛莎问。

阿丽娜扭过身去。给孩子取什么名字？无所谓，甚至叫希特勒都行。

阿夫坦季尔从那时起到现在一直没露过面。不是有钱人吗！哪怕寄几个钱来也行啊！

过去，阿丽娜和阿夫坦季尔整天长在餐馆，点的都是好吃的饭菜，阿夫坦季尔有三套西装。他还给阿丽娜买了粉红色的小西服、牛仔裤、一件山羊皮的大衣，还有靴子和两双便鞋，更别提那些小玩意儿了。

而现在她和孩子无处可去。宿舍不允许带孩子住。

她的东西还在吗？好朋友法雅答应去打听一下，她的东西被弄哪儿去了。但是找她接电话很费劲，整个走廊里就一部电话。如果电话直接打过去，对方不是犯懒就是没工夫。甚至她们把话筒就在那放着，一放就是十分钟。

而要想去家庭宿舍①——就是夫妻俩带着孩子，也有像阿丽娜这样的单亲妈妈带孩子住的地方，那得提前申请，就像工会委员会的人开玩笑说的，差不多怀孕第一天就要提交申请。但即便如此，那儿的人也只会说，没地方。

她的这个朋友法雅，一年前也有过相似情况，她生了孩子，沃尔科夫嘲笑着对她说："这不是我的孩子。"而且还是那种傲慢无礼的嘲笑。然后就从宿舍搬到一个莫斯科女人康威斯卡娅那儿去了，开始他还在怀疑，孩子是不是自己的，不想去，后来就像用鞭子赶马一样被催促过去了。

因此法雅为了参加考试，就暂时把孩子留在了孤儿院，而过了一个多月还是两个月再去的时候，她被告知孩子死了，被送到火葬场去了。"也不能送太平间去一直等您来呀！"

每次打完电话阿丽娜心里就会想这些糟心事，但是她对谁都没有说过。玛莎很开心，她在学伊尔都语，还给阿丽娜讲节度的事，临来医院前她还看了好几部关于这个国家的纪录片。

"你能想象得到吗，那里的圣牛满街跑！没人会把它们牵走。没人挤奶！如果牛要吃柜台上的水果，人也没有权利制止它！"

阿丽娜回答说："要是我也能这样就好了！"

她们俩几乎是同一时间生的孩子。她们被带到了待产室。两人沿着漫无尽头、像浴室一样贴着白色瓷砖的走廊走着。玛莎弯着腰，迈着小碎步，抱着肚子，好像害怕把孩子弄丢了似的。而阿丽娜则像要奔赴刑场一样，但是并不高傲。她也一样抱着自己沉重的肚子，但不是为保护孩子，而是因为难以忍受的痛苦。她的肚子像被烧红的铁烫了一样疼痛，对发生的一幕幕的彻底绝望全部都淋漓尽致地浮现在她的脸上。

---

① 俄罗斯高校为符合条件成家的学生准备的宿舍。

她们在相邻的两张分娩台上生下了孩子。阿丽娜大喊,而玛莎一声没吭。

"这姑娘真能忍啊。"阿丽娜在两次挣扎之间还在想,出于高傲她也停止了大叫。

突然所有人都不管阿丽娜,却都聚到了玛莎的分娩台旁。医生们跑来跑去,拿着注射器匆忙赶来,开始拉输液管。发出吱吱的响声。

"玛莎!"助产士不断重复着,"玛莎!你生了个儿子!玛莎!你睁开眼睛看看!"

而另一个助产士走到玛莎身边摸了一下她的脖子:"完了,姑娘们。"

这时阿丽娜拼命尖叫:"完了!我要生了!你们这些该死的母狗!过来啊!随便谁都行!别不管我啊——啊啊啊!"

一位戴眼镜的阿姨跑到她身边:

"别喊了!你怎么了!我们这就来看……嗯。来!用力!使劲儿!现在别动!否则就撕裂了!"

"你们在干什么啊!"阿丽娜大声喊道。

"这不是我们在干什么,是你的孩子。"助产士说。

这时,孩子开始带着非人的毅力和难以想象的痛苦从阿丽娜的肚子里往外挤,然后就像一个巨大的又结实又滚热的泥球一样掉了出来。

"男孩儿,"助产士说,"看看吧。"

"不看,"阿丽娜回答说,"把他抱走。"

"别别,孩子妈妈,看把你气的。都会过去的。你会爱他胜过自己生命的!你看你的朋友去世了,留下个孤儿。连给他喂奶的人都没有……"

孩子们被抱到了旁边的手术室,做了一些处理,他们尖叫着。

他们推来一张移动床,把玛莎的尸体抬了上去,推走了。一切都结束了。不知为什么,所有人都走了。

阿丽娜疯狂地从床上坐起来，抓起血淋淋的床单，披到自己身上，想跑，再也不想回忆起这恐怖的情景。

她的孩子将被送到孤儿院，去过孤儿的生活。而死去的玛莎的孩子将去节度，过上国王一样的日子。为什么别人总是幸运的——有家、出国、吃得好，还有钱，而她永远都是不幸的！阿丽娜心里流着血，摇摇晃晃地去了隔壁的病房，去看躺在石英灯下的孩子。每个孩子旁边分别放着两个提前准备好的小手环，手环上写着母亲的姓名：

这个是——阿丽娜·列奇金娜，男孩儿。

这个是——马丽娅·谢尔佐娃[1]，男孩儿。

阿丽娜都没看孩子一眼，就把手环调换了位置。

走廊有人说话，还有脚步声：是助产士来了。

阿丽娜爬回自己的分娩台上。

"怎么回事儿，怎么全是血！"她们大叫着，"地板上都是！你起来了是不是？"

"起来看看。"阿丽娜回答说，她冻得直打战。

"哎呀！"助产士说，"还是连心吧！妈妈还是决定来看看孩子。弄清楚哪个是你的孩子了吗？右边的那个！"

"对。"阿丽娜咬着牙说。

"好吧，"戴眼镜的助产士说，"现在你的任务就是给他喂奶并好好爱他。妈妈只要看一眼自己的孩子，就离不开他了。再一给他吃奶，那就完了，一辈子都是他的'奴隶'了。现在是新的开始了。"

护士离开去了新生儿那儿，可能，是要给孩子戴上写有妈妈名字的手环。而这些手环就决定了他们整个一生，是的。

阿丽娜被送到了楼梯下面一个昏暗的地方。

---

[1] 玛莎的大名。

"躺着，"助产士说，"会有人来接你的。"

阿丽娜在这个小角落里，盖着床单待了好几个小时。冷得直发抖。只有一个护士路过了一次，掀起床单说："如果血流得厉害的话，喊我们！"

当阿丽娜乘电梯被送到楼上并抬到病床上时，天已经彻底黑了。

护士给她端来了一碗热汤。阿丽娜贪婪地大口喝完。这也是一种小小的幸福。

## 谢尔盖·谢尔佐夫的后续故事

谢尔盖·谢尔佐夫已经做好了一切准备,就等玛莎和孩子从妇产医院回来了。

他把他和玛莎已经租住了一年的屋子打扫了一番,婴儿车是他刚把玛莎送到妇产医院时,同事们送的。他们有点儿着急了,好像一般不会这样。

当别人告诉谢尔盖,说玛莎已经被送到医院去生孩子了的时候,他抑制不住自己欣喜若狂的心情,为整个部门安排了一个小型聚会,然后他们就把放在仓库里的一辆婴儿车给他推来了。

晚上等所有人都走了以后,他先是完成了自己日常例行的做爱程序,和领导的秘书拉丽斯卡快速地做了爱,然后给了她打车的钱,把她送走,之后从仓库拿出婴儿车,叠起来拖到了地铁上。

第二天一早,谢尔盖还没睡够,就又带着用罐子装好的汤跑到妇产医院,把吃的和便条让人送了进去,然后一动不动地站在窗前等待回应。

十分钟后他就跑了出去,在单元门口开始吐……

然后他就去上班了。那些女人一眼就看出谢尔盖不对劲儿了。

"发生什么事了?"

"产后并发症。"谢尔盖说。

"生了?男孩儿还是女孩儿?"

大家都来祝贺,跑去又是拿酒,又是拿蛋糕。女人们就开始讲她们自己生孩子时的情况。然后她们看了看谢尔盖,想送他回家,但他说还要再工作一会儿。

好像开始处理一些文件。问题积了一大堆,都要他自己解决。但他一点儿头绪也没有。

需要给一大批节度的药品通关,但是有效期有问题。又是"奥尔杰娜"这个公司……

上司维克多·伊万诺维奇进了办公室:"发生什么大事儿了?从脸色我就看出来了。"

同事已经汇报给他了。

"请进。"

上司就进来了。关切地问道:"你怎么了?"

"那什么……玛莎去世了。"谢尔盖说,几乎要窒息了。

"什么时候?"

"夜里。生产的时候。"

"啊,我的天哪……我十分同情,谢尔盖。那孩子呢?"

"孩子……生了个男孩儿,活了下来。"

"无论如何还是要祝贺你。回家吧。"

"不,"谢尔盖不同意,"奥尔杰娜公司又出问题了。"

"没有问题。舒金刚才打过电话了。一切都按以前的办法处理。你走吧。"

"是导管过期了吗?有多少医院投诉啊?又说还没等用就裂了?"

"我和你说,舒金打过电话了。没事儿了。我们会接受这个期限。否则只能赔违约金,你自己知道……"

"是。本想我和玛莎一起去节度,到那儿再把所有的合同都重新弄一遍……是啊。玛莎已经差不多把伊尔都语都学会了。"

"是啊……我也想改变一下这个状况……我为此特意准备让你……'卡玛'公司还等着你呢，普拉德什先生刚打过电话。"

"现在我已经去不了了，"谢尔盖说，"不要紧。现在舒金那的这个……他叫什么来着……马杰夫可以去做代表。"

"对……马杰夫上个任期时就已经通过合作社买了房子……奥尔杰娜的报酬很高。看来舒金给你和他同时办签证不是没有道理的……好像预感到了一样……如果这种假设不完全荒谬的话，我甚至会想，你妻子死得没这么简单……但这是瞎说。你别多想。得给普拉德什打个电话……给，喝点儿白兰地。"

他们一饮而尽。

面对着身边贴心的人，谢尔盖内心的苦衷似乎突然迸发了：

"最让人难受的是，玛莎根本没想过自己。想的永远都是别人。我吃什么、睡得怎么样……她已经知道自己病了。不！她都做了什么傻事啊，只知道关心别人。还给我写了一堆信，讲病房里的一个女孩儿，所有的人都抛弃了她，好像是什么学校的大学生，既没钱又没住处，还总饿着肚子，写她这个，写她那个，孩子也没处带，让我多带点儿吃的。而那个女孩儿，人家已经找律师了，就为了不要这个孩子。还没生呢，就已经……玛莎写信问我，我们能不能再要一个孩子，马上就可以要，她说，所有问题我们都可以解决。她写道，我未必能再生第二个孩子了……这样一下子我们就会有两个孩子……所以最后我就成了给她们俩送吃的了……其实是给她们四个……"

"是，我们都看见了……吃的都堆成山了……"

"而现在，我确信那个女孩儿平安无事。而玛莎却没了……"

又一饮而尽。谢尔盖浑身颤抖，忽冷忽热。

"抱歉。"说完谢尔盖就从房间里冲了出去。

回来的时候，维克多·伊万诺维奇担忧地看着他：

"你怎么了？"

"不知道，胃有点儿不舒服，五分钟就得去一次……"

"狗熊病①。男人常有这种……听我说。我想了一下……得打听到这个女的……就是和玛莎一起生孩子那个……她在哪儿，她是谁？"

"有什么计划？"可怜的谢尔盖有气无力地问道。

"我是这样计划的。别跟任何人说你妻子去世的事。明白吗？而且，你也给合作社交钱了吧？"

"是。和玛莎向她父母，我岳父借了钱，把首付交了……唉。还要通知他们。不行，不行。"

"谢尔盖，如果你现在不去节度的话，就全没了。马杰夫肯定会去，他可以再重新续签一个三年的合同。'卡玛'公司已经准备好转预付款了。难道会这么巧合……一切就这么没了。包括你给合作社交的钱。所以这样。必须得打听一下，这个少妇是谁……生了孩子还是没有，干什么的，从哪儿来……"

停顿了一会儿，这期间谢尔盖全都明白了。

"但是我们来不及给她办手续了，您有什么好办法，维克多舅舅……"

"是，办理是来不及了……但要是把别的照片弄到申请表和护照上……"

"不，我不能这样。"

"我们再想想……"

"我就是行尸走肉。没有了玛莎对我来说生活已经不存在了。我甚至无法想象会发生这样的事……玛莎……唉，现在说这些也没用了。她是这样的一个知己……曾经就在我身边……"他哽咽了，"她心里只

---

① 肠易激综合征。

有我。所谓的爱与激情,我很清楚……就像是人在繁衍生息道路上的修饰品。还有善良……就是你可以把一切都托付给一个人。就是这个人永远都不会欺骗你。我们一起生活了两年,就像一天。就像一场梦。"

谢尔盖没有眼泪。

"啊!未来怎么样对我来说都完全无所谓了。现在剩下的只有工作了。"

"别这么说!还有儿子呢。"

"是啊……小儿子……现在该怎么抚养他长大……不想把他送人。我的上帝啊……"

"她,那个女人,如果她生完孩子又不要了……那她能来喂养你的孩子?"

"不知道……总之,还是得想一想。对,和她谈谈!对,这是个好主意。"

"这件事儿得好好琢磨琢磨……"

"啊?"

"我说得好好琢磨琢磨。"

"明白(猛地一哆嗦)。是个不错的主意……对不起,我还得……"

他回来了。眼睛下面是大大的黑眼圈。脸色苍白。

"是。好……您的意思我明白了。"

"不过,谢尔盖……这个姑娘……说不定是干吗的……小偷、妓女……"

"那才好呢。随便她是谁。怎么都行,只要能从这里和我走就行。"

"和她待三年!她没准儿会让你痛苦得像动物一样嚎叫。"

"那更好。我本来也嚎叫呢。反正也没别的办法。"

"她可能会痛恨你的孩子。自己的孩子都抛弃了,凭什么要养别人的?"

77

"也许会吧。那能怎么办呢？我在某种意义上说也在帮她。能带她出国。"

"可是，谢尔盖，那里的生活啊，没那么美好。我知道的。因为到了节度……那里的人很节俭……她一旦明白了，就会跑的，留下你和孩子……你知道吗，咱们代办处的孩子在节度的学校里都有饿晕的……父母甚至舍不得买几分钱的香蕉……所有的事他们都向我汇报过。"

"对她来说肯定比死在路边要好。我们俩都是行尸走肉，我觉得。"

"哎呀，小心吧。你带的是一匹黑马。"

"我不需要任何小心……"

"别这么说。我们去妇产医院吧。你有钱吗？需要花钱的地方很多。我借给你吧。从节度回来了你再还给我。"

## 阿丽娜的故事继续

第二天早晨,第一批婴儿被抱到了病房。

病房里充斥着孩子的哭声和年轻妈妈们的柔声细语,孩子的哇哇声和妈妈们的嘘嘘声:给孩子喂奶,原来很疼。别人的孩子也给阿丽娜抱来了。

"我不会喂他的,"她说,"抱走吧。"

"你看看嘛,长得多好看啊,"老看护夸赞着,"可怜的挨饿的孩子啊,多难受啊!"

婴儿令人讨厌地大声哭喊。

"我不会喂他的。"

"要是不喂的话,你会生病的。你看,你已经有奶了。会发烧的。为了自己的身体你也喂喂吧,小傻瓜。"

"离我远点儿。"

但是晚上太煎熬了!胸部发胀并且发麻。

她们又把孩子抱过来了。把死去的玛莎的儿子抱来了。他一刻不停地哭。

"喂喂他吧,善良的姑娘,给他点儿奶喝吧,你自己也会轻松些。否则你要知道,以后你的乳房就会被切掉,会长肿瘤的!"看护肯定地说。

"好吧,"阿丽娜说,"那谁喂那个孩子呀?"

"哪个?"

"'玛莎的那个'。'妈妈去世'的那个。"

"我的天啊,谁会喂他啊!就用吸管给他喂……冲点儿奶粉……活不了多久的。体质不好。"

"让她们把他也抱来吧。我要喂就两个都喂。"

"我和你说……那明天你这个姑娘……又一会儿这样一会儿那样……"

阿丽娜一块儿喂了两个。两个孩子不知哪儿有点儿像,都长得黑,大鼻子……乳头很疼,但是轻松多了。

一天要喂六次,只有夜里六个小时不喂。整个病房的人几乎都没有睡觉。阿丽娜努力不看这两个孩子,以免习惯了,但终究,就算不用正眼看,用余光也能分得清他俩谁是谁。

"自己的"很快就累了,睡着了,还饿着肚子就被抱走了。"玛莎的"像个小水泵一样吮吸着,很卖力,到了第三天,不用看,光看体重就可以说,他明显长胖了。

阿丽娜感觉"自己的"极其可怜,她一个劲儿揪他的小鼻子,让他醒过来。这是护士教她的。

阿丽娜都不看他,眯着,几乎是闭着眼睛就摸到了他的小鼻子,然后捏捏鼻孔,细细的,像铃兰花的花瓣儿。但是他拼命够到妈妈的乳房,感激地凑上去,吧唧几下嘴,不幸的被抛弃的孩子,又立刻开始打盹儿了。

这个小可怜,都快瘦没了。还说不定长大是个帅小伙呢。阿丽娜透过孩子半张的眼睑似乎发现,并在头脑中印下了这样的画面:可怜的小脑袋上沾着两小缕头发,以后肯定是一头卷发。

没人要的孩子。但是他会被富裕的亲戚带走。会过着像"国王"一样的生活。而最终都是公平的……再见,再见了,我的爱,我的小天使。

他们会带你走的。

但有一天,他们没把孩子抱过来。

"他俩都生病了,"看护说,"你暂时先把奶挤出来。我给你拿罐子来了。会有人喂他们。"

阿丽娜又气愤,又沮丧,开始挤奶。

不能不挤奶。否则胸就会胀,像大理石一样坚硬。

来了一位律师,拿着合同,让她熟悉一下。她读了很长时间,眼里却一片模糊。

病房里没有一个女孩儿和她说话。阿丽娜一直为玛莎哭泣,玛莎是她近来唯一的贴心人。要是有一张她的照片就好了,哪怕很小。玛莎是多么关心她啊,努力地鼓励她,一直给她拿吃的。

其他妈妈们的整个床头柜都堆满了果汁、袋装牛奶、维生素、水果,还有插在瓶子里的鲜花。而阿丽娜什么也没有。

法雅拒绝去探望她,表现得好像她是异己一样,似乎她们从没在同一套宿舍里住过两年,没有把自己的最后一根烟留给对方一样,好像阿丽娜从未和她分享过自己从阿夫坦季尔父母那儿收到的东西一样——那些用新鲜的核桃、杏和核桃仁做的果酱,自己家做的香肠和奶酪——这些都是在中央市场上做买卖的老乡整箱整箱运过来的。就好像法雅没把阿丽娜所有的衣服和裤子都穿破了,没有用过她柜子里的东西,没有用过她的化妆品一样。

现在打电话的时候,法雅表现得很冷漠,甚至是很恶毒。她一直强调自己就只靠一份助学金生活,饿得都起不来床了。

阿丽娜给她打电话的时候总是提心吊胆,担心她们会不会去叫她(不管怎么说也是在宿舍,要走很远,电话在大厅里),她说话的时候语气也是有气无力的。

"法雅,你打听到了吗?过道的信箱里没有我的信吧?"

"没有。你也别等了。他们就是那样的人。他们想必已经逼他把婚结了。"

"他是爱我的。"

"但他更爱他爸妈。他的一切都取决于他们。"

"法雅,你来我这儿一趟,行不行?给我带点儿牛奶……"

"你没必要在那儿躺着了。出院吧。直接把孩子送人。否则就会像我一样……他,我的万尼亚,估计,就是被卖了。"

"很有可能。"

"就是,阿丽娜!把你的孩子卖了!卖一万卢布!给自己在郊区买个住的地方。半个小房子。真的!"

"这怎么……"

"发布一个告示。"

"我从哪儿发啊,从这儿?在哪儿发?"

"你是不是以为我会帮你啊?那得给我百分之五十。"

"那我现在暂时住哪儿啊?带着孩子?家庭宿舍我又住不进去。那儿要排很长的队……"

"去你父亲那儿。你有这个权利。带着警察去,然后就住下。离得这么近,就在莫斯科郊外……不像我,见鬼,回趟家要坐三天三夜的车。"

"不,我不能……我怎么带着孩子去我父亲那儿啊……邻居们会嘲笑我。他现在这个老婆会杀了我,小孩儿她会直接喂狗……"

"你说什么?"

"什么。"

"小孩儿?"

"是啊。"

"你已经习惯有这个孩子了是吗?"

"那倒不是……"

"你在喂他是吗?"

"是……"

"我都和你说了!不要离不开他,不要习惯他的存在!哎呀,你有苦头吃了,像我一样。算了,已经这样了。你知道吗,阿丽娜,别再给我打电话了。我这样活在这个世上已经够恶心的了。连吃的都没有。"

"你妈妈呢?给你寄什么了吗?"

法雅的母亲每个月都随火车给她发一个包裹:基本是带肉筋的萨拉、炖肉、干鱼……但法雅从来没给阿丽娜吃过,一个劲儿说:"你会长肉的,会发胖的。"

现在法雅是这样回答的:"妈妈?她那儿还有两个孩子要养。她每次给我写信,说让我赶紧工作,学习没用。就为了让我帮她。'你这个寄生虫,总是坐享其成。'她干两份工作……你明白吧?我甚至现在就想离开学校……课也不想再去上了。实在是不感兴趣。沮丧。我是走投无路了。"

"你说什么呢!无论如何也不能这样!咱们就剩一年半了!那么长时间都忍过来了!"

"不知道……转成函授吧……"

"就怎么都毕不了业……"

"我饿得眼前发黑。我得走了。"

"你的沃尔科夫呢?"

"什么沃尔科夫啊,他已经和那个女的结婚了。他们整个物理系都去参加了他们的婚礼。现在俩人住在她父母家,他们有一条侏儒腊肠犬,长着黄色的小胡子,像眉毛一样。"

"你从哪儿知道的?"

"我什么都知道。地址、哪个院子。我在他家附近长椅上坐了整整一晚上，看见抱着像猫一样的狗的沃尔科夫走出来，他连对自己的孩子都没像对这个狗崽子这么关心过。"

（"哪儿来的自己的孩子啊？"阿丽娜吃惊地想，"没有孩子啊。"）

"我一定要报复他！"

"哦，法雅……"

"对！我要买老鼠药，然后投毒……我要为万尼亚报仇！"

一阵沉默。

"算了，我现在没时间……"法雅打着哈欠说。

"我说最后那天我和阿夫坦季尔一起走，怎么看见沃尔科夫和茵茄在一块儿了呢。但我没跟你说……"

"还说什么呢。所有人都看见了。阿丽娜！不用说这个了。"

"沃尔科夫这个恶棍。"

"茵茄是知道我怀的万尼亚就是沃尔科夫的。畜生就是畜生。"

"法雅！这……那沃尔科夫知道吗……啊？孩子死了这件事？"

"不知道，他不知道。他以为孩子在孤儿院呢。谁都不知道。你也别说，好吗？"

"我不说。法雅，给我送点儿牛奶来吧……"

"没钱。"

"法雅，谁都不知道我在哪儿吧？"

"不知道。我说你胳膊折了。"

"你最好去教学部门帮我请一下假，说我父亲病了。"

"可是已经晚了。教学部门谁管你啊！我和年级长说了，那个娜吉卡……"

"娜吉卡？"

"她根本就是个坏女孩儿。只认钱。仅此而已。她没有给你记旷课，但是我给她塞好处了，给她钱了。对了，你欠我钱啊。一个月考勤一半助学金。就等于你去上课了。已经两个月了。也就是说,你欠我整整一个月助学金的钱。"

"谢谢你帮我。娜吉卡这个混蛋,算什么诚实的优等生!"

"你自己又是什么样子?"

"你听我说,法雅。告诉我,我的东西……你打听过了吗?尤其是那个黄色的行李箱……"

法雅回答说:"哎呀,我傻了,还没给他爸爸写信呢,忘了告诉他你是个卑鄙下流之人。什么你的东西啊,那是阿夫坦季尔的东西。我和他比和你更要好!他一直跟我住在一起。别想了!你一走,他就来了,就是这样!他叫我'我的甜心'。我就是没有——跟你汇报过罢了。"

"这么说,你和两个人一起住?"

"十个人!知道吗,别再给我打电话。这次我接了,但以后不会了,好了,不要再打了。当初我把万尼亚送到孤儿院的时候你帮我了吗?没有,所以就什么都别说了。"

(电话挂断的嘟嘟声。)

85

## 基尔克里昂的故事

这时，一个三十出头的女人从妇科咨询室那个方向走进了产房，脸色苍白，蓝色的眼睛，很胖，腆着肚子，穿戴讲究，披着披风，戴着北极狐的帽子，连看都没看秘书一眼，径直走进了主任医生的办公室。

"您是达奇亚娜·彼得洛夫娜？巴巴扬那边给你打过电话，说过关于我的事儿吧。"

"您，对不起，姓什么？"

"基尔克里昂。"

"基尔克里昂？您好，您好，基尔克里昂，请坐。至于……啊，对，您做得对，在肚子上垫一个垫子……哈哈……过一段时间，邻居们就都知道您怀孕了……"

女士不想继续交谈。总之有点不满意。她直截了当地说："我想看他一眼，嗯，我的意思……他长得必须像我丈夫。我正在好几家妇产医院……挑选。"

"他会的，会像的。我向您保证。我的眼睛看得最准。"

"不，您知道，反正……"

"好。给您白大褂。鞋您拿了吗？"

"带拖鞋了。"

"怎么称呼您？"

"叶莲娜·克谢纳冯托夫娜①。"

"好。叶莲娜·克谢纳冯托夫娜,请脱掉外衣,先换一下鞋。"

女人把裘皮大衣挂在挂钩上,帽子放到了包里,脱下靴子,换了拖鞋,穿上白大褂,戴上医护的帽子,科室的主管给她在脸上系了个纱布口罩。

"我们现在去婴儿房,叶莲娜?"

"克谢纳冯托夫娜。"女人不满地回答。

"对,对……克谢纳冯托夫娜。……这样,您最好戴上口罩……一会儿谁也认不出您。以防万一。"

女人冷冷的,一句话也不说。冷酷的女人。一看就是大人物的太太。

他们走进了婴儿房。小家伙们躺在小床上哭着。

克谢纳冯托夫娜和科室主管在一个孩子面前弯下了腰。主管说:"喔唷,睡得真香啊!都不叫!喔唷,您将会有个多好的大儿子啊!您看,多像样。别的孩子都叫,就他不叫。以后能当领导,一眼就看出来了。"

突然,叶莲娜·克谢纳冯托夫娜像被恶鬼推了肋骨一把似的,她指了指旁边的小床,床上的孩子尖叫着:

"旁边这个小孩儿是谁?"

"看那个干吗啊?这个是您的。孩子的妈妈已经不要他了……都找过律师了,现在咱们就签协议……"

"不,你回忆回忆!这个孩子是谁?我看见他简直都惊呆了。"

"这个……我们看看。"主管把卡片翻开。"啊……马丽娅·谢尔佐娃……男孩儿。妈妈去世了。我们在观察他,正做检查呢……生产的时候难产……另一个产妇正给他喂奶呢……"

"这个孩子和格兰特长得一模一样!简直就是他!"女人戴着口罩

---

① 叶莲娜·克谢纳冯托夫娜·基尔克里昂的昵称。

大叫起来，"上帝啊！和他一样！他们太像了！整个就是他们家的人！"

她把戴着大戒指的胖手伸向人家的孩子，想立刻就把他抱走："简直就是我的格兰特！"

"不行，您说什么呢！叶莲娜·克谢纳冯托夫娜，不行。您想都别想。"

"我跟您说，从来没见过……怎么会这么像……"女人还在激动着。额头上冒出了汗珠。她看起来像疯狂热恋中的女人。

"不，您想什么呢，这个孩子有父亲……外曾祖母、外公外婆、爷爷奶奶……他们正等着他出院呢。"

"我们走吧。"叶莲娜·克谢纳冯托夫娜威严地说。

她们出去了。主任医生在后面拖着步子，像奔赴刑场一样，脸色灰突突的。

过了一会儿，她走进了婴儿房，这次是她自己，把包放到地上，急匆匆地一下子把一个孩子的尿布去掉，然后又去掉了另一个的，把他们的手环和脚环调换了。孩子们拼命哭喊着。然后这个穿着白大褂的主任医生阿姨厌恶地把两个孩子调换了位置，把他们分别放到了对方的小床上……

出来的时候，她不由自主地画了个十字，然后自己点了点头。她包里装着价值不菲的东西，价值可能妇产医院里所有的手环和孩子全加起来都不够。这是一个镶着足量钻石的铂金戒指。可以给儿子买一套合作社的住宅，或者一辆"日古力"汽车。

## 阿丽娜的故事再续

一个女士来找阿丽娜，尽管她很忙，但却是很满意的样子，她是一个律师："怎么样，这位孩子妈妈，文件您看了吧？快！咱们把申请按格式写了。"

阿丽娜说："不，我们去走廊吧。"

"这有什么保密的？"

阿丽娜沉默了一会儿，从床上起来，有些摇晃，脚在地上拖着。

律师跟在她的后面，到了走廊追上她说："那去我办公室吧。这些女孩儿跟您什么关系啊！就是临床而已！她们不会听见的！你这些见不得人的事跟人家什么关系呀！你把孩子留这儿，还是把孩子带走，跟她们一点儿关系都没有。她们光顾着忙活自己的孩子。她们一走出院，明天就连你长什么样儿都忘了！干吗和她们不好意思啊？干吗把我折腾来折腾去的？而且还得爬楼梯。"

律师很胖，气喘吁吁地，步履蹒跚地走着。她们上了楼，去了她的办公室。这个老阿姨坐到了自己的位置上，脸上的表情都变了。现在的表情是蔑视和希望一切都快点儿结束。

"你干吗非得装给她们看，有什么秘密。"

阿丽娜坐在她桌旁。心想，不管她什么表情，我也要坚持按自己的意愿行事。

"我不同意就这样把孩子留在这里。我需要钱。"

"什么?你什么意思?"

"就是这个意思。是有人可以付钱的……"

"阿丽娜……这是要判有期徒刑的!你明白吗?我也一样!"

"那又怎么样……那我就不把孩子留下了。"

"你走吧,好好想想。如果这样,你干吗叫我来?折腾我?我有糖尿病,腿脚都不听使唤!你知道吗,我完全是竭尽全力地在工作!得这种病的人都是在家待着,不工作的。你去市场看看!去劳务市场看看!"律师全身上下都沸腾了。看起来像是被人深深欺骗的诚实之人。"你,为什么要这样戏弄我?"

"我没有……您这话怎么说的。我怎么就戏弄您了?"

"你就是个演员。你生孩子不就是要卖的吗?"

"不是,这是我和我丈夫的孩子。他父母把他带回老家了,他们很有钱。"

"演戏。有这样的女人!生孩子就为了卖。其中一个就坐在我面前。"律师用她白皙的手拍了一下桌子。手上戴着两个戒指——订婚戒指和一个巨大的红宝石戒指。

"您懂还是不懂啊!"阿丽娜高傲地说。

"有一个女的就判了七年。"

阿丽娜起身走出了办公室。

# 叶莲娜·克谢纳冯托夫娜与丈夫的谈话

这时，叶莲娜·克谢纳冯托夫娜来到了办公室，把大衣挂在衣柜里的衣架上，北极狐帽子扣在台灯上，坐在桌前，按了一下按钮，叫秘书给她泡一杯柠檬茶。然后拨了一个电话："格兰特①，亲爱的，我已经在单位了！回来了。好不容易坚持着从医院回来的。"

"她们怎么说？"

"能说什么。明天送我去留观室……我去医生那儿了……助产士那儿。她很紧张。"

"怎么了？"

"没怎么，没什么事儿。"

"不是，她为什么紧张啊？还发生什么事儿了？你快说，我没时间。"

"她说：'您这是犯罪！'对，她是这么说的。"

"说什么？为什么是犯罪？你干什么了？怎么这么说？"

"不是！她说：'您这是犯罪，因为怎么能这样对待自己呢！您太不爱惜自己了，都快生了还在工作！'"

"那为什么非要工作呢？谁让你工作了？怎么，家里穷得吃不上饭了吗？"

---

① 格兰特·基尔克里昂昵称。

91

"我是专家。我不能不管。整个部门不能没有我,我得把一切都安排好。"

"安排什么?你们在那儿就是做统计工作,就是收集数据。"

"你不了解我们的工作!"

"我知道你们那儿上报的是什么数字。谁都看不懂。每年给出的数字都会比前一年要早。"

"他们报上来的就是这样的数据,我们就只能用这些数据。你听我说。我想说的不是这个事儿。我这个年龄生孩子……"

"我奶奶五十岁生的孩子。你才四十。"

"那是你奶奶!她住在山里!她呼吸的空气多新鲜,她吃的都是什么呢!"

"是啊,她现在还养五头奶牛呢,自己做奶酪,还有恰纳希①!你知道,儿子都六十了!什么也不干。就知道吹杜杜克②。一有婚礼就叫他去。他也没工夫。是个懒汉叔叔。"

"你要知道,她自己养奶牛。牛奶是吃草的牛挤出来的新鲜牛奶。而我们条件不一样,医生说,我得保护好自己。"

"又怎么了啊?"

"没事儿,没啥了不起的。马上就到日子了。是……"

"我叫我妈来。整个迪利然③的人都和她问好,把孩子抱给她看。"

"没必要吧。"

"我觉得有必要。我叫她过来了。"

"我说了,没有必要惊动你妈妈。她岁数大了。"

---

① 格鲁吉亚菜肴,即罐焖羊肉,羊肉炖得比较软烂,里面配搭了各种蔬菜。
② 亚美尼亚传统民族乐器,是世界上最古老的双簧风鸣乐器之一。
③ 迪利然是亚美尼亚著名的温泉小镇,被当地人称为"亚美尼亚小瑞士",吸引了许多艺术家在此定居。

"我们家没有岁数大的人。"

"暂时不需要,不要给她打电话。"

"她已经快到了。"

"哎呀,别啊,你说你,干什么让她来啊,格兰特。我怎么,还能应付不来吗?我妈妈已经准备好了,她已经开始做婴儿衣服了。虽然我跟她说了孩子出生之前不要做。这是不好的预兆。"

"对不起,有人打电话来。"

"别担心,不用你妈妈来,已经有整个一个军团的保姆了,哈哈哈!"

# 阿丽娜的婴儿之"死"

早上,阿丽娜坐在那儿拿着杯子喝着水,等着她们把孩子们抱过来。别的妈妈们都在安静且专心地喂着奶,目不转睛地看着自己的孩子。

看护把最后一个孩子抱了进来。

阿丽娜问:"我的呢?"

看护走过来紧挨着她。身上一股酒气。

"你的孩子死了,"她小声地说道,"没了。"

"怎么会这样?"阿丽娜抽搐了一下。水杯掉到了地上,但没碎。

"她们六点钟还把孩子抱来过!……说九点要给他们治疗……"

"对。九点我接班的时候,他的小床是空的。护士说,他被抱下去了。"

"我想不明白,"阿丽娜摇着头,"明明活生生、健健康康的。我怎么都想不明白。"

"啊,"看护挥了一下手,朝阿丽娜靠近了一点儿,弯下腰。"我们妇产医院还有比这更可怕的事儿呢。整个妇产医院都感染了。葡萄球菌。应该把它彻底烧掉了,然后再建一个。你啊,姑娘,趁还没有感染上一辈子都治不好的病,赶快跑吧。我心疼你。我生孩子的时候就没有丈夫。现在往监狱给儿子送包裹的时候,我自己扛二十千克东西,在小窗口那儿排队。我母亲瘫痪在家。是啊。你呢……你也受完折磨了。心里也没什么放不下的了。"

阿丽娜哼哼着弯下身,捡起水杯,机械地放到了口袋里。随口问道:"那那个……'玛莎的儿子'呢?还活着吗?"

"活着,谢天谢地。但他暂时不能抱过来喂奶。"

阿丽娜浑身开始颤抖,一头扎进枕头里。

看护往她身边靠了靠:"小声点!假装你什么都不知道。否则我就得挨训。他们把你孩子抱走了,就这些。床位空了。千万别喊。"

阿丽娜转过来对着她,泪流满面,却微笑着说:"我很好,听到了吗?我一切都好!"然后放声大哭。

"好吧好吧,患者。你冷静点儿。我先出去一趟,护士会来给你打针的。记住千万别喊,别吓到别的妈妈们。明天上帝就保佑你回家。"

看护走了。年轻的妈妈们都在自己的床上注视着她,努力护着自己的孩子,不让他们被她的哭声所惊扰。孩子们都安静地吮吸着。只有一个邻床的女孩儿,突然开始大哭起来。

阿丽娜用拳头捶打着自己的头,皱着眉头痛哭着,她自己都不知道为什么,感觉她流着的是胜利的泪水。她对孩子的爱已胜过生命。

## 妇产医院里的相亲会

主任医生的办公室里,坐着两个人:一个是仪表堂堂的男人,看起来像老板,以及一个从外表看不太健康的年轻人。

"这个事是这样的,"年长的说,"我们知道,你们这里有一个姑娘生了孩子,不想要……"

主任医生立即反对说:

"你们来晚了。她的孩子'死'了。"

"死了?什么时候?"

"刚才。早晨。"

"悲痛。"

他们沉默了一会儿。

"……但这使整个情况都发生了突然的变化,"年长的突然对年轻人说,"那……您能不能和她谈谈,让她过来一下?"

"来这里?为什么来这里?"

"他们给您打电话了吗?"

"这太过分了……这是禁止的……"

"是这样啊。那请您邀请她一下。"

"我邀请不了,你们要干什么?"

"我们想看她一眼。"

"什么目的?"

"必须这样。"

"那你们就在走廊里站着,护士会带着她从这经过。"

"说定了。"

"等一下。我的头有点儿晕……一会儿这事儿,一会儿那事儿的……"

护士走进病房:

"阿丽娜,走吧。"

"去哪儿?我不需要你们的缬草酊,也不用打针。"

"去四楼主任医生那里。"

阿丽娜站了起来,用毛巾擦了擦脸,在头发上搭上了一条方巾,系上绒布睡袍的腰带,然后将双脚伸进了粗糙的医院的拖鞋里。

一位穿着高跟鞋、相貌姣好的护士走在前面,戴着高高的帽子,穿着雪白的大褂,阿丽娜拖着步子跟在后面,满脸泪痕、鼻子肿胀、脸颊发热。

她们坐电梯上了四楼,沿着走廊走过去。窗边站着两个男人。

看着这两个奇怪的人走过来,又看着她们走过去的背影,他们简直呆住了,一个是漂亮的护送员,一个是像犯人一样穿着可怜的病号服的产妇。

阿丽娜从他们旁边吃力地走过去,更加蜷缩在一起了。妇产医院里有男人?这是谁?

两个男人对视了一下。"可以。"年长的男人说。

"嗯是,但不是前面那个……"

"对对,"年长的像驯兽员一样说,"你以为,你现在有很多选择吗?不是的。而且她确实和你的玛莎很像。两人都是白皮肤、浅色头发……"

"走在前面那个更好一点儿。后面这个完全是火车站的乞丐。"

"她刚死了孩子,你怎么回事儿?"

"啊,对。"

"我知道,你是想把我们的拉丽斯卡带走吧?"

"拉丽斯卡?"年轻的男人惊慌失措道,"怎么会带拉丽斯卡?"

"没人知道你每天下班后都和她把门锁上,偷偷在仓库里。但不行,她嫁人了。阿丽娜才更适合玛莎的角色。明白吗?同一个妇产医院,她们又很像。"

他们谈话的音调很低。

一分钟后,护士庄严地从旁边走过,故意迈着优雅的步态。妇产医院里很少有男人。年轻的男人不知不觉地眼睛就朝她斜了过去。

"玛莎是好,但她已经不属于我们了。"年长的男人概括地说道。

又过了几分钟,阿丽娜两脚蹭着地,目不斜视地沿着走廊跟着走了过来。她奇怪地笑着,像精神病人一样。

年轻的男人垂下眼,没有看她的背影。

"还可以。"年长的男人等了会儿说。

沉重的沉默。非常沉重。突然,年轻的男人不知为什么轻蔑地笑了笑:"那拉丽斯卡?可能,真的?……她为了去节度可以和丈夫离婚……这个阿丽娜长得也实在是太难看了。"他不大的眼睛里闪烁着疯狂的希望。他甚至脸都红了。

"拉丽斯卡是你的吗?她有两个孩子呢。而且她很爱她的丈夫。她就是个卑鄙无耻的女人,这倒是,但要说谁搞都行,还没到那种程度,"年长的男人回答说,"这是第一;第二,我们已经来不及办理手续了;第三,我们这里还需要拉丽斯卡,她是人民的财富。哈哈。我已经离不开她了,她就像是我离不开的纯毒品。"

谢尔盖听着,垂下了头,好像他被有意羞辱了一样。

"你能想象得到,到了节度她会让多少人心潮澎湃啊?对她来说神圣的东西就不存在。我们单位里的所有女的都这么说她：她就是我们这个集体里的一个癞蛤蟆。到时候你就会被召回……我们的拉丽斯卡也会被赶走。"

他们回到了主任医生办公室。

"您能不能和她说说，让她嫁给他？……而且是马上。"

"什么？！"

"是的，有这样的想法。他的妻子去世了，而她和这个……"

"和阿丽娜。"谢尔盖更准确地补充道。

"是朋友。他夫人甚至写信说过，想收养阿丽娜的孩子，让他们成双胞胎。她当时很同情她。"

"玛莎是个好人。"谢尔盖突然说。

大家由于尴尬沉默了一会儿。

然后维克多舅舅继续说："而且他和孩子要出国。"

"啊……明白了。着急走，是不是？没有妻子不让你去？"

"嗯，您总体上对这件事的细节把握得很准确。"

"那……她将是'马丽娅·谢尔佐娃'。但是我们把阿丽娜这个病人弄哪儿去呢？"

"她，种种迹象表明，没有任何亲人……所以您就开个'死亡'证明吧。"

"哎呀……一下子这么多事儿……这得判多少年啊，哈哈。"

"我们会好好感谢您的。"

"这需要和很多人都商量好……把病理解剖专家也拉进来……还得给护士钱。您知道吗，我不希望信息泄露出去……"

"所有的钱都转给您。"

"我想要辆车，"主任医生说得很简单，"'日古力'汽车。钱是钱，在我们这里出现紧缺的情况下（这是她一个玩笑），很多东西用钱是买

99

不来的。"她笑了起来。

然后她不自觉地看了看自己的手指。戒指放在那儿还没戴过，尽管她很想戴。可工作时戴很危险。那还能在哪儿戴呢？我们能去哪儿呢？去参加什么舞会啊？就是工作、家、上级单位，就这些地方。去参加谁的婚礼、谁的生日聚会，都不能戴，如果戴了马上就有人写信给上级部门。所以这一百万卢布干什么都不行，都会被发现。

"谈到正题了，提供一个值得思考的信息，"维克多舅舅说，"好像给了我们一个车的配额。"

"因为还必须得改写病历。还有您知道吗？你们给她送点儿吃的。你们这些男人，都脑筋迟钝。给她送点儿吃的，比如水果、棉花糖、饼干什么的。牛奶每天两升。她还得给您的孩子喂奶呢！她拿什么喂啊？只喝我们医院的汤和粥是不行的。没有一个人给她送过任何东西。我什么都知道。您妻子还在的时候……还活着的时候，她给阿丽娜吃的。您再以不认识的朋友的名义给她写一个便条。"

## 阿丽娜的不见面相亲

早晨，阿丽娜再次走进主任医生的办公室。

"是这样，阿丽娜。这里有人想和你假结婚。非常认真的人，而且条件很好。千万别犹豫。"

阿丽娜精疲力竭地，甚至困兽似的看了一眼主任医生道："什么？！您在开玩笑吗？"

"不，我是认真的。就是因为他们别无选择。他们需要一个哺乳妈妈来喂养婴儿。喂完了就分道扬镳，也许，还会付钱。但还有一个条件——不在莫斯科住。他们把孩子送到某个地方。就是那个已故的马丽娅·谢尔佐娃的丈夫。你就答应了吧。"

主任医生的办公室里一阵沉默。阿丽娜站在那儿，用精神涣散的眼睛看着窗外。然后她回过神来，突然问："那……他们会付多少钱？"

"你傻啊！你现在是一无所有，他们要是能带你走，你给人家洗脚和喝洗脚水还来不及呢……他们给多少，你就拿多少。明白吗？你还和他们讨价还价？你失去了孩子，你看你，哭得那个样，你还在这儿讨价还价。赶快长点儿心眼儿吧。"

"我谁都没失去，记住！没有失去任何孩子！"

"好吧，好吧，好吧，我这是……说走嘴了……我明白，你很难。来，喝一点儿……"

她从保险柜里取出一瓶很好的白兰地，并从一个长脖儿玻璃水瓶旁边拿过来一个普通的多面杯子。倒了正好三分之一。

"喝吧，喝吧。你将开始新的生活。并一定要记得我。我给你的建议是：什么样的生活都要接受，别和它抗争。我也替自己担心，像母亲一样替你们所有人担心……希望你不会反对。可能，该怎么样就会怎么样吧。没有正直的人。只是有些人没人给他送那么多。"显然，主任医生自己已经喝了不止一次了。

"我就是……一个普通的女人……我把所有人都扛在自己身上：女儿和她丈夫还有孩子，儿子、我母亲、丈夫和他妈妈……她已经下不来床了……但是她把我们所有人都掌握在自己手里……还有我丈夫的兄弟，这个该死的……酒鬼……我的两个孩子都已经长大了，可智慧没长，一个女儿一个儿子，奥列格和玛丽诺奇卡，他俩也得我管……还有他们的家人……你喝完了吗？那去吃糖果吧。你求求你的新亲戚，他们都是大人物，让他们在房子方面帮帮我女儿。否则他们三口人住在一居室里。可能也不用，否则会多出来一个房间，他就会动心思，想离婚……但是'日古力'是必要的，哦，什么必要，你是不是和他们说句好话啊？"主任医生突然结束了谈话。

"不，我不会求他们任何事情。简单说，我不会的。"

"啊……好吧好吧。你看吧，否则我会立即推荐另一个人选的……我这儿有一个十七岁的女孩儿，她和你不同，她就是一颗性爱炸弹……她也想把孩子卖了……我的意思是，把孩子留给我们。也是像你这样的妓女。也想靠女儿赚钱。她也有奶。"

"谁是妓女？是谁在这儿做交易？"

"哦！"

"你愿意推荐谁就推荐谁。我是莫斯科国立大学的学生。上四年级。而且我是优秀的学生。一年后我就上研究生了。我会忘记您的。忘掉你们这个令人绝望的地狱。孩子们都死在你们手里了，你们手里！"

"你精神不正常。在我们这样的条件下，任何一家妇产医院都是对人体有害的生产因素。没有设备，也没有医术高超的医生，我是唯一的一个在这里拼命扑腾的……是的！有些人没活下来。这不是谁的错。这是怀孕的艰苦条件……你的孩子是没活下来……但相信我，他在那里和他们在一起比和你在一起会更好……"

"'和他们在一起'是在哪里？"

"我说什么了？……在天上会更好。与天使在一起。"从她身上能明显地闻到酒精的味道。"与天使……你知道，天堂里的天使……"

"啊。"

"如果这些……要是，他们……同意选你……按我的推荐……那么他们明天就会和你谈话。告诉护士长，让她们给你把淋浴打开……你洗洗头。要不跟乞丐似的。你很漂亮。你看，眼睛睁开了……蓝色的眼睛，你一切都会好的。好啦好啦。我是希望你好。没别的。"

"好！"

"你看……你以后就是'马丽娅·谢尔佐娃'了。顺便说一句，你看起来很像她。她现在躺在我们的病理解剖室里。我下去看过了。成了大理石美人。这真是太让人痛苦了。明白吗？你这不是痛苦，算不了什么。"

"我的护照呢？"

"护照怎么了，你的护照将被销毁。我们会给你办理'死亡'手续的。"

"你把它还给我。"

"别想了。"

"那如果他不要我了，我怎么办？我怎么生活？她和我的经历完全不同，她有母亲和父亲……专业也不同，懂三种语言……我回来，要是

103

用这个姓氏,他们很快就会弄清楚我不是她。要是用我自己的护照,我还能够在大学复课。凑合继续生活。"

"不知道……这得他们决定。"

"您随便吧,这是我的条件。先给钱……还有我的护照。"

"……哦,你这样?我不知道。你先去洗洗吧。洗发水和丽达要。她是郊区来的,是个乡村妇女,到这来坐车单程需要两个小时,她就在单位洗澡。对了!一定要挤奶,你的任务是保住给孩子足够的奶水。"

"没准我的东西他们都会还给我呢?我的内衣、裙子、毛衣、靴子?"

"你的内衣他们现在就会给你,你洗洗吧。而其余的东西都跟从屁股里掏出来的似的……我们这没有熨斗。你问护士再要一件睡衣,更好点儿的……就说是我吩咐过的。但是靴子很重要,你是对的,必须还。"

# 谢尔盖·伊万诺维奇·谢尔佐夫求亲

傍晚喂奶时间，阿丽娜正坐在那儿用罐子挤奶。

突然，一个卫生员拿着一个大袋子走过来。袋子里是牛奶、水果、饼干和外国维生素，昂贵的肥皂，餐巾纸。但没说一句话，也没留下任何带名字的纸条。

"给谁的……这是给我的吗？"

卫生员点点头离开了。邻床的产妇们交换了一下眼神。

第二天早上，护士来接阿丽娜，是另一个，不过也穿着高跟鞋。

阿丽娜的头已经洗干净了，他们给了她另一件睡衣，洗的衣服在暖气片上也干了。阿丽娜穿上她漂亮的高跟靴子。完全不一样了。

她走进办公室。两个男人，一老一少，都看着她。年长的点点头。年轻的冷漠地坐着，眼睛是红的。

"好吧，"年长的说，"明天您就出院了，马丽娅·谢尔佐娃。是吧？最主要的事已经办完了。剩下的按规定办就可以了。"

"孩子暂时先留在这，"主任医生也加入了谈话，"他还需要观察。很可能会转到专科医院。可能会有各种各样的不可预料的情况。验血结果还不正常。毕竟已故的母亲病理不正常。"

阿丽娜本想插话，想说病理没有不正常，我就是他的母亲，我就坐在这儿，但后来她什么也没说。

"是,还得长结实点儿。"年长的说。

"每天挤出来的奶送两次,"主任医生继续说道,"先送到这来,以后,可能,送医院……没关系,您肯定行。去吧姑娘。"

阿丽娜没有看谢尔盖,谢尔盖也没看她。有什么必要?一切都是在没有他们参与的情况下决定的。她转身出去了。

"那就是有两份死亡证明书:玛莎和阿丽娜的。"年长的说。

"好的,好的。"主任医生回答说。

"还有阿丽娜的孩子。"

"都会有的。"

## 塔玛拉·格纳季耶夫娜的故事

这时,飞机降落了。外婆妮娜·格奥尔基耶夫娜去迎接瓦列里·伊万诺维奇和自己的女儿塔玛拉·格纳季耶夫娜。他们抱在一起痛哭着。瓦列里·伊万诺维奇很严肃,枯槁苍白的脸上看不到任何情感。

"葬礼什么时候举行?"塔玛拉问。

"一直在等你们。"外婆妮娜又开始流泪。

他们朝出口走去,坐上了外交部的车。大使坐在前面。

打开了住宅的房门,家具上都盖了床单,吊灯上盖着纱布,窗户上没有窗帘。已不再年轻的塔玛拉和她的母亲去拿抹布、刷子和水桶。开始大扫除。

"葬礼结束后,有必要安排一个追思会……大家聚一聚。需要给所有人打电话,她的朋友们会来的。谢尔盖、玛莎图书馆的朋友……同学们。"外婆说。

"我不知道,瓦列里是这么决定的……"塔玛拉回应道。

"怎么决定的?"妮娜·格奥尔基耶夫娜这才回过神儿。

"但他不喜欢这个……都是外人……他不需要。闹哄哄一群人。我们自己家人一起坐坐,喝一杯。"

喝一杯。

"喝什么?我们喝什么!你永远都是'喝一杯'。算了。那我就在自己家举行一个追思会，"外婆摇了摇头，"我告诉你们，这真是太没人性了……"

"是的，所有做法都没人性。是的。"

"她准备得多认真啊！她多高兴啊！"外婆哭了起来，"现在这却被葬礼代替了。我怎么没早死了呢，哦，天啊！"

妮娜·格奥尔基耶夫娜，这个住在莫斯科的格鲁吉亚人，开始拔头发。塔玛拉没有阻止她，也没有以任何方式安慰她。默默地用抹布擦拭着窗台和暖气上的灰尘。她从家具上取下了床单。妮娜·格奥尔基耶夫娜跪了下来，开始用手擦地板。

"拿拖把，妈妈！"她的女儿严厉地命令道。

"腿支不住了，女儿。"说着她就躺在满是尘土的地板上。

很快，救护车到了。妮娜·格奥尔基耶夫娜被送往克里姆林宫医院。她属于"特权人"。前任大使的妻子和现任大使的岳母。但是特权人在克里姆林宫医院的条件下也会遭罪。病房里四个人，晚上鼾声四起。虽然吃得丰盛，用一格一格的提盒送餐，但这有什么意义呢！

到葬礼的时候，外婆的情况已经很糟糕了。她还在医院。

但是婴儿还不能回家。好像还在检查或治疗。塔玛拉·格纳季耶夫娜与主任医生进行了长时间的交谈。对方只是一直摊开双手：

"到目前为止还有危险。这个孩子非常非常虚弱。"

"一切责任都由您负，我说到做到。"塔玛拉·格纳季耶夫娜在告别时说道。

"这是块石头，而不是女人。"主任医生从办公室出去的时候对她的秘书说，"花岗岩。"

这时，一位丰满的孕妇进了候诊室。

一分钟前，她们在走廊里碰上了——塔玛拉和这位女士。她们交换了一个眼神。彼此似乎找到了势均力敌的对手。克莱姆裘皮大衣，超薄如丝般润滑的皮毛上的云纹，皮是羔羊皮，从怀孕的活着的绵羊子宫里剖腹取出的羔羊。两人都是这样的裘皮大衣，真巧。是不同部门①的专门裁缝店的杰作。只是塔玛拉头上是一条黑色的丝绸围巾，这是哀悼的标志，而这位女士的头上是一顶北极狐皮的帽子，这是苏共中央楼②里住的女性的豪华头饰。

---

① 苏联时期，每个部委等部门都有自己专门的裁缝店，专门为本部门的人缝制服装。
② 苏联领导层上层的公寓楼，建于1963年至1991年，主要是在列昂尼德·勃列日涅夫统治时期。

## 叶莲娜·克谢纳冯托夫娜"待产"

"啊,叶莲娜·克谢纳冯托夫娜,"主任医生真心诚意地喊道,"我们一切都为您准备好了。病房在二楼。"

"有电话吗?"

"是的。对了,号码和医务办公室的一样。也就是说,有时会占线。走吧,我送您过去。您需要把所有衣服都脱下来交给……睡衣、衬衫、袜子和拖鞋您都拿了吗?"

"嗯。"

"谁送您来的?"

"司机,伊万。"

"什么车啊?"

"一款黑色的伏尔加。"

"您的东西都会交给他。"

"黑色的伏尔加。"

"会交给他的,会交的。"

"别弄混了哈,"女士说,"首先要问一下他叫什么。伊万·彼得洛维奇。这是车号(写了下来)。除了裘皮大衣。"

"不,裘皮大衣您也交给他吧。我们这的保管条件不是很……您知道,还有些霉味……霉菌之类的。没人接送的人都抱怨,有的产妇就一个人，所以东西没人可转交……裘皮大衣会受潮变硬的。"

"如果我需要出去呢？"

"您明天就出院了！您为什么要出去呢？"

"不。我得在这里待五天。按规定。"

"嗯……您知道的。我们只有一个这样的病房……为了应对非常复杂的情况，当需要紧急……这是我们的一个很小的手术室……"

"我有点儿没听懂。难道他们没给您打电话吗？"

"那好吧，那好吧。那我们说定了。五天就五天。"

"孩子什么时候抱过来？"

"今天，叶莲娜·克谢纳冯托夫娜，还有……您是在夜里分娩……凌晨五点。"

"最好七点。"

"不，这里已经写好了。"

"您改一下。"

"这个……那好吧，好的。全都重写一下……这里已经盖章了，还有签名……明天傍晚第一次喂奶的时候才能把孩子抱过来给您看……"

"我不会有奶的……"

"那也得抱过来。然后再给他喂奶。我们这里别的妈妈会把奶水挤出来。完全够他吃的。"

"我自己用瓶子……喂他……应该练习一下。"

"那好，让医生指导一下。"

"走吧。哎，我的天啊。"

"是的是的。别紧张。"

她们走进了长长的走廊。

"我？我不紧张。你们也平静点儿。我总是能实现我的目标。甚至我的格兰特都一无所知。你说到什么程度。我故意让肚子长这么大的。

哈哈哈。"

"是吗？哦哦哦。哈哈哈。"

"他还夸我了呢。说对他来说这是非常难得的。很喜欢这个肚子。原来他们需要的是像母牛一样的肚子。"

"正如别人说的，哈哈哈，男人说喜欢干葡萄酒和瘦女人都是装的……"

"咱们都知道，这个年龄的男人对年轻女秘书……"

"哎呀，我们知道，我们都亲身经历。"

"只有孩子才是联系两个人的纽带。我本人来自发生原子弹爆炸的那个城市……哪儿都没写过这件事。车里雅宾斯克……很多人不能生育。我下定了决心。我特地喝酵母、啤酒，开心地吃甜饼和蛋糕，还有小圆面包，就是所有的面食。胖了十五千克！他说，我成了美女。"

"您看起来很好。"

"这五天我要减肥了。"

"为什么？很多妈妈在分娩后都看不出瘦……嗯，分娩会掉十千克。几乎看不出来。九十五千克和八十五千克没区别。"

"五天十千克……我试试吧。我告诉自己，没有什么事是不可能的。"

"这对心脏很危险。"

"根据布拉格体系，您听说过吗？您可以饿五天而身体不会受到任何损伤。那就这样。您七点就给我丈夫打电话，告诉他孩子已经出生了。"

"好。3.9千克，52厘米。"

"叫格里什卡。您就说，'恭喜您，生了个男孩儿格里高利·格兰托维奇'。噻……太可怕了。我有儿子啦！"

"还没生呢。"

"是的，是的。他怎么样，在恢复体力吗？"

"简直就是个大力士！已经恢复到出生时的体重了。"

"什么意思？还掉秤了吗？"

"他们在开始的两三天内都会掉体重。出生是艰苦的事。现在开始体重就会增加。"

她们在等电梯。

"他体重增加了多少？"

"嗯……他三天长了一百克。"

"少啊。我们应该多长点儿。最好是我五天能瘦下来，而他能长上去……"

"好吧，您一定会心想事成。"

"太可怕了。我有了一个儿子！您明白吗？"

"哎呀，谁在按着电梯？"她敲了敲电梯门。"真是的，你们这儿的秩序啊……"

"谁会来我们这里工作？您会相信，厨房里干活儿的都是被判缓刑的，清洁工也是，我们留着他们，但怎么办，就这点儿工资，都不好意思说。"

"判缓刑的？"女士强调了"判"，就是蹲监狱。"他们可没个够。我们必须看好东西。"

"哎呀，我们从来没这么迫切地需要摆脱困境（笑声）。要是您过个两年左右再来，我们给您挑一个白白净净的女孩儿。"

"哎呀，可别说了！那就这样，别忘了把东西给司机送到黑色的伏尔加上去。特别是裘皮大衣。"

她们进了电梯，消失了。

113

## 塔玛拉·格纳季耶夫娜上战场

塔玛拉·格纳季耶夫娜小心翼翼地从半开的厕所门后面走了出来,脸色像雷雨中的乌云。她全都听见了。

她走下楼梯。一个清洁女工正在一个水桶旁抖搂着一块抹布。

"晚上好!"塔玛拉·格纳季耶夫娜说。

"你也是,如果你不是在开玩笑的话。"喝醉了的清洁女工回答说。

"你叫什么名字?"

"索尼娅。"

"索尼娅,我需要一个清洁工干两天活儿。擦擦地板。你会有一些很好的收入。你的薪水是多少?"

"哎呀。同志,你别问了。"

"两天挣的钱你能全拿到自己手里。"

"先交定金,同志。"

"我又不认识你。你要是把钱喝光了不来呢。"

"我?谁啊,我?我不喝酒。今天是我的生日。"

"你多大了?"

"你给多少,亲爱的。"

"我们走吧?"

"现在?"

"那还等什么时候。我母亲送医院去了,我一个人应付不过来。我们正在为追思会做准备。"

"谁死了?"

"我女儿……"

索尼娅嘘了一声:"难道是在我们这儿吗?"

"否则我为什么到这儿来?我是来开证明的。"

"好吧,亲爱的……我得工作到早上……现在不行。"

"好的。那明天我会派车在门口接你。我自己也会来。"

"哦!还坐车。都叫我索尼娅阿姨。虽然我比你小。"

"你全名叫什么?"

"索尼娅·斯坦尼斯拉沃夫娜。"

"明天见?"

"如果你不是在开玩笑。你到底想让我做什么?"清洁女工突然敏锐地看了一眼这个女人。她穿着一件很好的披风,但有些焦黑、枯萎。简直就像葬礼上的政府成员。哦,对了!她的女儿死了。

"夫人,你知道,"索尼娅说,"虽然我的生活状况和别人比不了,对吗?但我不是可以出卖灵魂的卑鄙小人。我没有忘记善良。我不会告诉任何人的。我不是那样的人,我不会掺和任何人的任何事情,哈哈哈。"

从她张开的嘴巴里吐出一股酒味。

"那明天见。"

五分钟后,索尼娅艰难地拿着一袋垃圾从厕所挤出来。护士在等她:

"索尼娅阿姨,先把垃圾放下。这些东西需要送到楼下的院子里。那有一辆黑色的伏尔加。清楚了吗?司机的名字叫什么来着……忘了。就是那么一个普通的名字……嘿,我这脑袋。这张纸上写着车号。简单说吧,那有一辆黑色的伏尔加,需要把这些东西送过去。"

下雪了。一辆黑色的伏尔加驶上了门廊。另一辆还停在原处。

索尼娅穿着两件大褂，赤脚穿着橡胶靴子，脑袋上围着一个华夫毛巾，她迈着怕冷的小细腿，跳到门廊上。双手将包袱抱在肚子前面。那张写着车牌号的纸在他的手中飘动着。

门廊上的黑色伏尔加按了声喇叭，闪了闪大灯。后门打开了。司机说："女儿的东西？放在这吧。"

"稍……稍等，"索尼娅说，声音有点像羊叫[①]。她想看一眼带车牌号的纸，但有点不顺手。

当索尼娅将包袱塞到座位上时，那张纸不知被风刮哪儿去了，见它的鬼去吧。索尼娅扭头溜进了妇产医院的门。

黑色的伏尔加仍旧停在那没动，好像在等人。

这时候一个头戴黑色围巾的女人从妇产医院走了出来并坐进了车里，车一拐弯随即消失了。

在稍远处停着的另一辆车里，也是一辆黑色的伏尔加，开车的人正沉浸在职业司机诚实的睡梦里。

---

① "稍等"俄语的发音像羊叫。

116

## 基尔克里昂大衣的故事

当这个司机醒来时,表上显示已经是夜里十二点了。没有收到指示。继续等?还是走?司机想了又想,然后又睡着了。

早上在约定时间,八点半,他把车停到了单元门口。出来了一位喜气洋洋的、虽然浑身上下都皱皱巴巴的领导。车里立即闻到了白兰地的味道。

"儿子出生了!",领导说,"今天凌晨生的!很突然!"

(有时领导的表达方式很奇怪。)

"哦!这可是一件大事。"司机回应说,"恭喜。"

"很突然,你明白吗?3.9千克,52厘米。"

"大事。"

"给,这个你拿着。"领导在前座上放了一张大票。

"不用不用,您这是干什么。"司机慢吞吞地说,把钱塞进了口袋。

"为他的健康喝一杯。他叫格里什卡。"

"我不喝酒。"司机像往常一样回答说。

"总得开个头儿。"领导也像往常一样回答。

"溃疡。"司机解释道。

"那才要喝。喝白兰地是最好的治疗方法。"

说着他们就出发了。差五分钟到九点,车到了单位。领导从不迟到。

117

九点零五分,秘书下去找司机。说领导在楼上叫他。

领导看起来很奇怪:"东西交给你了吗?裘皮大衣?"

"裘皮大衣?什么皮大衣?什么时候?"

"昨天在妇产医院。"

"没有。"

"你怎么,离开了吗?"

"我……"司机慢吞吞地说,脸通红。"我一直在那里等到早晨。在门口。"

"嗯。"

领导拨了个电话:"请基尔克里昂接一下电话。喂!列娜①!不,他什么都没拿到……喂!你别不说话!列娜!嗯……好吧。我会再给你打。"

领导挂断电话,没看司机,说道:"伊万!事实证明,我妻子所有的东西都被偷走了。"

"我在那儿站着,她叫我等,我就等了。谁都没来。"

"你睡觉了吧?"

"我没睡!一直到早上!没收到任何指示!"

电话响了。

"是!"领导听了很长时间,默默地点头,在纸上画了一些尖角,然后回答说,"马上。"然后捂住话筒,对司机说:"卫生员说她把东西交给了黑色的伏尔加。伏尔加就在问讯处那儿停着了。"

"可是我怎么知道怎么回事!"司机恳求的语气说道,"没有人转交给我任何东西!"

"喂!"领导在电话里咆哮起来,"别哭!妈妈打过电话,她说你

---

① 叶莲娜的昵称。

不能激动，否则奶……就没了。啊，你本来就没有，我忘了。列娜，亲爱的，情况是这样的。原来伊万一直在医院的那个门口站着，直到早晨。你没有给他指示。你是怎么给他送的纸条啊？"

司机摇了摇头，闭紧了嘴唇，抬起眼睛望着天花板，然后像穆斯林祈祷一样，手掌朝上，摊开了双手。

"不，他说什么都没给他送过来。东西和纸条？"领导望向司机道："你看见东西了吗？"

司机想了想，然后耸了耸肩。

"他什么也没看见。不，他说，他没有睡觉。他为什么说谎？"

司机突然开始朝侧面的窗外看去，然后把嘴扭向了一边。他的所有想法都清晰地写在他的脸上。想的都是骂人的话。

"你别难受。已经丢了……我给你……新的裘皮大衣，明白吧……啊，当然！貂皮的。我会尽力做到。当然，我们会弄清楚的。卫生员真的把东西送去了？嗯。嗯。我们会将卫生员告上法庭……判她缓刑在工作地点挣钱赔偿。开除她没有意义。是的，会从她的薪水里扣除。将补偿……这怎么……司机……你想怎么都行……补偿，是的。好的。"

领导沉重地放下电话，也不看司机，说："你自己辞职吧。如果不想坐牢的话。"

## 塔玛拉·格纳季耶夫娜与卫生员

早上九点钟,塔玛拉·格纳季耶夫娜坐在别人的一辆"莫斯科人"车里,车停在妇产医院附近的一个门口,门上有一个标牌"产妇接待"。

不得不等近一个小时,哭得红头涨脸的索尼娅终于迎着严寒蹿了出来。她大衣外面穿着蓝色的缎纹长袍,脚上穿着便宜的破旧毡靴,头上披着绿色的羊毛披肩。鼻子是红色的,很小。眼镜后面是通红的眼睛。

塔玛拉打开了车门:"索尼娅·斯坦尼斯拉沃夫娜!"

"操!"索尼娅骂骂咧咧。"顾不上了!"

她坐到了车里,坐到了后座上。于是就讲起,说她要因盗窃被起诉到法院。

"我怎么知道,他们说有辆车停在那儿,一辆黑色的伏尔加,我就给他们了!从九点开始就对我大吼大叫!主任医生和这个……第二十六病房的……两张嘴朝我喊!昨天她被送来生……最主要的是,她什么东西也没生出来,嚎得倒是跟产妇似的!说我偷了她的裘皮大衣!丽达昨天给了我一个用白床单包着的包袱……我也没看那是什么!我发誓,我立刻把它送到黑色的伏尔加车上去了!而她要上法院告我。又来了,琴斯托霍瓦的圣母①啊……第二十六病房的这个！你想想！而且我已经处于缓刑期了！我在这儿干活儿！这样的工资谁还会来给她们擦屎！现在我成了惯犯了！要到殖民地待两年了！我那走不了路的母亲往哪儿弄？我的儿子谁来看？"

"这是谁啊，是那个胖子大喊大叫吗？手上戴好几个戒指的那个？"

"谁他妈知道，这里每个人都挺胖！没瘦的！"

"第二十六病房，"塔玛拉·格纳季耶夫娜重复道，"她是生了吗？"

"生他妈什么生！她没生！她还站在床边大喊大叫呢！她叫我去！直接就扑过来挠我！主任医生也一直在那儿！"

"稍等一下。"塔玛拉·格纳季耶夫娜说道，并下了车。她打开了一扇门，上面标着"证明"。里边一个小的陈列柜上挂着标有姓名和病房号码的小牌子。每个产妇的姓氏后面都有标准的"恭喜"字样。第二十六病房标注的是基尔克里昂·E.K，男孩，3.9千克，52厘米。出生日期：今天，早七点。

"没错。"身为职业间谍妻子和女儿的塔玛拉·格纳季耶夫娜自言自语道。

她回到车这边，从后面过来，在行李箱摆弄了一番，又坐回去，继续与清醒着的而又恶狠狠的索尼娅进行交谈。

"怎么样，索尼娅·斯坦尼斯拉沃夫娜。我看我们今天也干不了什么。你可是一整夜没睡吧？"

"那倒没什么。医院里就是没日没夜。根本就……家里我母亲患有帕金森病，而就我一个人工作……是的，而且他们还在商店以我的名字赊账……可是我不是小偷！我不是小偷！"

---

① 琴斯托霍瓦是波兰的一座不大的镇子，由于当地Jasna Góra（光明山）修道院珍藏着神奇的黑圣母圣像，所以一直是波兰天主教徒的精神中心，黑圣母圣像在波兰被尊为国母。

"好,"塔玛拉·格纳季耶夫娜严肃地说,"那这样。你家里有电话吗?把电话号码给我,我记下来。我弟弟是律师。他可以帮你。"

索尼娅下了车,差点儿摔倒。一捆用床单包裹的东西在路上躺着。

"狗血!"索尼娅·斯坦尼斯拉沃夫娜不解地大喊道。"这是什么?就是这个!"

于是这个可怜的清洁女工抓起这捆东西,急匆匆地回妇产医院了。

## 谢尔盖带走阿丽娜和孩子

谢尔盖带着玛莎的东西，拎着一个手提箱，这是她临走前自己准备好的，他来妇产医院接阿丽娜。把所有该送的东西都送完了。包括为护士们准备的一瓶上好的匈牙利托卡伊葡萄酒和一份蛋糕。

尽管孩子还没有交给他们——他被转到了儿童医院新生儿部。

一小时后，这个姑娘从门里走了出来。完全陌生的表情。她只拿着玛莎的手提箱，并且立即把它交到了谢尔盖的手上。但看起来她什么都没碰过。她自己穿着皱巴巴的灰色皮草大衣，头上戴着一顶像削尖的木桩一样的皮草帽子。她自己没有手提箱，只有一个小包。难道自己没有任何物品吗？

谢尔盖坐在司机旁边。阿丽娜坐在后面。车子里发出恶臭的霉味，像是某种药的味道。噚。

啊。一股霉味。像仓库里的味道。

他们保持着沉默。到了家。

"你不要单独给邻居开门，"谢尔盖说，直接就以"你"相称，也不用问好。"否则他们会很惊讶。不要做出任何反应，也不要接电话。我找到了另一个住处，正好我朋友出国了。明天玛莎的母亲会来取她的东西。就是她的那些照片、信件、文件。白天尽量不要到这里来，明白吗？"

"我早上要去宿舍。打听一下我东西的下落。而到五点就该去送奶了。啊,我可以到医院挤奶。您不用担心。"

"随你便。"谢尔盖面无表情地说道。

他们沉默了一会儿。她不想再说话。

谢尔盖意识到了些什么,说:"我会尽早和岳母达成一致。这是电话。我的办公电话。"

"好的。应该买点儿什么……吃的吧……"阿丽娜含糊地说,"大学食堂里常有好吃的馅饼。"停了一下。阿丽娜不确定地说道。

"我可以吃馅饼,"谢尔盖出乎意料地自言自语,"我喜欢果酱和肉馅儿的馅饼。"

这是他们的第一次家庭对话。

"还有肉馅儿和白菜馅儿的。"

"随便什么馅儿,你买吧。我下班会回来比较晚。"

"好的。"

"差不多八点半吧。后天,我们就搬到一个新地方去。临走前我们只能在那儿克服一下。"

阿丽娜没回答,不知道怎么回答。因为一切决定都不取决于她。

他们下了车。一前一后走进了住宅。谢尔盖脱了外衣,穿上拖鞋,继续往里走。

阿丽娜脱下毛茸茸的皮大衣,摘了帽子,脱掉高跟靴子,把所有物品在门厅里摆放了半天,然后没敢穿玛莎的拖鞋,走到一间大房间,在那里只穿着袜子像一根柱子一样站着,环顾着她的新住所。不知为什么没敢坐下。

谢尔盖习惯地走进厨房,放上茶壶,从冰箱里拿出了奶酪和香肠,切了面包,把杯子从橱柜里拿出来,倒了茶。朝阿丽娜喊道:"开饭了!"

阿丽娜过来,坐下,坐在离他最远的位置,像雕像一样。

他们喝了茶。阿丽娜必须克制自己,以免一块儿接一块儿地吃个没完。

"我需要一个小罐子。"阿丽娜说。

"哦,罐子啊,"谢尔盖这才明白过来,"什么样的?"

"挤奶用的。晚上就得送过去。可我还没准备好。必须给孩子喂母乳。"

"啊。你知道吧,你找找……玛莎这里应该有……我什么都不懂。"

"还需要一个小锅,把罐子消消毒。"

"所有东西这里都可以找到。我得去上班了。"

"我怎么出去和进来?"

"啊!对。我这就指给你看……非常简单。两把锁。这是上边这个锁的钥匙。"

"那地址呢?"

"我给你画从地铁怎么走。我这就给你写地址。你明白了吗?我八点半回来。"

"明白。你叫什么名字?"

"谢尔盖。而你将是玛莎。"

"我叫阿丽娜。对。给我点儿钱。"又停了一下。"我明天好买馅饼什么的……"

"现在我没有,晚上吧。"

## 谢尔盖和拉丽斯卡

谢尔盖在单位坐着,打着电话,打印了几张纸。领导的秘书拉丽斯卡,身材火辣的女孩从门口钻了进来:"你需要很久吗?我着急走。"

"去哪儿?"

"约会。"

"和谁?"

"你不认识他。"

谢尔盖跟着拉丽斯卡进了杂物间,他们用椅子把门顶上,像往常一样做了爱。这是每天的仪式。拉丽斯卡是来者不拒的小母马。除了三月八号、新年和生日外,她什么要求都不提,什么礼物都不要。不多的小钱也拿过,据说是打车回家。有时她会借钱。因此,谢尔盖怀疑拉丽斯卡除了他之外,还有其他人,否则,她哪儿弄来的那么些如此昂贵的好东西,而这些东西只能在外汇商店才能买到。此外,家里还有丈夫和两个孩子在等她。为什么从第一天起,当他在走廊里抓了她屁股一把,她就依了他,这是一个谜。他立即把她带到了杂物间,在那里,在拖把和水桶之间,用椅子腿儿把门顶上,谢尔盖很快就处理完了俩人的关系。拉丽斯卡自己关爱地把嘴递了过去。真行。

也许拉丽斯卡坚信,如果不和领导发生关系,就会被赶走。她是一名普通工作人员,文化水平也不突出。她是被前任负责人录用的,被录用就是有特殊需要。拉丽斯卡年轻娇嫩，穿着迷你裙、高跟鞋。

维克多舅舅有时也会邀请她去自己沙发上"交流"。

"这是我这辈子见过的最美的女人身体。"有一次拉丽斯卡出去的时候，他猥琐地对谢尔盖说。

但是，谢尔盖没有发现任何特别之处，女人就是女人，好就好在她从不拒绝。

玛莎怀孕时就非常害怕流产，一提做爱就说"对不起"。他们平和地亲吻，像亲人那样，像孩子一样睡在同一张床上，共用一条毯子。玛莎喜欢把头枕在谢尔盖的肩膀上睡觉。谢尔盖喜欢抱着玛莎并闻她头发的气味。当玛莎不能弯腰时，他给她剪脚趾甲。他在浴室里给她擦背。他会去听胎儿在她肚子里动的声音。每天晚上，她给谢尔盖疲惫的背部做按摩，用瘦弱的拳头给他捶背……她等他下班回家就像期盼神的到来。他每次和拉丽斯卡做过之后都会满足、快乐而又带着负罪感回到家里，总是从市中心商店带回点儿好吃的东西。

拉丽斯卡严肃认真地把一切都做完了。

"拉丽斯卡，"他一边系扣子，一边对她说，"这能给你带来些什么吗？"

"当然了。"她回答，"你怎么，根本就不懂。"

谎话连篇。

"那你说这能给你带来什么？"

"健康。必须喝精子。你干吗深究这个没完？"

"你为什么要和我做这个？"

"我爱你，傻瓜。听着……我要付幼儿园的钱……可以借给我点儿吗？"

这是他们的一种相处方式，借钱。谢尔盖数出了三分之一。你的，我的，这些给她。

他们很冷淡地分开了。回家的路上谢尔盖沉思了很久,拉丽斯卡是个什么人。她取悦上司,但是她心里在想什么?她又是如何看待他的呢?只有玛莎爱他一个人。爱了他很多年,没有任何杂念。而且这与上床无关。玛莎,玛莎。他站在地铁的门前哭了起来。

## 谢尔盖和阿丽娜的家庭生活

  现在她坐在家里……像前面带两个大袋子的巨型稻草人，还有一个肥胖的肚子。身体里不断涌出鲜血。早上在浴室地上还掉了一滴。纯粹的大自然母亲①的形象。玛莎会是这样吗？一个产奶机器。奶牛。不会的。玛莎用自己的体温、友善和关怀温暖了一切。玛莎不只是一个身体，而是一个灵魂。她多么忘我地与父母抗争，为了他们能同意让谢尔盖注册下来！可没有任何结果，但是提起上诉分割房屋她还下不了决心，即便这样，和父母的关系还是破裂了，父亲根本不和她说话。但是谢尔盖考上了大学的研究生院，并在宿舍注册了。而且他们还是把婚结了。到这个时候，他们已经像一个整体，紧紧地连在一起了。

  而这个女孩现在怎么样，她感受如何？因为她的孩子死了。她现在把奶收集起来是为了喂别人的儿子。就是说，她在想着和关心着别人的孩子。看得出，她在琢磨，她的整个未来生活，最少未来三年的生活，都取决于此。

  谢尔盖回来了。阿丽娜坐在电视前。厨房里放着很多干净的空瓶子。

  "怎么，你没去送奶？"

---

① 俄罗斯的固定表达方式。如果妇女分娩后长得胖、乳房大，那么奶水就充足，往往被认为是很好的，所以比作"大自然"。

"去了。这些干净的空瓶子就是他们给我明天用的。"她笑了。她沉默了片刻。"这……您连坐车的钱都没给我留……我坐无轨电车都没给钱。"

"啊。给你。"谢尔盖把钱放在了床头柜上。

"您知道……主任医生告诉我,说您还得交钱……"

"交什么钱?"

"就是,把整个这件事的钱交了……"

"我们都付钱了啊。我给她钱了。"

"那我呢?"

"她没转给你吗?"

"哪儿有啊。"

"嗯嗯嗯,你从她那里等不到那笔钱的。"

"是的。"

"就是'洒掉的牛奶',如英国人所说。"

"会这样吗?"

"我再没有了。我浑身精光,还借了不少钱。"

"那就算了,"阿丽娜说,"那可能就是她们欺骗了我。"

"是的,可能是。也骗了我。"

谢尔盖松了一口气。去了厨房,大喊:"吃饭吗?"

"谢谢。"阿丽娜回答。

"你吃完了?"

电视里在叨咕着什么。

嗯。这是,每个人都自己吃自己的?

谢尔盖歇过来了。他就会做煎鸡蛋和焖烤土豆。他洗了土豆,"咣当"一声把蒸锅放到火上。把煎锅也放上,倒了油。往里打了四个鸡蛋,发出嗞啦嗞啦的声音。把那块剩的变硬了的香肠扔进了鸡蛋饼里,开始

130

煎。然后把平底锅拿到桌子上。

"吃煎鸡蛋吗?"他大声地朝着房间喊道。

她还是听见了,关掉电视说:"可以。"

但是她在这里的确没吃东西。冰箱里原来剩下多少奶酪和那块香肠,还是多少。面包也没有减少。

"你还需要恢复啊。得注意。"他说完笑了。意思是,像你这样的母牛,还得产奶呢。

"是的。"

谢尔盖将鸡蛋一分为二。切了面包。土豆在煮。他往土豆上面塞了两根小泥肠。

阿丽娜安静而又优雅地吃着。不紧不慢地。一小块儿一小块儿地吃。谢尔盖像在工厂干了一天活儿似的,狼吞虎咽。

玛莎总是做好饭等他回来,还自己发明了一些东西……永远都会有雪白的淀粉餐巾纸、插在古旧烛台上的蜡烛、水晶玻璃杯里的一朵小花。

"我们需要买吃的了。没有玛莎我好像就没正经吃过饭……"

"明天我挤完奶,去送奶的时候可以去商店。我早上七点走。可能九点就能回来。"

"我的意思是,还用给你留钱吗?"

"是的。然后我把发票拿回来。"

"发票?那好吧……"

"这里的商店在哪儿?"

当然,她肯定会骗我。可又有什么办法呢?很快儿子就要回来了。不管怎样,她都要操持家务。愿上帝保佑,她可别跑了。应该也不会的,她无处可去。

"这里好一点儿的商店在尼热戈罗茨卡娅大街上,从单元门出去往左走,就在拐角那儿。"

"买什么?"

"有什么就买点儿什么。"

"牛奶、酸奶……"

"哦,我不太懂乳制品。我不需要这些。"

空气凝固。阿丽娜移开了视线。啊,需要牛奶的是她。

"我想要泥肠。"谢尔盖机械地说道,"香肠……鱼罐头。"

"这些会有吗?"

"嗯,有。有时会拿出来卖。但是,会排很长的队。我排不了队。不过单位会给我们发,我们每周发一次订购商品。"

"我一直是在食堂吃饭。"(对于在餐厅吃饭的事她会保持沉默。)

"你之前在哪儿住?"

"在宿舍。但我已经交了一份关于学术休假的申请书……估计我的床位已经被收回了。我的东西很可能也都丢了……我的朋友说我们那个单元住的已经是其他人了。关于我的东西她们一无所知。我从机场直接就被送到了医院……"她陷入了沉思,眼泪差点儿就流出来了。

谢尔盖赶紧插话说:"玛莎的东西还在……你们尺码好像是一样的。"

"您知道,我不愿意。"她诚实地说。

"随你便吧。你家是哪儿的?"

"以前我有个房子。就在扎戈良卡地铁站那儿。妈妈死了。"

"什么病?"

"结核病。最后一年她是在医院里度过的,在克里米亚的一个疗养院去世。那里禁止探视。他们就把她埋在那儿了。"

"明白了。"

"能动弹的时候,她就来莫斯科工作。在市场上做买卖,直到最后……"

"明白了。"

"……卖花种子。市场很冷。她的专业就是植物育种,农业科学院毕业的。但是后来我出生了。她早上四点起床,每天都冒着严寒去市场,除了星期一。那里必须支付摊位费……最开始是在街上卖……放假的时候我们还帮她卖过。"

"劳动教育。"

"对了,后来她就没力气了。持续性胸膜炎。"

"你爸爸呢?"

"爸爸离开了我们。直到妈妈去世后他才回来,他和新妻子一起搬进了我们家。那时我已经上大学了,住在宿舍……弟弟当兵去了……一次我回家过周末,一条没拴着的狗跑来跑去,一个阿姨说,不要在这里瞎溜达。爸爸出现在门廊上,向我挥了一下手,让我离开这里。我弟弟从军队回来后结婚了,他回家,还是那个阿姨跟他说,她是不会让他进去的,他就去杰多夫斯克①他妻子家了。而爸爸已经又有了两个孩子……"

"没一件好事。"谢尔盖毫不感兴趣地说道。

"但是我有希望考进研究生院……可以住研究生和进修生楼的宿舍。我的导师推荐我……"

着重强调"推荐"。明白。暗示她是一个本分的好学生。

"你在什么系?"

"我在语言学系的俄罗斯部。所有语言都是古老的丰碑,但不是很普及。"

"说的就是啊。你懂古斯拉夫语吗?"

"我怎么说我懂……这是一种消亡语言。很多东西都不清楚。我去考古考察过两次。大诺夫哥罗德,您听说过吗?"

---

① 城市名。位于俄罗斯莫斯科州中部。

把自己塑造成一个学者的形象。而自己一直,当然,忙于个人生活。最终以全盘失败而告终。孩子死了,居无定所。哦,实在是太令人沮丧了。

"那你懂哪些语言?"

"斯拉夫语、保加利亚语、波兰语、捷克语……我基本都能读懂,但暂时还不能交流。英语马马虎虎,借助于字典可以翻译。读过法语的文学作品。"

"好的。该睡了,你六点还得起来。"

"五点。七点钟就必须带着瓶子出门了。抱歉,我去睡了。"

她坐在房间的角落里,从包里拿出她所有的财产:两张没开封的医院尿布、一个蛋黄酱罐子……心想:去哪里可以弄点儿钱,至少可以买件内衣,再买一双袜子。毛衣也需要洗洗然后挂在暖气片上。

谢尔盖去了浴室,弄得到处是水,然后就没影儿了。她溜了进去。

原来,谢尔盖躺在厨房的小沙发上。

她洗了自己身上的所有内衣、沾满血的换洗的尿布、毛衣、袜子和背心。她把所有东西都拿出来,摊在暖气片上。

在衣柜里找了找,找到了一件男式衬衫,穿着它躺下了:没办法。

玛莎的东西她一件都没穿。

她在自己的身下垫了一些旧报纸,以免把铺盖弄上血。她找到了一口袋棉花,玛莎存的。置办财产得需要多少钱啊!什么东西都没有。

明天还是应该去宿舍找法雅。哪怕能要回点儿什么东西呢。唉,从未如此真正地贫穷过。

如果谢尔盖知道孩子不是他的,就会立即将她赶出去。

主啊,她以自己的方式祈祷了一下,请原谅我。主啊,请怜悯我和这个小男孩儿吧。我们什么都没有,在这人世间只有我们两个人。我和我的小儿子。只有靠智慧才能得救,只能想出点儿什么好办法。

床头柜上放着一点儿钱。这个谢尔盖是个吝啬鬼。

# 塔玛拉·格纳季耶夫娜
# 和索尼娅·斯坦尼斯拉沃夫娜

"就是这样,"妇产医院的索尼娅·斯坦尼斯拉沃夫娜讲述着,"我给您也倒一点儿?我自带酒来做客。我们不能只等着别人的恩赐!就是这样。干杯?不?那好吧。我(咕嘟-咕嘟-咕嘟)从旁边过,就听到了。这位女士在第四十八号儿童病房直接就喊:他长得太像我丈夫了,我想要这个男孩儿。好吧……为了您的健康!嗯。主任医生达奇亚娜给她推荐的是四十八号病房的女孩阿丽娜·列奇金娜想要留在妇产医院的那个。而这个女士很固执,说她就想要另一个!想要标着马丽娅·谢尔佐娃的那个……我们那里孩子都是用妈妈的名字登记的。护士们说,阿丽娜的孩子已经做过死亡登记了,我们有解剖助理,也就是验尸医生……在地下室的病理类似室[①](她清楚地这么发音的,病理类似),达奇亚娜医生拿了钱,你想让她怎么签她就怎么签,你想要什么诊断都行。而如果母亲要将孩子遗弃在医院,按照规定,那可是需要一大套繁琐手续的,需要做一大堆文件。然后他必须在我们医院待一个月。然后才把他送到孤儿院去……领养孩子的都在排队。这可是要很多钱的。所以他们就简化了程序,宣布'死亡'就完了。我们医院'死亡'率最高。我就站在

---

① 应是病理解剖室,由于发音相似,卫生员发音错误。

第四十八病房门口,四楼的儿童病房。就是这样。"她咕嘟喝了一口。

"优秀的波特酒,'高加索'牌,我是专门买的,尝尝吧。这事儿我精通。我是被解雇的专家。酿酒工业技术员兼工艺师。就是这样。我就在第四十八儿童病房附近的走廊里擦地板,全都能听到。我们那里成人病房是几号,儿童病房就对应着是几号。她们,主任医生和这个不太年轻的女的从里面出来,我就马上到对面的病房去摆脱自己的罪过。去四十七号。假装在另一边擦门。那扇门一百年都没人擦了。玻璃都看不见人了。但我什么都听得见。她们走了。我回来继续把走廊的地板擦完。擦完了,刚往这个儿童病房一挪步,主任医生达奇亚娜·彼得洛夫娜就出现在了走廊的尽头。我就又去了对面的房间。主任医生达奇亚娜飞快地,简直就是钻进了第四十八儿童病房!我没有任何事和主任医生达奇亚娜对着干的,但是她为什么想把我送上法庭呢?而您救了我,您把包袱又给我扔回来了,您本来也可以不还回来啊……那我可就进监狱了……那我瘫痪在床的母亲可咋办啊……只能死了(她一口吹了半杯)。而且儿子也没处送……都会坐着了,已经一岁多了。而我没有拿走他们的裘皮大衣!"她又开始详细讲述昨天发生的事件。

塔玛拉·格纳季耶夫娜打断了她:"那后来呢?"

"我悄悄走到走廊里……儿童病房的门就在对面,虚掩着没关严。我看到她把两个孩子襁褓都打开,给他们调换了手镯……又把他们放了回去。在我们医院,每个婴儿的床都放在和产妇的床一样的位置。以免混淆。看护经常喝醉……就是这样,出院时……父亲会给他们送礼……亲爱的,这就是我要和你说的。后来我在那个儿童房里擦了地板。我专门看了,她替换的是哪个。那里右边有四个婴儿床,靠门有两个,一个是男孩阿丽娜·列奇金娜的,另一个是男孩马丽娅·谢尔佐娃的。我告诉你,这里就有那个死了的产妇的孩子。啊!我猜对了!就是您的女儿!对!可她们对那个产妇说小孩儿死了……清楚了吗?"

"暂时还没有。"

"您得接受(一饮而尽)。也就是说：孩子阿丽娜·列奇金娜……对吧？现在是马丽娅·谢尔佐娃……而马丽娅·谢尔佐娃男孩儿……我给你倒，最后一杯？不。好的。嗝！而孩子马丽娅·谢尔佐娃去了那个女人那儿。哎呀！您站起来去哪儿啊？别哭。啊！……谢谢您的钱。这是个大事儿。我……想为妈妈买一个轮椅……带她去散步。我抱不动她。她已经很久没有看见人间啥样了，躺着朝我大吼大叫，说她看不见人间！她应该有一个残疾人的轮椅，而别人向我推荐一名残疾人死后留下的，他们自己也快死了，是的……但是对我们来说，这仍然要花很多钱。他们会从我的工资中拿走百分之二十。他们在卖酒的那里又赊了好多账，都写的我的名。谢谢您，亲爱的。我受过的教育是技术员兼工艺师。妈妈叫我索尼娅。您也可以这样称呼我，您就像我的母亲一样。我非常敬重您，就像我的亲人一样。咱们吻一下吧，来。"

"怎么能把婴儿调换过来呢？"塔玛拉打断了她说。

"酿酒工业的技术员兼工艺师，"索尼娅阿姨还在坚持说着自己的。她迅速回到了自己的过去，开始沮丧，流泪。"后来做了一个普通的售货员……"

"我是说，把孩子们换回来。"塔玛拉自说自话。"嘿！索尼娅！"

索尼娅眨了眨眼："嗯，不，她现在把您的孙子带到自己的病房了。这个女的。即使禁止这样做。即使孩子已经被宣布'死亡'了。"

"你好好想想！你在说什么？！！"

"全都弄混了……"

"这个……我女儿的儿子现在在那个女人那儿吗？"

"这的确不是什么好事……可实在是没有任何办法……她丈夫在检察院……我给您唱一首歌，您没听过(嚎叫)。你是我堕落的枫树！"

"啊！全清楚了。而我们，是普通的苏联外交官……"

"冰冷的枫树……什么来着？"

"好吧。谢谢你，索尼娅。"

"谢谢，唱得不好……"

"算了。喝白兰地吗？"

"哎……可以！怎么还有白兰地？您有？您干吗不说！"索尼娅又是一饮而尽。

"这是给你的钱，你打电话给我，并把所有的事都告诉我。你就是我的线人。我在克格勃任职，明白了吗？"

"您干吗摇摇晃晃地站着？……"

"好吧。去吧，愿上帝保佑你。"

"您以为我是谁？我是一名技术员兼工艺师……妈妈！我的亲生妈妈！脸都没洗等我呢！可是他们不会让我上地铁的……"她泪流满面。"我喝酒了！现在怎么办？要徒步然后乘坐无轨电车？穿过整个莫斯科？"

"啊。我的司机会送你到家的。来吧，我把你送上车。"

"您很……很好，我的美女。以前，从监狱出来之后，我和一个看上去和您很像的女人住在一起，她叫杰奥多拉吉，也是风度翩翩的……来自苏呼米……她有这样一个说……说……说法：'佐夏，给我弄个孩子。'她就这么叫我'佐夏'，但我明明叫索尼娅……"

"走吧，走吧。"

"我们结婚吧！"

"上帝啊……门在这儿！别往那儿走！"

"那上路……路……临行前最后一杯酒！怎么没喝？得给奶奶打个电话……再擦点粉……（嚎叫）你是我的堕落的枫……枫树……不，等等。（在门后面）台阶……在白色的……暴风雪下！或许有谁见过……"

"进电梯,进电梯。不,我自己来按按钮。听着。我需要这个混蛋的地址。基尔克里昂·叶莲娜·克谢纳冯托夫娜。"

"简单。嗝!嗝……克谢纳冯托夫娜。不,这很难。"

塔玛拉·格纳季耶夫娜送走了索尼娅,回到厨房,把白兰地喝完了。这个索尼娅走了之后,白兰地剩的已经不多了。

# 阿丽娜和法雅

阿丽娜出示了通行证，乘电梯来到自己大学宿舍的楼层。她的房间门锁着。她去找宿舍管理员。宿舍管理员没来。

她就到另一层楼去找法雅。她敲了敲门，然后走了进去。法雅正躺着抽烟。身上穿着阿丽娜的高领毛衣。她脸红了，拄着胳膊肘坐了起来。

"你好，法雅。"

"你出院了？"

"法雅，我东西都没了。什么都没了。宿舍管理员不在，我的房间锁着。"

"那儿住的是二年级的一个乌兹别克的和一个拉脱维亚的学生。可能她们所有的东西都是你的。"

"法雅，把我的东西还给我。"

"我这里没你的东西。"

"我没有穿的了。"

"把孩子卖了。"

"我现在，能听懂我说什么吗？没有衣服可穿。"

"那和我有什么关系？"

"你身上穿的是我的毛衣。"

"啊……这个啊？这是被扔在走廊里的……就像一块拖地的抹布一

样。我不知道是你的。我穿它睡觉。"

"我需要袜子、内衣……"

"我没看见。"

"法雅。还给我吧,别闹了。"阿丽娜朝衣柜那边点了点头。

法雅厉声回答道:"你翻翻我的壁橱试试!我把你的事告诉所有人!"

"我把你的事告诉沃尔科夫!"

"母狗。你就是条母狗!"

阿丽娜打开壁橱,开始有条不紊地仔细看着横七竖八地躺在那里的个人小物件,一片混乱,一边留意着视线里躺着的脸红得像红甜菜似的法雅。一切都很脏,一切都像垃圾一样交织在一起。好你个法雅。哦!她找到了自己的一条绿色袜子、一条脏裤子、两件烂背心。她轻轻地放在椅子上。

法雅说:"这是乌兹别克女生费柳扎卖给我的!你无权拿走!"她躺在那儿喘着气。接受了现实,这个混蛋。

阿丽娜平静地转向衣柜,发现了最昂贵的东西——一件灰色马海毛外套。现在,天气这么冷,正好穿它。她拿出外套,整理了一下。领子油乎乎的。她开始从毛线里往外拽头发。

"你这个脏东西,法雅。你活得像猪一样。"

法雅突然从后面朝她冲过去,扑到她身上挠她的脸,然后用力把她推出了门外。三分钟后,只剩下证件的包也飞了出来。里面分文皆无。

阿丽娜透过门缝说:"把钱还给我!"

"是你欠我钱!"

"我去警察局。"

"我都不会有事!不信你就去试试……"法雅喘着气在门口大喊。

"我告诉别人你怎么卖掉了你的孩子!你生了孩子,但现在孩子没了！没了！"

"他死了！"

"说的就是这事儿！我知道这些事！你给卖了，卖了！警察马上就会开始调查你！你还会因缺勤而被除名！我会把你的所有事都说出去！我儿子被卖掉了吗？卖掉了吗？！！别在那儿装傻了！你有的是钱！你还得付给我钱！每个月给我付赡养费，我就保持沉默！走开！他妈的格鲁吉亚人！还想让那个男孩娶你！他只会朝你拉屎！你拖着阿夫坦季尔去婚姻登记处的时候！我就写信把一切都告诉了他父亲！我正在向警方声明！你卖孩子！"

阿丽娜筋疲力尽，她去了食堂，拐进洗手间照了照镜子。毛衣很干净，胸部，确实很大。但还是很消瘦。脸上有污垢，眉毛下有擦伤。法雅用指甲挠了她的眼睛。

阿丽娜坐在食堂里，漫无目的地环顾四周。说不定会找到一个熟人，请自己吃口东西。

哦！远处隐约出现了姆博瓦拉的身影。她开始向他挥手。她很高兴。他们热吻了半天。

"阿丽娜！哦，看你这小体型变的！波霸啊！好吧，上楼去我那儿吧？阿夫坦季尔呢？你是哭了吗？脸怎么这样！听着，借给我点儿钱！一点点儿！"

"姆博瓦拉！你怎么回事！我一分钱都没有！我被法雅洗劫一空。"

"不可能！法雅？你在撒谎吧？"

"真的！她把包里所有的钱都偷走了！我正想求你给我买个汤和面包呢！"

"可我是慌慌（"光光"）的！一个戈（戈比）都没有！阿夫坦季尔在哪儿？你去哪儿了？我看宿舍里一个人没有。"

"姆博瓦拉，我差点儿死了，阿夫坦季尔失踪了。我也不知道他怎么了……"

"哦,哦。太恐怖了。我好可怜你。我知道,阿夫坦季尔离开了你。他抛弃了你。"

"不,不是这样的。"

"借给我点儿钱。正好我没钱了。"

"我哪儿来的钱,姆博瓦拉!"

"我知道你卖了孩子……怎么会这样?还没有钱。"

"没那么回事!我怎么会卖孩子呢?你说什么呢?谁告诉你的?我现在连买汤的钱都没有!"

"法雅。她说你卖了孩子,而你说孩子死了。"

"法雅?嗯,她可真行……我没钱。我有钱还会饿着肚子在食堂坐着吗!"

"……没钱吗?那我们去做客吧……到那儿他们会给你吃的,给你喝的……还会给你钱。到那儿你会很舒服。我那里有个朋友,想去吗?好!我们去他那里。去卢蒙巴宿舍。他会给你钱。三美元。那里还有一个朋友。能给两美元。而且我们还会找到给一美元的。那里有很多朋友。你在那儿过一夜。把他们都满足了。"

"你是傻瓜吗?姆博瓦拉,真是恬不知耻。"

"像你这样的姑娘可以赚钱,我就不能。"

"你可以通过给朋友拉皮条来赚钱啊。"

"随你吧。以后你再找可就不是这个价了。"

姆博瓦拉起身离开了。

阿丽娜站起来,拿起一个杯子,然后从一个巨大的茶炊里倒了一杯白开水。喝了两杯。

胸部开始慢慢膨胀。我的天啊。必须回去挤出来。可是没有力气。早上什么都没吃,这个谢尔盖还在厨房里睡觉……是不是还得带一杯牛奶回去，再做一个三明治，留着早上吃……

那些东西当然可以要回来，但难免又得打打闹闹！而且那些东西被肮脏的法雅撕扯之后，也没法穿了。完了。大学是完了。也许，以后……过两年……等这届毕业生走了……才能再复学。

年级长娜吉卡正巧从旁边路过。

"噢，阿丽娜！是你！你来了啊！你好！"

"你好。"

"你怎么这样？是哭了吗？"

"正如你看到的。娜吉卡，给我买点儿汤和面包吧，啊？我会把钱还给你的。法雅把我的钱都偷走了，抢走了我所有的钱和东西。"

"是吗？但是你知道你有麻烦吗？等一下。马上就来。"

娜吉卡过去排队，要了一些东西，然后把汤、肉丸子、土豆泥和水果羹用托盘端了过来。

"吃吧。"

"娜吉卡，你就是我的守护神。我会加倍还给你！"

"你是不是傻啊？你就如数还给我就可以。"

她把发票递了过来。阿丽娜把它放在了包里就扑向了食物。

"是这样，"娜吉卡继续说，"你因为旷课要被除名了。"

"难道你没有……法雅告诉我说，你没有给我记……"

"为什么。你近两个月都没在啊。"

"法雅说……她跟你说了……"

"是这样。阿丽娜。这些事儿谁会和我说啊。都知道我铁面无私。抓紧提供证明和请假条，明白吗？按规定你是应该有产假的。会计部门会过问的。你的孩子是死了吗？"

"你怎么知道的？"

"大家早都知道了。"

"天啊。他两天前才死……"

"而且要去，去上课！现在非常严格！"

"我不是有产假吗！我写了一份学术休假的声明啊！"

"啊。那事情就有转机了。你给谁写了啊？"

"我把它放在写给法雅的信里了，她应该已经交上去了。"

"我认为没有人见过这个声明。你现在就给我写一份。我给你带过去。"

"我什么都没有……"

阿丽娜在自己的公文包里翻腾着："给你一张纸。写吧。写给语言学系系主任……"

但是，很多事情阿丽娜还是想了解一下："告诉我，娜吉卡，你看法雅说，她甚至每月把一半的助学金都给你了，为了让你不给我记旷课。我现在需要把整整一个月助学金都给她。"

"她这是从何说起呢？好吧，每个人都有自己的活法。法雅就是法雅。你写吧。"

"你知道法雅是谁吗？"

"她现在就是我们这里手握证明的疯子。她晚上不睡觉，只喝酒，就是这些，什么都不干，然后早上起不来，没法去上课，现在唯一可以让她释放的人就是心理医生。她已经交了三个月的请假条了。她也要去学术休假了。"

"上帝啊……我看她是上课的时间都在躺着抽烟。那她靠什么生活呢？"

"她现在和姆博瓦拉勾搭上了。她经常有'客人'来。她堕落了。喝酒。有好多相好的去找她，但她是一个手拿证明的神经病。她什么事都干得出来。"

"是的……孩子死后她就崩溃了。"

"完全有可能……这样！孩子真的死了吗？她告诉大家，说孩子和她母亲住在一起，病了。说她需要给他们汇钱……原来是这样啊……"

"你怎么，还不知道吗？她考完试也一直不去看孩子，她一直拖着，等她去孤儿院时，那里的人告诉她孩子已经死了一个半月了，他们又不会把孩子送太平间去等她来，于是就把他送火葬场去了。"

"而且，沃尔科夫还支付给她赡养费……好吧，写声明吧。这不是大学，这简直就是稀奇古怪博物馆、动物饲养箱。"

"她刚才还打我，掏空了我的包。一戈比也没给我留。"

"你把请假条拿来，你就能拿到两份助学金。但是得一个月后，注意。一定要把假条拿来！这是领助学金的前提，就是这些材料。这样你就不会被除名。你是好学生，阿丽娜！你怎么回事啊！还要推荐你读研究生呢。推荐咱俩。可是你突然消失了。有人说你生了孩子，有人说你把孩子卖了……你怎么回事啊！"

"这都是嫉妒，娜吉卡。正常的人的嫉妒。"

"快写。致语言学系系主任……嗯。阿丽娜·列奇金娜……你的父称是什么？瓦西里耶夫娜……四年级学生……嗯。声明。然后你自己送到系主任办公室吧，知道了吗？一定要亲自交给他。不要让任何人转交。科学和饱受苦难的古斯拉夫语还在等着我们。"

娜吉卡总是透过浓密的睫毛，一边眨着眼睛，一边用她优等生清澈的眼睛看着阿丽娜，阿丽娜感觉仿佛自己光明的未来也在用平淡、无助、焦虑的目光看着自己。

## 小偷阿丽娜

阿丽娜进了一家自助食品店。站到了买小泥肠的队伍里。排到了。要了1.5千克。称了重,在包装上贴上了价签。她穿过排队的人群又站到了队尾。重新排了个队。又给她称了三根。她走到一扇门后,把1.5千克泥肠塞到裘皮大衣里,毛衣里。她特别冷,因为香肠是冰冷的。找了半天,找出一张旧报纸。垫到了香肠下面。否则,就没奶了。她们病房有一位经验丰富的母亲,她说,如果胸胀,唯一的方法就是冰敷。一敷冰胀奶的情况就会缓解。

她把香肠均匀地摆放在报纸上。然后站到了一个长长的付款队伍里。排到了。收银员完全是无精打采的表情,困兽般的眼神,赤红的脸颊,因为泥肠被拿出来卖,人们都火急火燎地前来购买。

刚才还起了争执。有人插队。

"哎呀……"阿丽娜瞄了一眼自己的包,就在收款台前哭丧似的大嚎起来,"哎呀……哎呀……这帮人啊……哎呀,怎么这样呀……"然后她开始环顾四周,准备尖叫。"我的钱包!哎呀,这些人!"

"您付款吗?"收银员用中性的声音问。

"我是大学生!刚生完孩子!怎么会这样!"

"女士,请您付款!"收银员还是刚才的声调说,"您耽误别人了!"阿丽娜不停地转着头。

"哎呀!"她喘着粗气。

"哎呀。"她用手抓住藏在胸前的香肠。

后面有人表示不满:"怎么回事!不要耽误别人!"

"她被偷了。"一个人说。

"那现在怎么着,我们就这么站着?……"

"那,"收银员说,"您把香肠给我吧。"她用铁夹子抓起了装着三根可怜的小泥肠的袋子,放在了一边。"您找到钱包,过来不用排队!"

"兜里,看看兜里!"

"是掉了吗?"

所有人尽可能地让开。每个人都开始看着自己的脚下。

"下一个,"收银员说,"您干吗像稻草人一样站着?"

阿丽娜笨拙地迈步走到收款机的另一侧,双手在口袋里摸索着。那些排在她后面的人都分散开了。

她咬住嘴唇,低下头,半闭着眼睛走了出去。

突然,收银员追上她,已经在门口了,把装着三根小泥肠的袋子塞给了她。阿丽娜吓坏了,脸通红,开始拒绝。

"拿着吧。他们不会因此而受穷的,"收银员阴沉着脸说,"他们自己也一袋子一袋子往回拖。而且你是哺乳的母亲。"她对阿丽娜的坑坑包包的前胸点了点头。

阿丽娜拿起香肠,走了出去,立即跳上了她遇到的第一辆公共汽车……上的根本不是她要上的车。

换了几次车之后,阿丽娜准时回到了妇产医院。她被领到一个房间,医生给了她一块尿布,还有一个罐子。她从长颈玻璃瓶里倒了一杯水,一饮而尽。她把香肠塞进了一个空袋子里,饥饿难耐,吃了两根。然后就坐下来喂奶。喂完,又吃了一根冰冷的泥肠。

## 塔玛拉·格纳季耶夫娜和谢尔盖

这时候,塔玛拉·格纳季耶夫娜和女婿进行了一次交谈。

已故玛莎的母亲塔玛拉·格纳季耶夫娜过来拿她的东西。他们坐在一个大房间里。桌子上放着一摞照片和一些证件。

"谢尔盖,玛莎的护照在哪儿?"

"应该在妇产医院。"

"他们说给你了。"

"没有这么回事。您怎么这么说!我到了窗口,他们告知我玛莎死了……我就崩溃了,就走了。谁给我什么东西了?"

"那我们怎么办理所有的手续?"

"不知道。"

"那……孩子你能给我们抚养吗?"

"不能。为什么给你们?孩子有父亲。"

"但是你不是要出国吗?"

"不,我不出国。"

"那谁来照顾婴儿?"

(她就是这么说的,"婴儿"。)

"我会找一个保姆。"

"你把他交给我吧。"

"不。"

"谢尔盖!这是一个长期的负担!一辈子的负担!而且不管你以后和谁结婚,继母总比不了外婆吧!"

"我已经决定了。"

"这里有些不对劲儿……很多事是很奇怪的。我想告诉你一些事情,谢尔盖。"

"对了,"他面无表情地回答说,"我没有时间,对不起。还得赶着去上班。"

"你来得及赶去上你的班。"前岳母用一种话里有话的语气说。

什么意思呢?她是怀疑什么了吗?

家里没有阿丽娜出现过的任何痕迹。就连一把牙刷都没有,什么都没有。她的财产只有两个瓶子、两块医院的尿布和一罐蛋黄酱。一块已经晾干的尿布在暖气上。他把所有东西都藏在了冰箱里。前岳母不会去那里翻。

"你就算参加一下葬礼也好啊。"

"别担心,塔玛拉·格纳季耶夫娜。"

她已经把女儿的照片、书和笔记本都收了起来。衣服没有动。

"是的,玛莎在那边。而我们在这边。亲爱的,这是不公平的。"她蓝色的眼睛里是火热的格鲁吉亚人的忧伤,"我应该先走的。"

"看您说的。"

"我和你说,"她带着巨大的压力开始说,"我们的孩子被调换了。我确切地知道。"表情痛苦,声音呼啸。她快疯了。"昨天我坐在医院附近的车里,一辆黑色的伏尔加开过来,车牌号我记下来了,一个男的拿着一束花走进去,一个小时后和他的妻子抱着孩子走了出来。他们抱走的是你们的孩子,谢尔盖。我跟着他们,知道他们住哪儿,知道哪栋楼。你对这感兴趣吗,谢尔盖?"

"当然,那当然。怎么会不感兴趣。"

"这就对了!"

"……只是这不可能。"

"好的。我们都可以保留自己的意见。我会把那个男孩儿偷回来。这才是我们家的孩子。抚养哪个随便你。"

"偷孩子?这可不是一件好事。"谢尔盖用玛莎的语气说。

"是她偷了我们的孩子!她本来应该抱走那个单身女人生的那个……就是连自己的孩子都不要的那个。他们宣布他'死'了,这对他们来说更省事,不需要办理很多手续。而且,我想(这时候有几秒钟她咬了咬嘴唇),还不用给母亲卖孩子的钱。懂了吗?"

"没完全懂。"

"简而言之,这个据说已经'死'去的孩子本来是准备给那个买孩子的。但是!'买主'看到了我们的小谢尔盖以后就开始大喊大叫,说这孩子和她丈夫简直一模一样,于是就把他抱走了。我的妈妈是格鲁吉亚人。所以你们的孩子是黑头发!尽管你和玛莎都是浅色头发。"

"我爸爸是库班哥萨克人,他也是黑头发、黑胡子。育种厂厂长。妈妈是浅色头发。"

"你妈妈还健在吗?"

"两人都死于一场车祸。"

"愿他们都能在天堂里安息(画了个十字)。就说嘛。这个'买主'的丈夫是检察院的一个大人物。主任医生受这个买主控制,我不知道为什么,但这是肯定的。这家妇产医院一直就偷孩子。明白吗?"

"我听明白了,但请您冷静点,塔玛拉·格纳季耶夫娜。"

就像所有的失去理智的人一样,她将所有事物均匀地排列在系统中。

所有互为结果的东西就合乎逻辑地构成一个链条。结局一定是犯罪。

"给您倒杯茶吗?"

"不!你也别把我当成精神病患者!我有证人。索尼娅·斯坦尼斯拉沃夫娜。记住!"

"这是谁?"

"医院的清洁工,目前正在服缓刑,一个酒鬼。"

"竟然连酒鬼的话也信?没人会相信她的证词。"

"我相信她,这就足够了。"

"天啊!所以您在说医院勾结政客,做着买卖婴儿的勾当,然后证人还在蹲监狱,对吧?"

"没蹲监狱。她正在服缓刑,在医院干活儿。"

"这都只是一些传言。"谢尔盖做出机械的反应,认为争论毫无用处。应该什么都不反驳。否则她在一时冲动中还会不停地找事儿。

"我只是把我们的孩子抱回来。"

"您会被抓进去的,知道吗?"

"谢尔盖,他们不敢报警。尽管她的丈夫是高级检察官……那她也不敢。我把一切以及事情的来龙去脉都写下来了,并将其交给你保管。如果一旦我有什么事,您就将这个笔记本送到'自由'电台去。"

"我可联系不上他们。"

"你找个人……哪怕是你的那个情妇……"

"谁?"

"你知道我在说谁。"

"……"

"我把孩子偷回来后,我叫你过来看一下孩子,你就明白了。好吗?"

"我希望您不要去做违法的事。"

"但是我需要你的帮助。需要你开车过去。"

"我上哪儿弄车去?"

"向你的舅舅借,就三个小时。并改成克格勃的车号。"

"人家凭什么借我,这是犯法的……"

"我是反情报官员的女儿和妻子。我自己是中尉。我这不是为自己做宣传。"

"您可以随便和谁说这些,但不要和我说。"

"你是拒绝吗?"

"我不可能去。"

"我丈夫处于梗死前状态。所以你必须帮我。我需要一辆不带司机,但带变更车牌号的车。在他们带我丈夫出去散步时,我就会像旋风一样飞过去……他们不可能不带他出来散步!"

"塔玛拉·格纳季耶夫娜,我们不是在高加索!不是在荒山上!到处都是人!这是绑架!绑架!"

"这事儿我来做。你相信我。这是我们玛莎的孩子,更不用说这是你的亲生骨肉了。这事儿我走着去也能干。孩子用的东西都已经准备好了,都是从国外带回来的。所有邻居都知道玛莎已经死了,而且孩子暂时还没有交给我们。您明白吧,我们!我要把他交到你的手上。"

"不要。"

"什么不要?你不想要自己的孩子吗?"

"塔玛拉·格纳季耶夫娜,不要把所有的东西都搅在一起……"

"我已经七天没睡觉了。"

"看得出来。"

"你从来就没有过礼貌……"

"……"

"这不可能是我们的谢尔盖。"

"是谢尔盖,谢尔盖,我向您保证。"

"不可能……我不是,我不是疯了,像你所感觉的那样。我会打电话给你,请你看一下孩子。这很快!我保证!玛莎的孩子被人家偷走了!"

"我再说一遍,不要做这件事!我无论如何都不会支持您!"

"那好吧。那我自己来!自从玛莎走了之后,我什么都不怕。你知道吗,她昨天回来找我了。"

"什么?"

无疑。前岳母失去理智了。太可怕了。

"在梦中她来找我说:他不是我儿子,他不是我儿子。"

"好吧……对不起,我着急上班,先走了。"

"我知道你着急去找情妇。她总是很着急。"

"您说什么呢,情妇是谁,说什么梦话?"

"玛莎告诉我了。"

"也是梦见的吧?"

"不,是在电话里抱怨的。分娩前不久。每天,每天她都跟我说,你都和这个拉丽斯卡在一起。还说你永远都离不开她了。你们单位出来这么一只蛤蟆。"

"什么,谁,谁说的?又是梦话。"

"也许这就是玛莎死的原因。不想再活了。生了孩子让孩子活下来,自己却死了。玛莎的意志本来是非常坚强的。"

谢尔盖大哭起来,自己都感到意外:"不!不!您在说什么!您是不是彻底不想让我活了?全是我的错吗?都他妈哪儿来的传言?鬼知道……你还要把什么人强加给我?"

"拉丽斯卡,拉丽斯卡。拉丽斯卡这个魔鬼,为了不被单位开除就谁的都舔。"

"你们都是侦探,去你妈的!"

"再见,谢尔盖,你好好照照镜子吧。"

此时,镜子里一张通红的脸正看着他,那张脸是扭曲的、愚蠢的。

# 谢尔盖·瓦夏

谢尔盖和阿丽娜来到了妇产医院。

"嗯。你拿着手提箱。"就是玛莎的那个手提箱。现在里面都是孩子用的东西。

"我不行。您拿着吧。"

"我这有蛋糕和酒。"

"我不拿。"

只能将所有东西都堆在一起。他们坐在候诊室里,等待着把穿好衣服的孩子抱出来。

他们沉默着。

最后,醉意朦胧的保洁索尼娅·斯坦尼斯拉沃夫娜的怀里抱着包好的宝贝缓缓地走了出来。

索尼娅看着谢尔盖手中的瓶子,喃喃自语道:"嗯,真像他父亲,脸就像一个模子刻出来的!"

谢尔盖把钱塞到她口袋里,蛋糕放在她手上。

索尼娅把最重要的东西抢了过去,酒瓶子,看着标签:"愿您的生活过得如这酒一般甜美而浓烈!"

他们从单元门走出来,谢尔盖怀里抱着孩子。他们身后飘过来一个谄媚的声音:"愿你们的生活像这三颗星的白兰地一样甜美!"

阿丽娜让谢尔盖先过去,在门口迟疑了一下,又听到了一句话:"既不像父亲,也不像母亲。"

还有护士的回答:"常有的事儿。"

他们坐在车里。谢尔盖半弯着腰抱着他的宝贝。阿丽娜几乎看不到孩子。他已经两周大了。大概长大了。

谢尔盖把孩子放在婴儿床里,立即赶去上班。

可是,冰箱里竟然放着牛奶、两个袋子,然后还有酸奶,桌子上的果盘里放着苹果。谢尔盖什么时候买的这些东西?

上次阿丽娜只拿了一千克半的小泥肠回来(而且她也没有拿回来发票,说她的女友人给她买的,女友人没要发票,阿丽娜也没有提示她,以免引起怀疑),并且看上去很悲伤,病恹恹的,什么也没吃就躺下了,没想到谢尔盖竟自己开始关心起吃的东西了。也不知在哪儿弄了一些东西。是在午休时候吗?而且现在回来得也像钟表一样准时,八点半。

阿丽娜把孩子翻过身来,看了看。

上帝啊!怎么瘦成这样!都认不出这个小人儿了!小鼻子立着。变样了。会不会不是他啊?

是他:瘦瘦的,单薄得都快透亮了。稀疏的头发粘在头皮上。他们俩以前都是这样。长大了。

她洗了洗乳房,把他的小脸蛋也洗了,所有东西都用棉签彻底擦拭了一遍。一切就绪。她把孩子靠近她的胸口。

他躺着,不吃奶。怎么回事!嘴唇一张一合的,但没有吮吸动作。不习惯!

是他,是我的孩子。很虚弱,没有胃口。

她不知道该怎么办。

吃吧,小宝贝!你必须吃,瓦夏!不知怎么的,他已经成了瓦夏。一开始是"我的宝贝",后来就成了瓦夏。

157

她用乳头触碰他的嘴唇，又往里伸得更深一些。

不会吃，忘了怎么吃奶。他怎么活啊？在妇产医院是怎么用奶瓶喂的呢？奶水是直接流出来的，他不用使劲儿。必须把奶挤出来，然后还用奶瓶喂。哎呀，真是痛苦。奶水一多，不吃的话就那么憋在那儿，挤在那儿了，乳房就胀得难受。

"吃吧？吃吧，瓦夏！"

她叹了口气，想把乳头从他脆弱的小嘴儿里抽出来，就在最后一秒钟，小家伙突然用他的嘴唇咬住了这个难以捉摸的宝贝，并开始吮吸。突然就开始吮吸了，怎么回事呢！吸得又快，又使劲儿。阿丽娜疼得几乎要叫出来。瓦夏像野兽在挤压着她的乳房，力量大得可怕。

这不是我的孩子。或许是我的？

但是当他困了，把嘴挪开的时候，鼻子下还留下一滴奶，阿丽娜突然很长时间以来第一次露出了微笑："真厉害，瓦夏。"

为什么是瓦夏呢？主啊，这就是所谓的幸福！幸福——就是没有不幸。孩子吃奶了。乳房也松软了下来。

她依照妇产医院里教的，把他立起来，将他的下巴放在自己的肩膀上，让婴儿打几个饱嗝儿。过了几分钟，瓦夏"噗噗"了几声。气排出来了。可以把他放下睡觉了。不过好像没有想的那么简单！又嚎起来了！但是我们是不会娇惯你的，瓦夏。你哭吧，哭累了就睡着了。否则你很快就知道了：你一哭，就会抱你。

不。从现在就要开始教育。思博克博士的书上就是这么写的。就是玛莎给我们的那本书。唉，玛莎啊，玛莎……

安静！安静，瓦夏。阿丽娜在家里开始咆哮如雷。孩子哭得跟杀猪似的。

很好理解，奶不是以前喂的奶了。她们喂的是冲的奶粉，所以他才这么瘦弱。而她的奶却挤出来喂别的孩子……

八点半,谢尔盖回来了。

瓦夏在那儿折腾。吃饱了。

阿丽娜坐在孩子旁边,读着利哈乔夫院士的书(从大学图书馆借来的)。

"他哭什么?"谢尔盖问。

"就是哭,我也不知道。"

"他吃奶了?"

"吃了。"

"应该弄个秤,那帮女的说的。也可以租。好知道他的体重,吃多少,会不会饿。"

"好吧。"

谢尔盖跑去煎什么东西去了。可能又是煎鸡蛋。

"您吃了吗?"大喊道。

"没有。"谢天谢地,我们还可以"您"相称。

谢尔盖开始敲什么东西。然后又过来:"他哭什么?"他笨拙地将孩子抱在怀里。瓦夏马上就像收音机关上了一样,没声了。

"啊?"他高兴地说,"怎么样?爸爸来了?啊?看见小灰灰了?看到我们的小兔子了?爸爸看见小灰灰了?看见小孩儿哭了?看见我穿着小大衣的小孩儿了?"还说了好多其他的话。

厨房里弥漫着焦灼的气味。

"哎呀……"谢尔盖怀抱着孩子赶到厨房。

阿丽娜突然哭了起来。这就是阿丽娜的生活应该有的样子——卧室、婴儿床、瓦夏和他的爸爸——阿夫坦季尔……她曾梦想过她会拥有阿夫坦季尔和瓦夏。

你看,多神奇,这就像他们的家、卧室和瓦夏的婴儿床,还有抱着瓦夏的阿夫坦季尔……

159

"那什么！……"他抱着瓦夏过来了。"请您抱一下。"

阿丽娜抱了过来。瓦夏一直没动静。不能把他放在床上，他会哭闹的。阿丽娜怀抱着瓦夏继续读着她的利哈乔夫。不久就要写学期论文了。

明天得去妇产医院拿假条。哦，对！还要领生育补贴。她就有自己的钱了！可以逛商店……最重要的是弄一件内衣。给瓦夏买个拨浪鼓。瓦夏像小猫一样轻柔地呼吸着。小脸蛋儿上露出很满足的表情。像个小佛儿似的。嘴是那种古典式的美。小安蒂努斯。主啊，怎么这么漂亮！

明天怎么去呢？又不能带瓦夏一起去逛街。他太小了。

就是说今天是生命中最后的自由日子了，对吧？以后瓦夏就会一直和自己在一起吗？寸步不离？

是的。自己会放不下他的。只能这样。

那好吧。

# 绑 架

在妇产医院主任医生的办公室旁边，类似于洗浴更衣室的秘书办公室里，那个已故产妇的母亲又站在那不走，就站在秘书的桌子旁边。

秘书："她不在。她去卫生保健部门①了。"

"什么时候会在？"

"您明天来吧。谁放您进来的？"

这时候，在秘书旁边的桌子上出现了一瓶没有开封的香水，是一个国外的牌子。

"斐济，斐济。"

"哎呀！是给我的吗？"

"给您的，给您的。"

"哎呀——呀……（她就是这样的，拖着长音。）哎呀——呀……"秘书把香水收到了抽屉里。

"都是小事，但让人头痛。我的女婿，我女儿的丈夫，死了的……您知道……"

"哎呀——呀……当……当然。"

"我们是从国外回来参加葬礼的。"

---

① 人民代表苏维埃执行委员会卫生保健工作部门。

"哎呀——呀……不过我不知道……太可怕了。"

"惊慌失措中,他也不知道在哪儿把出生证明弄丢了……葬礼,到处跑……你们可以给我们一个影印件吗?"

"当然……哎呀——呀,但我不能……太可怕了……"

"太劳驾了。我们就这样吧,就不和你们的主任医生说了。"

## "产后"的基尔克里昂一家

叶莲娜·克谢纳冯托夫娜躺在枕头上,用奶瓶喂着婴儿。旁边弯着腰站着两个老太太:一个是亚美尼亚人,格兰特·基尔克里昂的妈妈,叶拉努伊·阿斯拉马佐夫娜;另一个是俄罗斯人,叶莲娜的妈妈埃列奥诺拉·阿纳托利耶夫娜。

叶拉努伊一边忙活着一边说:"哎哟这个……金子般的!亲爱的小宝贝!他吃得多香!吃吧吃吧!可爱的格里沙!和他父亲长得简直像一个模子刻出来的!他父亲小时候吃奶也吃得好!"

埃列奥诺拉已经回答了不知多少遍:"他吃得可不算好。应该吃50克,他好好嘬也就30克。"

孩子吃饱了,马上就睡着了。两个老太太把他挪到秤上。

"吐奶了!"

一阵慌乱。

"得给他把衣服换了!小衣服都湿了。"

叶莲娜·克谢纳冯托夫娜:"哎呀,把他给我!"

埃列奥诺拉:"你躺着!生完孩子你多累啊!我生完孩子那会儿血流的啊!整个人都快被血淹没了!一个半月像被杀了的野猪似的!但还是母乳喂养!给你吃奶吃到一岁!勉强把奶断了!但还是不能不喂,因为当时什么都被感染了,该死的车里雅宾斯克。但是你还是健康长大了!

还能生出孩子！多亏了我的奶！"

"妈！我已经听了一百遍了！"

"但是现在轮到你自己了，现在你明白了！叶拉努伊！要让格兰特保护好列娜！让他去沙发上睡！"

"简直就是胡说八道！"叶莲娜·克谢纳冯托夫娜回答说，"你不就是想让他离开我吗？这是你的理想？想让我们离婚是吧？然后你搬过来？"

"你在说什么！说什么！我只是回想起我们所有人都住在一个房间里，你父亲克谢纳冯特、他的妈妈，还有我和你，你父亲在地板上睡了整整一个半月，睡得像死人一样，尽管你总哭叫。你所谓的父亲，从来没管过你，他的疯母亲也没有，只有我，自己流血，还给你喂奶，我那会儿年轻，你又总哭……"

"够了！"

"好，列娜。但是你得把他喂饱！他又吐奶了，看着点！你看看，他那小衣服全都湿透了！得给他把衣服换了！"

叶拉努伊："我去热热奶……"她抓起奶瓶就没影儿了。

"妈妈！你干吗挑事，你告诉我！你来的目的是什么？劳驾，你走吧！"

"这是我的外孙子！"

"我没有力气了。你走吧，需要时我给你打电话。"

"第一，你和格兰特必须分开睡觉。第二，你睡会儿觉，让我带孩子出去散散步。你总不睡觉！看看你自己的样子！都老了，都有黑眼圈了！黑眼圈！蓬头垢面的！你至少也需要去理发店弄弄头发！化化妆！我教过你怎么就地取材制作面膜吧？教过了。你得像我一样：煮罗宋汤的时候，我就往脸上敷点甜菜……"

"（叹气）妈……哎呀……"

"就是！做沙拉的时候就把黄瓜片贴在脸上。或者把黄瓜嚼一嚼，然后吐到手上再抹到脸上。还有酵母，酵母和蛋黄还有柠檬一起。我给你拿芦荟了，放哪儿了？是死了吗？一年前拿来的！需要和芦荟汁一起！你看看我！我都快五十六了，可我的皮肤像年轻人一样！因为我关心我自己！你的皮肤像我！不好弄，皮肤不好！鼻子周围和前额总出油，是的，下巴也一样，你看，而脸颊和鬓角呢，尤其是脖子，容易干燥！这些都得了解！"

孩子又吭叽了。

"把他给我！给我！你知道……我可怜的孩子！太可惜了，他长得像他们家人！可怜的亚美尼亚小孩儿！以后所有人都会取笑他。我们班上有一个沙赫彬德里昂茨。没有人不把她的名字发错音的！能想象到吗？后来才弄明白，她不是亚美尼亚人，而是亚述人。擦鞋匠都是，我和她说过话，她说他们是地球上最古老的种族。这件小衣服是干的，我来给他换一下。把孩子给我！"

"不给。你回家吧。"

"列娜，我的小太阳，你都筋疲力尽了！你总哭！这是有害的！眼泪会让你的脸变干燥！会出现早期皱纹的，虽然你也该有皱纹了。高龄生产很危险，而高龄产妇生的孩子也处于危险的边缘，是的。一切还不得而知，我的上帝啊……还得让神经科医生盯着点儿！还有语言发展！我读过一些书。要练习小触觉动作！拉小提琴！捏泥巴！都能把聋哑盲人培养成人。"

"妈！……"

"你检查过他能不能听见吗？"她"啪"地拍了一下手。"你看，列娜，他哆嗦了一下！他能听见，我的小燕子！"

"能不哆嗦吗！我都哆嗦了……"

啥也不懂的叶拉努伊也插话进来了："梅罗佩女神保佑！马上，马上！我听到了哦！"我的牛奶煮冒了！说完出去了。

"不用说，满屋子都是烧糊的味儿。她不会用煤气灶。他们家里难道还是烧柴火的炉子吗？那种家庭用的炉灶？就像卡洛老爹那种？列娜啊！加里克想你想得啊！多么想念你啊！可你却选择了这个……当然，你有感觉。你当时是看他有前途……可是加里克多帅！金色的卷发！小小的鼻子！高高的个子，那身材！"

"这个加里克现在在一家家具店当搬运工呢。"

"是吗？在哪儿？"

"列宁大街的一个家具店。我和格兰特去买这套卧室家具来着……我一看，加里克。秃头。脸都是蓝的……大褂也是蓝色的！他高傲地看着我。'不，'他说，'我不认识您。您是哪位，女士，我不记得您了。'说完就走了。"

"列娜！你抛弃了他，他当然就破罐子破摔了。小伙子受不了！何况还是院士的儿子！"

"院士儿子没错，但他父亲很久以前就离开他们了。"

"这对他们，对于男人来说，当不是他们主动离开，而是被抛弃的时候，那就一切都完了，就是奇耻大辱。我们，女人，很快就能走出来，因为，比如对我，你曾经就是我整个生命的意义！而且我妈妈给了我很多帮助！不像你，竟然往外赶自己的亲生母亲。哎呀！格里沙又拉粑粑了！"

"你怎么知道？"

"他脸这么一抽搐那就是……然后就是臭味！你怎么了，鼻子堵了吗？"

"有点儿。"

"我就知道。我这就给你做一个纱布口罩！也可以做两个换着戴！绷带在哪儿？你会把小格里沙给传染了的！赶快！马上！戴口罩这是最基本的啦！所有医生都戴！你的绷带在哪儿？"

"在厨房左边的抽屉里。"

"你别起来，我能找到，能找到。"

在厨房门口她正好碰到了叶拉努伊。

"奶温乎乎的。正好。来吧，列娜，我来喂吧。我喂大了六个孩子啊。来，来，我亲爱的小格里沙……快来……快把小嘴儿凑过来……吃吧，亲爱的！"

然后叶莲娜的母亲就很隆重地拿过来两个绷带做的口罩，自己浑身都是白色的线……又说了半天必须戴口罩的事。

叶莲娜都快烦死了。

后来格里沙睡着了。三个人就去喝奶茶。厨房里一团糟……剪刀扔在那儿，整个急救箱简直就是被拆了……

她们争论了很长时间是否需要出去散步。最后认为需要，因为天气还不错。

"列娜，我带他走走。你休息一下。叶拉努伊给你做点儿吃的。叶拉努伊，你给她做点儿菜卷……多尔玛，还是叫什么来着……我一会儿也回来吃。"

穿衣服用了很长时间，就像要去太空飞行一样。

这个男孩长得不好看，黑皮肤，大鼻子，眼睛小小的。这么说吧，对他什么都没有，什么感觉都没有。把他一抱过来，丈夫格兰特的眼神变得友善一点儿了，他确信这是他的儿子，全部的感觉仅此而已。叶莲娜对他没有任何兴趣。小孩子晚上哭闹。必须起来去看他。比坐牢还难受……

叶莲娜的母亲终于推着婴儿车出去了。

叶拉努伊去了厨房，坐下。

叶拉努伊在厨房一顿忙活，一切都准备妥当了。两分钟后他们的亚美尼亚菜卷就已经上桌了,那味道真是,让人欲罢不能……

叶莲娜去打电话了,像上班时一样。哦,上帝!看见没,妈妈忘了带温水瓶!粗心。

十分钟后,门铃响了。叶莲娜的母亲喘着道:"楼下一个女邻居好心地同意帮着看一会儿……就在单元门口的长凳上坐着。很礼貌的一个人。年纪也不小了。她孙子在沙箱里玩会儿沙子……反正她也没事儿干。要不婴儿车抬八个台阶还真够呛……你们这个单元门真不方便!等你一个人带他出去散步时可有你罪受的。你得这样:把孩子抱出来,然后拖着婴儿车。我建议你到时候这样。"

她们找到一个瓶子,现在需要把水烧开并将其冷却。叶拉努伊建议放点糖。

"万万使不得!!!"孩子"外婆"大喊道,"会胀肚的!"

"好好好。"叶拉努伊惊慌失措地回答着。

## 结识巴丽娜·伊格纳季耶夫娜·米舒丽思

单元门口有条长凳。不远处有一个沙箱。箱子里有几个孩子一边高兴地喊叫着,一边来回拖着铁壳车,一辆装着沙子的翻斗车:

"嘟嘟嘟嘟!嘟嘟嘟嘟!嘀嘀嘀嘀……嘟嘟嘟嘟嘟嘟……扑哧……"

一位老妇人坐在长凳上,微笑着。她满口金牙,额头上露出一截针织帽,外面拢着一条围巾,一条很好的围巾——进口的——闪闪发光。鼻子上有一副眼镜。挺神奇的一个人。总的来说很奇怪。摇晃着婴儿车。

刚才这儿还有一个躁动不安的老太太,穿着短外套、长裤子,推着婴儿车。她把沉甸甸的婴儿车拿出来就坐这儿了。

"孙女?"这位头上佩戴着奇怪配饰的老阿姨向她点了点头。

"看您说的,愿上帝与您同在!蓝色的婴儿车!这是外孙子!格里沙!(她朝婴儿车弯下腰)啊?格里沙是哪儿的人啊?谁是小亚美尼亚人啊?啊?"

"他多大了?"

"十天!只有十天!但是天气很好,他们有一个固定医生,每天都过来,他建议出来散步。必须多散步!而且不是在玻璃罩着的阳台上。"

戴着奇怪头饰的老阿姨很关心地往婴儿车里看了一眼。她的眼镜闪得刺眼。

"眼睛是蓝色的,难道……"

"外婆"戒备地笑了笑道:"嗨,所有的小孩子眼睛都是这样的……雾蒙蒙的。(突然发出刺耳的尖叫声)眼睛睁开了吗?睁开眼睛了?"

"他长得像您,我没看错吧?"

"现在还不知道像谁呢,您能想象得到吗?可能像他爸,也可能……"

"也有像表亲堂亲的。我已故的丈夫就像他一个叔叔。所有人都很惊讶。……您是一个人吗?"

"我?差不多吧。"她大笑起来,调整了一下帽子。

"他有头发吗?"

"他是卷发。深色的。"

"叫什么名字?"

"我说过了,格里沙。"

彼此都停了一会儿。

"不寻常的名字。"

"这也是随他们亲戚叫的。他们有一个曾祖父就叫这个名字……""外婆"看了一眼婴儿车,"啊?我们格里沙是哪儿的人啊?"她欢呼雀跃起来,因为孩子尖叫了一声。这个傻瓜。她摇了摇婴儿车。因为孩子哭了。

"您知道,"奇怪的阿姨甜言蜜语地说,"得给他喝点儿水。喝点儿温水。肠胃胀气就会让他难受。他也得喂奶粉吧?"

"是的……"

"你看。我可以看出来。我第一专业是儿科医生。现在我是神经科医生。"

"这也能看出来?"格里沙的"外婆"心想并说道,"真的啊?"

"这些喂奶粉的孩子总得给他们多喝水,"这位神经科医生继续提供着指导。"喂食后给他喝温水。大约半小时喝一次。"

"哎呀！对！我还真不知道！"

"您看看。"

"现在的大事就是把婴儿车拖回去。怎么会是这样呢！医生怎么没有告诉他们呢？"

"医生说的只是一方面，我们丹尼斯也是吃奶粉长大的（她朝沙箱那边点了点头）。跑吧，我看着呢。您看那边沙箱里我们那个健壮的小伙子，喂大了。没什么可怕的。我带他散步，尽管我患有中耳炎，就是耳朵中间那儿发炎（从右边碰了碰全副武装的头部）。您快去吧……我反正也是坐着……出来散步之前我把耳朵都包好了……所以再坐一会儿。"

"好，谢谢……不然我第一次带孩子出来……我们这孩子的母亲邋遢……躺着呢。我可没躺过！我那会儿没时间躺！全家人都靠我呢！我干啥都快！像诺拉火箭炮一样！可是她，您看，生育孩子的年龄晚，而且难产……大龄生头胎。分娩整整十二小时。我们都没想到。本来应该两个星期以后才生，但提前就住进留观室了。孩子终于生下来了。可怜的孩子像小猫一样喵喵叫。"外婆摇着婴儿车。

包着耳朵的老阿姨一边好像不经意地看着沙箱方向，一边说："您赶紧回去拿水瓶吧。否则总这么大声哭叫对他可不好，空气也不是很……空气有点儿冷，毕竟是冬天。"

"是的，确实是……"

"快去拿水。否则第一次出来散步他就留下病根儿了。水一定要是现烧的。您知道，是吧？"

"嗯，是的，是的，我们知道。还有吗？"

"煮沸，倒到瓶子里，这就等于消毒了……然后在水龙头下冷却……您知道吗？好吧，我还要在这坐一个小时。所以您不用着急。然后呢，我要去商店买东西的时候，您也许可以替替我……或者有时您去商店，我就值班。我总在这坐着看孙子。我还是第一次见到您……"

"我们不买任何市面上的东西,"这个愚蠢的傻瓜一边站起来,一边不经意地说道,"我们都是从格兰诺夫斯基大街的克里姆林宫餐厅订餐。"

"我们也是,但有时面包需要……"

"好吧,我这就回来。您怎么称呼?"

"巴丽娜·伊格纳季耶夫娜·米舒丽思。"——就是耳朵有病的典型的犹太人精神病医生。

"我叫埃列奥诺拉。不,我们不吃市面上卖的面包。"她又总结了一句。说完就走了,穿着昂贵的靴子,靴子箍在小腿肚子上。腿跟钢琴腿儿似的。裤子放在靴子里,简直就是一个牛仔。像一个可笑的白痴一样。她登上去进了单元门。把门撞上了。三分钟无话。不,再加一分钟。也就这样。

沙盒里传来尖叫:

"嘟嘟嘟!嘟嘟嘟!转弯!你在干什么?根本不对,是不是?你往哪儿开啊?把我的车都弄翻了,傻瓜!"

"是你自己……傻!"

长凳上一个声音喊道:"杰尼斯!站起来别跪着!所有的裤子都磨漏了!"

"对!安托沙!真的是!站起来!"坐在旁边的两位妈妈一唱一和地说着。

时机已到!妈妈们像电线上的鸟一样坐在那儿叽叽喳喳着。机不可失。真是心惊肉跳!口干舌燥!

巴丽娜·伊格纳季耶夫娜·米舒丽思起身,似乎懒洋洋地在伸着懒腰,整了整眼镜和头上的像牛角一样的帽子,看了一眼表,然后登上单元门口,迅速地推起婴儿车朝地铁方向跑去。

沙盒那边正好还在喊叫,几乎是打起来了,妈妈们站起来,背对着墙低头看着孩子。

"他为什么要挤啊!"

"这又不是他的挖掘机!"

"别这样,杰尼斯!你怎么不害臊啊!他家里也有这样的挖掘机!"

"我们以为你们俩共享一个挖掘机够了!结果不是这样的!这样以后你俩还怎么做朋友啊!"

"我干吗要把这个破车给你们拖过来!"

老阿姨在拐角处挥着手,示意停车。然后将孩子从婴儿车里掏出来,抱起来,司机礼貌地折叠着昂贵的婴儿车,并说"我知道怎么弄,我们的婴儿车也是这样的"。

汽车走着。随后在一栋楼旁边停了下来。头上"长角"的老阿姨把钱塞给司机并让他帮忙把婴儿车抬到电梯口。司机欣然同意。然后他一路小跑下了台阶,年轻,英俊。

门"砰"地关上,车走了。

老阿姨把婴儿车拽到电梯里,把孩子放到婴儿车里,乘电梯上了半层楼,就把围巾连同帽子一块儿摘下来,把大眼镜和牙齿上的银箔也都摘掉,这是塔玛拉·格纳季耶夫娜。

她从包里拿出一个白色带花边的东西。把所有从自己身上摘下的东西都塞到这个袋子里。她抱着孩子,把他包在那个白袋子里,放在所有的东西的最上面。

她乘电梯下来,走出电梯,把婴儿车丢在了电梯里。快速沿着楼梯往下走,从单元门口探出身。没人。

她举起手。搭上一辆车,"戈比"出租车。坐到后座上开口道:"您会看见一个卖花的亭子,您就在那里停。"

173

## 婴儿车

一个酒鬼,就像充了气的幽灵一样,鬼鬼祟祟地进了单元门。一边解开裤子的拉链,一边往电梯里跑。一瞧,电梯里有一辆婴儿车,新的,车里的东西一应俱全。仿佛一个孩子刚从里面被抱出去。人走了。

酒鬼本来就憋不住了,环顾四周,听听……没有人。于是旋风般地飞向婴儿车,拿起就往外跑。她飞速地把它滚到了拐角那边,然后就越推越远,越推越远。

她走进一个满是碎布的穷困潦倒的房间叫道:"妈!你看,我在电梯里捡到一个婴儿车!有人把它扔了!可是你看,进口的,全新的!就不要了!"

一个老妇人躺在床上,身上盖着一堆毯子。灿烂地笑着。像在看着天花板。过了一段时间之后,从眼珠的转动才知道她是个盲人。她一只手放在所有的东西上面,肘部用绷带包扎着,绷带周围是一块黑色的血迹。

酒鬼手摸着婴儿车说:"我这就把它给托里金的姐姐送去,对吗?然后可以买好多东西,对吧?"

老太太小声地说：“是的，科利亚……是的。去吧。走吧。去丽达那一趟……丽达……科利亚……我这有一桶白菜……带给他们……”

酒鬼大声叫道：“妈妈！你的丽达早就死了！我也不是你说的科利亚！”

## 塔玛拉·格纳季耶夫娜的孩子

塔玛拉·格纳季耶夫娜拿着鲜花,抱着孩子在公用电话机上打电话:

"瓦列里,是这么回事,我们从妇产医院坐的那辆车坏了……是的。我抱着孩子在街上……你先别喊……是的,我反正把他抱来了……好吧,我们待会儿再说……我在列宁大街上,在一条小路上的一个鞋店旁边。"

半小时后,黑色的伏尔加驶近了一座看起来不错的浅色的砖楼。入口处有两个背着包的女人。

"他向我声明说,"其中一个说,"您起诉我吧。我是什么也不会给您的。"

"他没让你进屋吗?"另一个回应着。

"一直拦着我!哎呀!您好!"

两人睁大眼睛看着塔玛拉·格纳季耶夫娜从车里走出来,手里抱着孩子,拿着一大束鲜花和一个包。

司机从她的手里接过包和花束。并把她送到了单元门口。然后很满意地走了。

"这是她女儿的孩子……死于分娩的那个……"其中一位妇女摇着头说。

"好歹还有一个孩子,这就是幸福。"

"是啊,可是……"

两人都快哭了。

一到家,塔玛拉快速地把孩子打开。

"全湿了。我就知道。瓦列里!可以占用你一分钟吗?"

电视在大声地播放着。

孩子哭起来,声音不大,似乎在诉说着什么。

塔玛拉跑来跑去,打开壁橱,掏出一个床单,试图撕开它。没撕开。就用牙撕,咔哧咔哧地扯着。又撕。把婴儿包起来。

瓦列里根本就没影儿了。

"瓦列里!"

电视已经关了。只能听到令人沮丧的沉重的脚步声。

两个眼神像聚光灯一样交叉在一起。

"你知道你在搞什么吗?演戏吗?你像个什么母亲?你是一个老年人了,老年女性,明白吗?"

"瓦列里,现在这么说已经晚了。全都做完了。以后再向你解释。"

"把孩子还回去。他有自己的父亲。"

"这个父亲……走了连眉头都没有皱一下。就在妇产医院当着护士、保姆和所有人的面。有消息说他已经有了一个新的女人,就是之前一直在他身边的那个。拉丽斯卡。"

"你这是在臆想些什么?还拉丽斯卡。我们三天后就要走了!"

"你把所有的事儿都办好。我们在那儿给他雇一个奶妈。应该把这三天过去,给他把所有的资料都办理好。我们必须收养他。"

"什么?!"

"瓦列里。别再找事儿了……你是不想让我留在这里的。"

"怎么留在这里,留在这里是什么意思?"

"可是到那里我算什么?我为什么要去那里?'大老婆'?"

177

"你在嘀咕什么。什么大老婆！"

"每个人都在等着看我们被召回……因为这种性滥交。我不想说出名字。够了。"

瓦列里脸色发紫，平静地说出了一切。叫她老酒鬼。

她只是一直点头。

"瓦列里。我留在这里申请离婚。除此之外我没有任何好办法。"她怀里抱着并摇晃着的孩子一直没有声响。"玛莎不在了，我再没必要住在那儿了。我只是为了她……我给了她我能给的一切……现在我只剩下一件事，那就是离婚，分割房子和财产。还有皇家银行集团的钱。"

"还有什么，母狗。"瓦列里小声地答道，显然吓坏了。"都是喝醉了说的胡话，仅此而已。都是臆想出来的，去你妈的，酒鬼。"

"你才是酒鬼，尽人皆知。过不了多久你就会被召回。"

"别做梦了，母狗。"沉默。瓦列里喘着气。

塔玛拉非常自信和坚定地说："两年前，你拒绝了让谢尔盖落户，所以他向我们证明了他不需要玛莎。他给自己找了个年轻的情人。玛莎知道了这个拉丽斯卡。玛莎就不想活了。"

"你还会说，这也是我对不起你。"

"世界上的一切都是因果轮回的。我父亲恨你，你从没有在我面前原谅过他。你对谢尔盖做了同样的事。没有接受他。谢尔盖也走了同样的路。他对玛莎的方式和你对我是相同的。结果呢？孩子成了孤儿。"

塔玛拉脸颊绯红，眼睛闪亮，胸前抱着这个孩子，她突然变得年轻了15岁。向来光滑的头发变得散乱而卷曲。总之，一直沉默克制的她现在突然不再遮遮掩掩，她挺直了身子，炫耀着自己的胜利。属于她的时刻到来了。她怀抱着这个孩子，什么都不怕。

"你把该做的做了。我们带小谢尔盖走。我们收养他，让他随你姓，父称用你的名字。他将是你的儿子。"

"为什么?"瓦列里认真地说着,很委屈的样子。"为什么不事先告诉我?为什么不通知我?这么短的时间我能干什么?"

"你可以的。现在就去。"

"啊……我也不知道,为此都需要什么啊?"

"我有孩子的出生证明和玛莎的死亡证明。如果需要谢尔盖的同意,那就必须看看怎么能不经过他的同意。你明白吗?"

"为什么?"

"我们发生了冲突。他把孩子塞给我,但是他说他会报仇的,不会为我们做任何事情。因为我当着所有人的面把他吓到了,我说我知道他的爱情阴谋,而且告诉他永远也见不到节度,就像永远都见不到他自己的耳朵。"

"你做得对。我赞同。"

哦,瓦列里胆怯了,并开始丧失自己的立场。应该利用这一点。塔玛拉·格纳季耶夫娜故意刺激他。

"谢尔盖说要整我们。这样你就动用所有的关系,把这些事都自己做了吧,不用他。"

"哦哦哦。找到了。卑格米!"

(瓦列里是从他去过的国家接触的某领导人物通讯录里找到这个词的,对于某些领导人物而言,"卑格米人"这一表达方式本身是一种骂人话。卑格米人部落的存在是一个民族的耻辱,这个部落曾经一直被隐瞒,并被弄到丛林里进行杀戮。虽然后来证实,外国人为研究这个在所有意义上弱小的民族所提供的资金,对于这个复兴中的年轻国家是很有帮助的,其中大部分美元都落入了领导人物的账户里。)

瓦列里·伊万诺维奇甚至还在房间里踱了一两步,似乎在激励自己。

塔玛拉·格纳季耶夫娜像一个驯兽师一样研究透了他的本性。

有时是一只呆滞的充满惰性的猫,从沙发上都懒得站起来,有时是一条精巧而强大的蟒蛇。有时——像现在一样——像褪色的公鸡。

"你会看到的,瓦列里,关于孩子他不会嘟嘟什么的。他永远都不会挑事儿的。"

瓦列里点了点头。他已经习惯了妻子(军事外交语言中叫"夫人")的一言九鼎。不会过多地承诺,但如果她说了什么,那就一定会实现。

"你先叫司机,让他带上克里姆林宫药房的雀巢奶粉。我以前想买来着,怕玛莎没有奶(她试图忍住眼泪),赶快。"眼泪一直在流,她怀里抱着孩子站在那儿,大大的眼睛看着瓦列里。

瓦列里突然间甚至冒了汗,走了出去,呼吸有些艰难。就是因为玛莎没了。玛莎没了。他骂骂咧咧地走着,脸上的表情就像一个受了委屈的孩子。

# 消失的孩子

"外婆"埃列奥诺拉·阿纳托利耶夫娜完全是按照那只"长角"的蛤蟆巴丽娜的建议做的,煮好开水,将其小心地倒进瓶子里,然后立即将其放在凉水龙头下面。砰!传来一声尖叫和玻璃撞击水槽子的声音。埃列奥诺拉摇晃着被烫到的手,跳到了旁边。

叶拉努伊睁大了眼睛吃惊地看着眼前发生的一切。

列娜走过来,大声尖叫着:"哎呀,这是谁弄的啊!"

"你不是躺着的吗!!!你躺着!"

她们互相指责了五分钟。

现在,水已经分别装在三个盘子里冷却了。叶拉努伊都弄好了。冷却完倒入新瓶子里。谢天谢地!埃列奥诺拉临出门又跑了一趟厕所,穿上神圣的衣服,然后就英姿勃勃地(新的小靴子、小裤子,真美)从"疯人院"又跳回到了新鲜的空气中。哎。

楼附近一个人没有。沙箱里没有,长凳上也没有。

她转了转头。绕着楼跑了一圈。绕遍了附近所有地方。她的头像泡沫一样轻飘飘的,嘴巴也哑了,手在颤抖。傻呵呵地问着路过的人。

天开始暗了下来。唉,天这么快就开始黑了。

她进了楼。上了十二楼,开始挨家挨户按门铃。她被告知他们不认识任何精神科医生巴丽娜。一个老太太问:"您是给谁叫的医生?"

"不是，"埃列奥诺拉的嘴巴都不听使唤了，这个倒霉的女人回答说，"我需要找到她。"

"您从哪里来？"

"我是二……十二号的……"

她开始往下倒，倒向遥远的地狱，倒向没有任何记忆之境，倒向能让她解脱的中风。

最终也没有人从她那里得知小格里沙的下落。而且调查也没有任何结果。

只有那辆婴儿车浮出了水面，"布料"商店的保洁员斯维塔得意地推着儿子走在克色金大街上。推的就是那辆进口的、法国的、和她的身份极不相符的婴儿车，她是在第五苏维埃大街儿童咨询室旁边从一个哆哆嗦嗦的女醉鬼手中买来的。眼睛哭得通红的斯维塔描绘的形象很典型：

"那个，脸发青……没牙……三十左右，也可能五十……嘴巴很脏。而且，头上是一顶带耳朵形状的帽子。鼻子是那样的……青的。小胡子。声音？就是喝多了的那种声音。下身穿什么我不记得了……大衣又旧又破……手？似乎是黑乎乎的。像铲子一样大。啊，她腿上穿的是运动裤。还有胶皮靴子……颜色？很脏。"

"那么到底是男的还是女的？"要案调查人员还在讯问。

"怎么会是男的呢？女的卖的婴儿车啊！"斯维塔语无伦次地回答。

斯维塔的孩子马克西姆个头很大，像小麦面包一样白。四个月。有点儿像巨婴。他被交给基尔克里昂家人确认过。

斯维塔的丈夫是个订购商店的工人，一个矮个子男人，什么都不知道，因为他刚刚摆脱"小松鼠"（震颤性谵妄——酒精依赖综合征）的困扰，也就是刚刚离开了索洛维约夫精神病院。其实就是前一天才出院。

"我丈夫他是钢琴家。"斯维塔向调查员微妙地解释说。

"怎么会是钢琴家？"

"是啊，他喝酒。"

事后，格兰特对整个调查感到很不满意。他的妻子也表现得跟疯了一样，不停地哭喊着。

叶拉努伊没哭，也什么都没说。她没有抬眼。对自己当领导的儿子也只字未提自己的想法。回迪利然去了。

叶拉努伊知道那个男孩不是亚美尼亚人。而是有格鲁吉亚血统。另外，儿媳妇身上也没有产妇的血腥味。叶拉努伊曾是一名儿科医生。

全国各地当局都行动起来并检查了所有叫巴丽娜的精神科医生，为以防万一，有四名医生被禁止去以色列。

关于一个疯女人把孩子弄丢了的故事还在附近流传了很久。而她的母亲后来总去找一个精神病医生，也没有找到，就死了。

# 阿丽娜的三年国外生活

出国临走那天，谢尔盖一本正经地，并且有些恶狠狠地在阿丽娜面前拎出两个行李箱说："玛莎的东西。这些你拿着，你再也不会从我这里得到任何东西了。"

一切都定了下来，去节度变成了现实，他庆祝了自己的胜利，并开始把阿丽娜当作一个玩忽职守的仆人对待。

但是到了晚上，要去机场的时候，她推着婴儿车，默默地走出自己曾经拥有过的家门。

莫斯科已经是寒冬了。阿丽娜旧貌变新颜，穿上了牛仔裤和一件带背心的毛衣，外面是裘皮大衣和靴子。肩上背着一个几乎是儿童用的旅游背包：新买的。

在年级长娜吉卡的帮助下，她拿到了两个月的助学金，就是所谓的"生育费"（感谢上帝，她的护照也保留了下来）。数额虽小，但这是自己的钱。

阿丽娜怀抱着瓦夏，跑遍了廉价市场上的寄卖商店，买了两条连衣裙、一件睡袍、一双橡胶底拖鞋，还成功地找到了一双旧凉鞋。她还在拥挤的孕妇商店里抢购了内裤、胸罩和背心。玛莎可以去这家商店购物的证明保存在她的护照里，只需要在 10 月的后面添上几笔即可。也就是说，纸上是 X，把它变成了 XII。

所有这些都装进了儿童旅行背包。

阿丽娜另一只手里是一个大大的公文包，里面都是教科书和词典。她在图书馆把今后三年要读的书都借出来了。整个在节度常驻期间要看的。她转到了函授部，打算通过邮局把作业寄过来。

谢尔盖看到这个画面，骂了一句："你就是个仆人，就是个奶妈。把嘴闭上！"就没带玛莎的两个手提箱。从那一刻起，他就开始对这个生活伴侣产生了仇恨。她对一切都有自己的见解，也不知这见解从何而来。

阿丽娜即将与一个男人一起度过三年的劳役生活，这个男人从一开始就凶恶而冷漠，鄙视儿子的乳母并从中捞取了不少的满足感。

谢尔盖的态度恶劣，这是他与阿丽娜之间莫斯科冲突的延续，当时她拒绝穿玛莎的衣服，而他又义正词严地对她说，不能在莫斯科买任何东西。

在贸易代表处里，要求每一个负责人的妻子必须穿着得体。

"你要买什么？我不许你抱着孩子去排队！我自己又不能在家做保姆。我得工作。你在节度能穿什么？那里连阴凉处都四十度！你要去哪里买什么？我不会让你拖着我的孩子去逛市场的！你是想得太美了！想让我给你钱！玛莎的父母从国外给她寄来的都是最好的东西！你看，你看不上这些！而且这些东西在莫斯科只能在'白桦树'用外汇券购买！而且我也没有外汇，即使我有，你也别想从我这里得到！"

他有自己的人生计划——赚钱在阿拉雅买房买车。他不会给这个别人的女孩花钱的。他以鄙视她为快乐。

他们早晨到了目的地国家，必须转机前往其苏联贸易代表处所在的城市，不得不等待三个小时。

机场的高温令人发指，原住民包裹得像木乃伊一样睡在地上，孩子在哭，谢尔盖把自己的全部不满都发泄在阿丽娜身上："你穿得像浮冰上的企鹅一样！这里是热带，喂，听见了吗？"

阿丽娜去上厕所，一只手抱着婴儿，另一只手脱下皮毛大衣、帽子、靴子和羊毛袜子，就剩裤子了，从背包里拿出拖鞋来，套在光着的脚上。这些东西都放哪儿呢？她环顾四周。

看来，当地的清洁工刚把垃圾箱中的东西倒出去，然后换上了干净的塑料袋。所以，环顾四周之后，这位名叫阿丽娜的"鲁宾逊"便将塑料袋从垃圾箱上拽了下来，迅速地将她的所有财物都塞到里边，并悄悄地走进了等候室，一只手拿着一个像枕头一样大的鼓鼓囊囊的塑料袋，另一只手抱着孩子，肩上背着背包。

看到这样的画面，谢尔盖在大庭广众面前就开始骂。不过也没关系，反正当地人听不懂。

当地的原住民尽管安安静静，而又彬彬有礼，但还是都颤抖了起来，并因为受到这样震耳欲聋的大声说话的干扰，开始面面相觑。

这里的人不太习惯骂人，但那些骂人的话，连狗和猫应该也能听懂。

语调是世界通用的翻译语言。语气里含着的眼泪或笑声、爱抚或威胁，任何语言听起来都一样。

只有肢体语言有区别：节度人和保加利亚人用摇头表示同意，而在其他国家则相反；在西班牙，轻抚脸颊是一种羞辱；在西方国家，打量陌生人被认为是不礼貌的，对残疾人来说更是如此；而在俄罗斯，不习惯事先微笑……但是您可以毫不掩饰地盯着从穿着打扮上看不出是什么人的外国人和智障人士。

在阿拉雅，给这夫妇俩安排的是贸易代表处大楼里一间朝阳的小一居室，所有员工都扎堆儿住在一起。

唯一奢侈的是，楼顶上有一个游泳池，还有带塑料遮阳棚的躺椅。

在那儿，被叫作玛莎的阿丽娜每天都在和小谢尔盖·瓦夏待在一起，当太阳渐渐落下时，她下楼回到自己被烤得炽热的家里，从冰箱里拿出牛奶，从柜子里拿出大米，然后煮香蕉粥。为了省钱，谢尔盖只买了牛奶、香蕉、大米和饼。

冬天很快就结束了，雨季到来。热得就像蒸笼。尽管如此，阿丽娜还是到楼顶，坐在塑料遮阳棚下读书写字。

她和小瓦夏一起游泳。他很快学会了游泳，两个月大就可以完美地浮在水面上。

没错，女人们很不满意：孩子无法控制自己，可能会在游泳池里拉屎。而这里的水每周更换一次已经是很好的了。有时完全就是一池子浓汤。

有人给阿丽娜带了几块新洗过的尿布，这在苏联很罕见。

这里的妈妈们把它们洗干净，晾干，一个孩子接着一个孩子，一直用到不能用了为止。

现在，小家伙像外国孩子一样带着尿布游泳。

到了晚上，等待她的是每天一次的折磨：他们睡在同一张床上，而谢尔盖把阿丽娜就当作一个妓女。有时会轻蔑地称她为"拉丽斯卡"。

他们每天晚上都打架，于是她就去厨房，睡在地上，可是在那儿他也会扑到她身上——她最害怕的就是脚步声——最后真是无法忍受，而且一有点儿声音"儿子"就大声哭叫。

可是她忍受着。女人被迫像奴隶一样沦落到妓院的情况也不少啊。那就只能是上吊或自尽，或是等待被解救了。

这个蠢货一边起床，一边几乎轻声地很满足地对她说："你就是个垃圾坑、泔水桶。大伙儿都往里倒的那种！你来这里！以为到了国外，一切就都不存在了！把孩子也扔了。你就是一头能挤出奶的奶牛，除此之外你什么都不是。任何一个站街女都比你强，毕竟给了她钱，她还可以做点儿什么，而不是像你，跟木头一样。"

有一次他大发雷霆："你以为我不懂和这些人怎么调情吗？我就是

长俩乳头的木头。我什么都懂。我们班有个麦克,篮球比赛后在淋浴间,没有什么可看的,也就6厘米,不会更多了,还吹呢:怎么能她哪里痒痒不去给她搔痒呢,她们从我这里走时都很满足,来的人也络绎不绝,她们一个接一个地打电话。他一直说:'就当我是女同性恋吧。'而你,从我这也就能得到,明白吗,其他什么都没有。虽然我在平静状态下是9厘米。但是对玛莎不行,而对你们,拉丽斯卡们,5厘米还是10厘米都无所谓。"

所有这些令人费解的话,阿丽娜,这个细腻温柔的人,她这个不幸的母亲的女儿,也是专横的父亲的女儿,不得不听着。不幸的是,她的听力很好。就像在音乐学校钢琴老师娜塔莉亚·彼得洛夫娜和她妈妈说的,她的听力绝对好。只有孩子,谢尔盖·瓦夏白天给她一些安慰和欢乐,再就什么都没有了。

有一对儿夫妇要带着孩子回国了,他们有一个用了十多年的折叠沙发,于是阿丽娜和他们换了,给了他们一张婴儿床。反正他们也是通过铁路往回托运东西。现在她和瓦夏睡在靠墙边的这张活动沙发上。

谢尔盖也没办法大声骂人了,只能自己在床上边嘟囔边喘着粗气。

唯一让阿丽娜高兴的,是她正在哺育的而且未来也会哺育的孩子,这是她充满巨大不幸和毫无希望的生活中的一丝幸福。还有那些外文书。还有当地人的节日。

顺便说一句,原住民很奢侈,这些可怜的人,每天哪怕就只有两小把米仍然会举办某种庆祝活动!

有时傍晚,在伸向远方地平线的空旷的街道上,没有人也没有车(人都拥挤在人行道上或站在阳台上),雄伟的身着霓虹装饰的大象队列和穿着裙子及豪华制服的舞者队伍穿行而过,还有最重要的——远处,数百米外,伴随着高亢的音乐,在发光的巨大平台上,五米高的彩绘神像装饰着一闪一闪的灯,挂着链子、巨型珠宝、旗帜和横幅。在他们后面是载着移动电站的推车，它们被身穿民族服装的男性拉着，后面是乐队，乐队后面是身穿同样短裙和高尔夫袜、头戴驻军帽、手握毛绒球的女孩子们。绒球摇摆，女孩跳跃，美不胜收！

有一次过节的时候，也是阿丽娜生活中的欢乐时光，她走下楼，带着孩子走进人群，他们在她的额头点上了一个红点，高兴地在他们的盛大活动中围着她这个外国白人妇女。

但是贸易代表处不鼓励这种出行。

她已经愿意与当地人交谈，他们也能听懂她说话，高兴地回答，还送给了她糖果，轻轻地、温柔地抚摸着那个白皮肤的小婴儿，他对他们来说就像某种另类的神灵，像是天上的至美精灵。

由于参与的人群都是平凡百姓，阿丽娜正在和一位常来的节度老师勤奋学习伊尔都语，因此在这些庆祝活动中她正好可以开始实践。

顺便说一句，在他们这栋贸易代表处的大楼里，5月1日、5月9日、11月7日和新年会举办他们自己的苏维埃庆祝活动，他们员工的妻子也要出席，戴着镶嵌宝石的当地的饰品，按她们的话说，披着当地的披肩、丝绸和麻纱。但是阿丽娜没有参加过这些晚会，规定不能带孩子去。

因为先是正式的会议，做报告，然后才开始宴会，才能互相祝贺、喝酒、以自己的方式大声交谈，开玩笑，甚至开怀大笑。虽然嘻嘻哈哈不太受欢迎。领导们、福日金一家和来宾别列津上尉都嗜酒，但是这没有什么可笑的。

那些微醉的妇女南腔北调地唱着《我们的家乡》和《瞧那边有人下了山岗》。阿丽娜在上边泳池那里被动地听着，庆祝活动在院子里举行。

唯一的例外是新年，但在阿丽娜在贸易代表处的时间里，只过了两个新年。

可是，在楼上的游泳池旁，她每天都在那里坐着，不可避免地遇到了一些也是带小孩子的女人。通过这种简单的交流，她与那些每一个卢比都要节省的不幸福的女人建立了友谊。

尽管她的名声有些糟糕,谢尔盖不止一次登上楼顶的泳池并把她带回去,像对待一个疯子一样温柔。"好吧,走吧,不要,不要把这个展示给所有人,自己的这些东西,医生不是给你开了药了吗,为什么不吃?"但是至少没有让众人看见他们打架。

阿丽娜知道事情的结局,于是就很礼貌却反对地摇着头,把孩子靠在自己身上。"应该带你去看医生。"他每次都这么说,然后就回家了。

配偶之间这样的关系在这里并不罕见,贸易总代表本人也不止一次早上戴着墨镜出门,他和妻子也一样:打起来了。他们来自基希讷乌郊区,都是经过考验的干部,也是平民百姓,但他们有文凭。全苏联过去的领导都是这样的。科学院、建筑学家艺术家联盟和作曲家联盟的干部是例外。他们不管怎样还是需要某种专业教育的。

举例来说,歌曲中对那些领导作家们的领导是这样歌颂的:"我们都来自人民,我们都来自兄弟般的劳动家庭。"想要会写作,只需要念完小学一年级就可以了。作家联盟的很多领导就是这样的,只要他们懂得社会主义现实主义。还会用领导能听懂的方式对他们进行夸赞就可以了。人们东施效颦似的对作家联盟主席马尔科夫的作品进行模仿,例如:"门铃响起。区委书记走进来,抱着妻子说:'克拉瓦,我们将要有一个孩子了。'"

所以阿丽娜的交流是简单的人与人之间的交流,是每个人都必需的。而无非就是每天干什么,谁住在附近,邻居是谁,某某和他的朋友之类的话题。

还能和谁进行交流,与当地人交流是不允许的(按照这些妻子们的定义,就是和这些黑人、和服务人员交流)。确实,在这些皮肤黝黑的居民当中,既有托洛茨基主义者,也有西方学说的支持者,佛教徒更是多如牛毛。还有一些带有偏见和左派思想的共产党人。

因此，领导层从不与当地人交流，而只与不涉及意识形态问题的贸易组织代表交流。

普通的苏联妇女与阿丽娜分享的都是自己的不如意，比如家里母亲和年长一些的孩子们（他们不能留在这里）如何如何，再讲一讲在哪里可以买到便宜的东西，但阿丽娜并不需要这些建议：因为她身无分文。

最后，大家开始尊重她，每个人都已经看到她坐在那里阅读外国书籍，知道阿丽娜是一名大学生，她懂英语和法语，因为她一直致力于翻译斯拉夫语词源学方面的科学著作。这是她毕业论文题目的一部分。

但是她没有交流的对象，就是可以倾听她说一说、讲一讲古俄罗斯语和其他古斯拉夫语言之间，乃至梵文之间奇怪的亲近关系以及我们不同词语的起源如何的那种对象。

古俄罗斯语中的 умора（可笑的事）——古斯拉夫语言中就是 юмор（幽默）。古俄罗斯语中另一个意义的 умора（极度疲倦）——在古印度语中就是 moras（死亡的意思）。我们说的"笑"，他们说 смайл，古印度语言中就是 smayati。

还有教会斯拉夫语是什么，没有一个民族讲过这种语言，甚至连一个最小的部落都没有。阿丽娜读教科书中的祷告，也没有人知道她在祈祷。

但是，有一天在工作时间，贸易代表处的一名工作人员上了楼顶，来到游泳池旁，旁若无人地从包括自己妻子在内的所有人身旁走过，表明他正忙于工作，径自来到阿丽娜面前，请求她马上翻译一封信，并用法语拟一封回信。

阿丽娜完成了这一请求。

一天后，谢尔盖和她大闹了一场，说她没要翻译费用。说贸易代表处里没有懂法语的人，但目前正在进行一项联合项目，所以可以要求付费。而且说他不会这样不了了之的。

一个月后发工资那天,阿丽娜出乎意料地从会计部门收到了一大笔钱。

"他们给你多少钱?"谢尔盖问。

"您为什么对这个这么感兴趣?"

"因为现在你要付自己的饭费,清楚吗?你吃多少,就给我多少,明白吗?"然后他将重重的拳头举到阿丽娜的面前。

"如果你威胁我,"阿丽娜说,"我就给外交部写信。"

"哦,哦,哦,你想得太美了。我在监控着所有的邮件。我根本没有将你的任何测验发给莫大,我把所有东西都扔进了垃圾桶了,你明白吗?想花我们的钱接受教育吗?我会把你所有的教科书都扔掉!这些书全是你在图书馆偷的!你会被送上法庭!那上面都盖着章呢。"

那天晚上,阿丽娜将自己锁在浴室里,在地上铺了毯子。谢尔盖不敢大声敲门。瓦夏开始哭,但阿丽娜没出来。谢尔盖整夜都在一边摇晃着儿子,一边骂着人。明天,如果他们还没办法让孩子安静下来,住在附近以及楼上楼下的邻居都会来找他算账。

早上,阿丽娜洗完澡出来,仿佛什么都没发生,喂饱了孩子,安静地吃了饭,将他抱在怀里(这是防止被殴打的唯一保护手段),然后无视谢尔盖的小声谩骂,抓起小背包,上了最顶层,把婴儿车放在棕榈树下,将泳池里的喷壶灌满水,好像还挖了一木桶的土,然后往里浇了好多泳池里的氯化水,这才把婴儿车从楼里推出来。

她在前一天夜里把自己的薪水藏在游泳池边,她用勺子把种着棕榈树的木桶里的干土挖开,把一袋钱塞到里面,然后在上面撒上了土。

她在雨里走着,把一个剪开的旧塑料袋套在孩子头上,像风帽一样,迅速给自己和儿子买了把便宜的雨伞,进了一家小铺,在那里她买了水果、蔬菜和一些上面画着水牛的罐头食品,回到家中,空空如也,她用炖肉煮了汤,真的好吃多了,给孩子喂了奶,然后和他一起睡了觉,到了晚上,又喝了中午剩的汤,吃了个一干二净。她来到楼顶的塑料遮阳棚下,和儿子在小雨里游了一会儿泳。

楼上没有人,一种惊人的自由感淹没了阿丽娜的灵魂。这是过去几个月以来的第一次。天已经黑了,城市的上空飘来晚餐的味道,小茴香、胡椒、咖喱、檀香的气味,广告的灯光都亮起来了,阿丽娜没有离开。独自一人的感觉真是太好了,没有主人,没有做"奴隶"的感觉。

晚上十点钟谢尔盖来到了楼顶,面色苍白,貌似身患瘟疫的样子,抄起带着孩子的婴儿车朝出口走去。阿丽娜没走,若有所思地望着他的背影。

他在门口停了下来,环顾四周。"走吧,没人会碰你。"他用人的声音说道,"干吗在这里像无家可归似的。"

阿丽娜纹丝未动。于是他放下了婴儿车,沮丧地离开了。

阿丽娜喂了孩子,然后在躺椅上伸个懒腰,出乎意料地在沙沙细雨中睡着了。天气不太热,大约二十五度,孩子在婴儿车里也安然入睡。

黎明破晓时,谢尔盖再次出现。脸色苍白,带着乞求的神色,满脸惊慌失措的样子。

"我们要被派回去了,"他说,"混蛋,你是在努力实现这一目标吗?我们在莫斯科能干什么?"

阿丽娜沉默着。

"你要是愿意,我在厨房睡吧?我不会再碰你的,你想这样吗?我一个手指也不会碰你的。"

阿丽娜这才站起来,推着婴儿车朝电梯走去。

从这天起,谢尔盖真的开始在厨房的地上睡觉,因为买沙发首先会引起人们的普遍关注,并带来不良后果,其次,这会花费很多钱。

阿丽娜终于过上了人的日子。她和婴儿睡在一张大沙发上。她又不止一次去做了法语翻译,甚至在找不到其他人的情况下,还用英语写了东西。所以她有了一些卢比。

给工作人员支付的都是卢比,卢布在这里不流通,也没有人在兑换处换过卢布。

阿丽娜没有存钱,不像这楼里的其他住户,她没有考虑过未来,在经济如此拮据的情况下,她也无法攒钱在莫斯科买房子。就算攒钱,加入合作社对她来说也是一个徒劳的梦想。

但无论如何,从孩提时代起她就一直吸取的经验教训,就是必须购买便宜的东西,使她成了身兼数职的侦察员、分析家和心理学家,也在她成功地用几戈比买到好东西时,给她带来了极大的幸福。

是的,这栋楼里的所有妇女都知道地址,总会去最便宜的商店和有大甩卖的地方,阿丽娜也会推着婴儿车,兴高采烈地和她们同行。

她甚至也被迫去参与所有当地的八卦,谁和谁睡觉了,谁殴打谁了,最近在希劳那里又建了什么东西作为对节度人民的献礼了。晚上在简易房里丈夫杀死了他的妻子,因为她用香蕉招待了来做客的儿子的同学之类的。

节度当局闻风而动,开始调查这个案子,但我们在希劳的人将尸体秘密运回了国,坐火车……

丈夫和孩子是坐同一个车厢送回去的,和棺材一起。罪与罚。

让他闻一闻尸体的味道。

谢尔盖·瓦夏在慢慢地长大,而"玛莎"(阿丽娜)也逐渐从一个被恐吓和折磨的乞讨者变成了一个有着金色卷发的漂亮女孩,穿着当地缝制的漂亮衣服和本地生产的高跟鞋。更不用说穿泳装了。

阿丽娜的乳房虽然是哺乳母亲的乳房(她没有间断过哺乳),但腰围已经恢复到了从前的 60 厘米。在泳池边,办事处的工作人员总要多看她几眼。街上的原住民会朝她吧嗒嘴,汽车会朝她鸣笛并敞开车门,参加了两次贸易代表处的新年晚会,都大获成功,男人们争相邀请她跳舞,她只能把"丈夫"冷落在一边看孩子(只有12月31日才允许带孩子参加节日庆祝)。

时不时,克格勃上尉别列津也会出现,他在节度APN机构的招牌下工作,就在贸易代表处旁边,喝酒、无聊、走村串巷、数他的步枪。

有几次他和阿丽娜一起在城市里走,好像是偶遇的样子,给阿丽娜讲述着这里的古迹、习俗,还讲到这里几乎在每扇紧锁的大门后面都有的妓院,而且还有苏联女孩。还说在节度的家庭里不想要了的妻子就会被烧死。按照他们的传统,在后院把打火器中的汽油倒在她们身上,然后迅速用那个点火器把她们点燃。火在这里是一种神圣的东西,可以直接送她们去天堂。

根据他的讲述,阿丽娜判断,不久前别列津曾经陪同过莫斯科烧伤中心的一名医生,他来给当地的医生做咨询。可是这又有什么好咨询的呢,这就是当地的习俗……

被烧伤者会保持沉默,她们顶多会说她们想自杀。她们由于无处可去,不得不从医院回到自己以前的婆婆家。娘家是不会接受离婚女人的,这里的女孩结婚是要给丈夫带去嫁妆的,也就是说,父母已经在她身上花了钱,他们不会再给她出钱。

这里每个家庭往往会养育许多孩子。由于没有钱,有些人永远不必去想成家的事。很少允许女孩出门。中学毕业了就在家里待一辈子。特别是如果你没有嫁妆,更是如此。而单身汉很多,成群结队地走在大街上,有些牵着手。但这没什么,这就是友谊的象征。有嫁妆的女孩没那么多。

"你看,过来了。"上尉说,并没有用手去指任何方向。

"他们都一对儿一对儿的。有一次,一个十八岁的年轻人在婚礼后不久就去世了,家人就开始劝说新婚妻子去葬礼的火堆,要把她和丈夫一起烧掉。按照古老的方式。还给女孩打了毒品,然后用油布包裹,将她放在死者旁边,然后就烧。她开始尖叫,从火堆里往出爬,人们吓得四散而逃,最后她获救了。双方所有亲戚都被抓了起来,观众也因为同谋而被关押。"

"顺便说一句,据称,玛莎的,也可以说是马丽娅·谢尔佐娃的丈夫就曾兴高采烈地说过,'等我在这里的任期结束,就把你他妈的卖给一个妓院,别列津也同意。他在这里什么关系都有,他无聊时就去俄罗斯女孩的妓院。'你以为这些女孩愿意被送到那里,双手朝后,堵住嘴吗?是她们的丈夫混蛋地把她们卖了。钱不多,但是苏联人对离开之前的任何礼物都感到很高兴。而且,还可以摆脱厌倦了的女人,他们在这里早就都他妈的准备好咬断对方的喉咙了。妻子威胁说,'要在回去之后提起离婚诉讼,而且要分割一半男人辛苦劳动挣来的房子和汽车!'妻子们在这里,就是一个吃白饭的,她们靠男人的钱生活,她们只是做饭。她们还他妈要花钱!是的,希劳那个建筑商因为一根香蕉勒死了他的妻子是他妈对的。他就算不因为香蕉也会把她勒死的。我不会因为你弄脏了我的手。到莫斯科孩子我他妈也会抢走,你也无处可去,而在这里别列津保证会在邻近城镇妓院给你找个住的地方,我不会说在哪里,吃的也有。张嘴就有。他很早就计划好了,他们还会付给我一大笔钱。"然后他还笑了,这个混蛋。

谢尔盖仍然鄙视他的"奴隶",因为为了去节度而抛弃了自己的孩子,她被视为微不足道的淫荡女人。这以某种方式增强了他的男性自尊心,使他成为一个愤怒但公正的"法官",他可以为所欲为。因此,他夺走了阿丽娜的钱,她用了一些小计谋才机智地为自己和孩子留住了一点儿。

有一次木桶戏法被某人破解了,阿丽娜就没有找到自己的埋藏。现在,她把稿费藏在密封的婴儿食品袋子里(她已经能看懂爷地语和伊尔都语这些弯弯曲曲的语言),并在超市里买了强力胶。她打开婴儿食品,把卷起来的钱塞进吸管里,用食物把吸管盖住,然后再小心地粘上。

这种奇妙的胶水她没有藏起来，而是将其保存在浴室里，因为有一天发生漏水的时候，当地的钳工就试图用它密封管道。当然，不管用，但是阿丽娜注意到了这种民间办法，于是为了防止万一，这个胶水就反常地在隔板上放着。

然而，一切迟早都会结束，这是生活的规律。

莫斯科正在进行改革。谢尔盖一直在出差，有时回来很兴奋，向阿丽娜吹嘘说很多人都在盯着他，并且说装着液态混凝土的桶不是唯一的手段，池塘里雇用的潜水员干得更好。

后来，根据雇员妻子们的信息，谢尔盖在敖德萨上了一艘船走了，押送战略物资，废铜。第二艘船紧随其后。

我们国家的领导人对此次航行寄予了极大的政治希望：这是送给一个友好国家的礼物，在该国首都将矗立起我们的克里斯托弗·哥伦布铜像！为此当地人抵抗了很长时间。但是他们认为，铜是一种昂贵的金属，随着时间的流逝，一旦需要，可以把它重新融化了使用。

再就没有任何人听说过这些船只和谢尔盖的消息了。

而且，除了铜以外，我们的人还送去了其他东西，这就是为什么当地政府同意接受外表看起来如此可怕的礼物。

但是船都没了，两艘。看来是在百慕大三角的一场风暴中沉没了。有人向劳埃德投了保，有人得到了很多钱。

究竟是谁不得而知，女士们闲聊着，不时瞥一眼阿丽娜。而她仍靠翻译为生，独立生活，终于可以自由呼吸了。她不再害怕任何人，只是像躲避瘟疫一样躲避着别列津。

她的窗户朝向街，每次醉酒回家的上尉都能被阿丽娜看见。

但是世界上的一切都会结束，尤其是幸福。

于是，阿丽娜就被上司召见了。这是他们那著名的福日金，因为他喝酒后和妻子打架而为读者所熟知，而且他妻子也喝酒，有时甚至晚上，他们俩出来都带着黑眼圈戴着墨镜。这个福日金说道:"您丈夫失踪了。我们不知道船怎么了。您必须回国了。买票吧。"

"我没钱。"惊慌失措的阿丽娜回答。

"这件事我们会关照的。"

阿丽娜真的没钱。而且,她不知道谢尔盖积攒的钱放在哪里。显然,他有自己的渠道将资金转入国外账户。

## 俄罗斯迎接阿丽娜

6月的夜里，阿丽娜带着孩子在谢列梅捷沃机场下了飞机，不知道要去哪里。她随身带着行李，两个很好的皮箱和一个推小孩的折叠婴儿车。在商业代表处给她把卢比换成了卢布。一些纸票子换成了另一些纸票子。

她在到达大厅直坐到早晨，然后乘公共汽车去了市区，再乘出租车去了白俄罗斯火车站①。她决定去父亲那里。也许他至少会让她住一段时间……

当她一只手抱着孩子，一只手用婴儿车推着手提箱，辗转到达要去的那栋房子的时候，已经是晚上了。她开始嘎嘎地弄院门的门闩。狗没有叫，但走过来一个陌生女人。最后才弄清楚，原来这房子一年前他们就买下了。

而以前的主人去了什么地方，她也不知道。他们是从女主人手里买的房子。男主人？不。从来没见过男主人。卖房子的是一个女主人，带着两个孩子。

"我是从国外回来的，在找到他们之前，我能不能先在你们家住几天？"

---

① 莫斯科的火车站名称，第二大火车站，出发和到达的是明斯克和华沙方向的火车。

"我们这儿没地方。"她得到的回答是这样的。

"我会付钱给你们。"阿丽娜许诺说。

"不，不，不用。我丈夫不喜欢陌生人。"

"那有人出租房间吗？露台也行？"

"我们在这里谁都不认识。你走吧，你去打听打听。"

站在已是别人家的篱笆墙旁，阿丽娜陷入了沉思。她在这个村子里念完了中学，她的朋友们以前都住在这里。最终，她在一位过去的女同学家里的凉台上找到了借宿之地。

那位女同学和丈夫住在一起，有个女人租住她的一个棚屋。她让阿丽娜在那里过一夜。那个女租户指了指木板床，给她拿来了一条皱巴巴的毯子。没有任何交谈。想喝茶，回答是"没有茶叶，我给你拿开水"。

阿丽娜没敢要面包。

从气候炎热的地方，一下子来到潮湿和刺骨寒风中，这样的夜晚有些煎熬。阿丽娜将"儿子"抱在怀里，裹着毯子，盘算着这里到哪儿可以兑换到美元。

第二天早上，她轻快地跳了起来，在悬挂的洗手壶下冲了一把脸，并和这位阴郁的女租户商量好，暂时将她的东西留在这儿，她带着孩子去莫斯科，晚上回来。

当她疲倦地带着一袋子食品乘电气火车回来的时候，院门上了锁。房子里没有亮灯，没人。

阿丽娜去找她的女同学。她说，这所房子是她母亲租出去的，母亲搬走了，那是她的房子，她们之间的关系很糟，她也不清楚母亲什么时候和什么人打的交道，起初篱笆墙外没有人住，几天后，烟囱冒出了烟，搬来几个什么人，不是俄罗斯人。

她们要么是自己把房子占了，要么是她们商量好了。谁都不知道。我们不需要和她们联系，这是母亲的房子。

阿丽娜解释说，她把所有东西都留在了女租户那儿了。大家耸耸肩膀，互相交换了一下眼神。

女同学完全失望地挥了下手，走出院门并用了很长时间从另一侧将其插上，摇了摇门上的丝网。

阿丽娜虽然惊慌失措，但还是决定要进到她过夜的房子的院子里去看看。围栏有个地方倾斜了，形成了很大的一个缝隙。她掰掉了两块松动的木板。然后，她抱住孩子，将婴儿车也拖了进去。

房子的门上挂着一把锁。

阿丽娜从另一侧过去，把婴儿车推远一点儿，用一块板子敲开窗户上的玻璃，垫上一个箱子想爬进去，但就在这时候，她被一个重物砸到了头上。醒过来时她躺在街道上，孩子正坐在她旁边哭泣。她的头在嗡嗡作响。她摸了摸伤处——手上有血。婴儿车、袋子和食品都没了……

阿丽娜来到隔壁的房子，人们报了警。

直到夜里警察才来，和阿丽娜一起检查了房屋。那里空无一人，而且没有其他人住过的痕迹。甚至木板床上也没有毯子。

还好，"儿子"没被偷走。还有就是所有的证件都被保存了下来，阿丽娜把这些证件都放在一个大钱包里，用细绳子捆着，系在了裙子里面的腰带上。

她把钱放在那里。这是在贸易代表处的时候别人教的。但是现在腰上的钱没了。强盗的手还是搜查到了她皮带上的钱包。还好他们没有拿走证件。说明他们很有经验。偷护照，是严重罪行，警方会立案侦查。可钱上没写名字。

阿丽娜带着孩子在派出所过的夜。来了一辆救护车，给她包扎了头部。医生说伤口很小，感谢上帝。

第二天早晨，她从警察局出来，由于缺乏睡眠而有些颤抖，怀里抱着孩子。还好她没有给孩子戒奶，贸易代表处那些女人告诉她，这是唯

201

一的防止肠道感染的办法。

烟雾弥漫,露珠在草地上闪着光。阿丽娜一步一步挪动着,不知去往何处。

警察局没人受理阿丽娜的报案。她已经走遍了整个村庄,走到田野里,穿过了一片稀疏的树林,林间有一个水坑,都是她熟悉的地方。在这里,她和男孩子们在小池塘里捉过虾虎鱼。

前面就是车站,但是没有钱,都被偷了。这个头上包扎着绷带,在这个世界上完全孤独的女人,真的是一无所有,正在朝着车站、朝着莫斯科的方向挪动着脚步。

那里她不再有熟识的人,所有人都大学毕业,在某个地方找到了工作,结婚生子,并早就忘记了阿丽娜。那里,在她护照上所注明的地址,真正的但已经死了的马丽娅·谢尔佐娃的母亲就曾经在那里住过。这个世界上的头号敌人。

男孩儿在所谓的"玛莎"的怀里睡着。一个人没有姓名和地址,而是用别人的姓名和地址。

现在,我们将先把他们放一放,因为有一个非常重要的新朋友正在等待着我们。

在马丽娅·谢尔佐娃护照上所标明的地址,就在同一层楼,而且就在邻门儿,就是叶伏格拉夫·尼古拉耶维奇·沙博奇金的住宅。他是一名伤残军人,许多勋章的获得者,部分勋章已被盗。

# 一个叫叶伏格拉夫的人

叶伏格拉夫，一位专业装饰画画家，由于穷困潦倒开始以捡瓶子为生，以前在他所在的组织框架下画过自己的马、兔子和小猫（因此也被称为"四条腿儿画家"，他的创作曾在幼儿园、诊所、公园和少年宫游乐场等地被广泛使用）。现在组织的情况是这样的：该组织已关闭，因为事实证明是主任签署了将房屋出售给一个斐济人的文件，而斐济人又将其转手卖给了其他人。

画家叶伏格拉夫，作为在这一道道转手过程中微不足道的小卒，成了谁都不需要的人。

他的同事们那种充满快乐的兄弟情谊，也都消散在了并不富裕的一个个小住宅里，现在打电话联系和相聚基本上也就是在葬礼上。

破旧的公共汽车，一群从前的同志，都是无人知晓的才华横溢之人，站在风中、雨里或烈日下，在谁都无法逃避的大坑周围，看着掘墓穴的工人将他们挚爱的朋友埋到土里，他和他们曾一起度过了一生的时光……

有些人走后留下了孤儿寡母，而叶伏格拉夫既没有妻子，也没有后人。他已经卑微到了开始向所有人介绍他目前的生活状况的地步，有一天，在很长时间没有露面之后（但没人注意到），他打电话给他工作时的老朋友，艺术家拉诺奇卡抱怨，因为她给他们画了肖像画。这是她的专长。唯一要说的是,她经常以西斯廷教堂的天使作为幼儿园装饰镶板的样板,因此和领导闹得很不愉快。在幼儿园入园注册接待会上,拉诺奇卡回答了园长的问题"您这画的像什么?",她说:"这是拉斐尔风格。"她被告知:"我们不需要这个,把以色列都掺和进来了。"

叶伏格拉夫坦率地向她抱怨说:"你知道吗,拉诺奇卡,他们用我自己在长凳底下发现的瓶子砸我的脑袋,还做了一个手术,在头骨上放了一块钢板……我怎么知道长凳下面是他们藏在那儿的呀。"

拉诺奇卡只是不停地"啊"着表示吃惊,并建议他过来喝汤,但是勇敢的叶伏格拉夫拒绝了,谈话结束时,还夸口说他被授予了第一批伤残军人称号,而且能领很高的退休金了!很快就会的!还答应给他房子!

在之前的生活中,叶伏格拉夫曾备受推崇,他会得到所有人的宽恕,包括旷工、不分天气地在院子里的长凳上酣睡、开会时对领导大喊大叫。他曾是一位追求真理之人、战场上的斗士,他是美男子,也是彬彬有礼的追求者。

突然有一天,他打电话给他的朋友,就是那个拉诺奇卡,羞涩地汇报说,他终于以伤残军人的身份得到了房子。当然,乔迁宴得往后推一推,因为需要攒点儿钱。总不能把旧的破烂东西搬进新房子,这个那个都需要买。到时候再邀请她。暂时呢,连坐的地方都没有。

但是无论如何,男女友人们还是来了,同志们趁着天黑,跑到街心公园,给叶伏格拉夫带来了一条带靠背的公园长凳,铸铁的。笑声简直堪比荷马史诗中的众神!

一个月后,叶伏格拉夫的谦虚又得到了另一个令人意外的收获:他现在有了一个未婚妻,并且还想和他结婚。

"你们是在哪儿认识的?"朋友单纯地问,答案坚定而短促:商店。

"在哪个柜台啊?"拉诺奇卡继续审问,暗示他或她知道答案。

"就在卖酒的那个地方!"叶伏格拉夫神气地说,"她也喜欢干邑白兰地,你能想象吗?还请我喝来着!当时我兜里的钱只够买波特葡萄酒的。"

"在哪儿请的啊?"

"你什么意思,我怎么的,没有房子吗?在二楼,还有电梯!我是伤残军人!砖房,楼很旧,需要装修一下。她有认识的装修队!结婚前一定得装好!"

"你怎么了!"拉诺奇卡这位常任顾问大声疾呼,"你干吗呀!她这是为了从你这捞到好处!"

说完她又马上住嘴了。叶伏格拉夫没必要知道,没有一个女人会对他如此大献殷勤。更何况叶伏格拉夫头脑中现在满是计划。

他特别暗示他和妻子要把房子卖了,然后搬到农村,将会在那里拥有一整个大庄园,这事他早就梦想过。弄个鱼塘!

"啊哈,池塘上再修一座桥。"拉诺奇卡引用她喜欢的果戈理的话回答说。

"到时候你们来烤羊肉串吧!但是现在,先不说了!"叶伏格拉夫以幸福陶醉的男低音做了最后的总结。

"她多大了?"拉诺奇卡用一种微弱的声音问,在她身边已经发生过几起类似的故事了,故事的结局就是成群的同志们都差点儿掉进一个刚挖好的坑里。

"还年轻呢,"叶伏格拉夫不屑一顾地回答说,"你的护照年龄多大?"作为回应,电话里有人发出了一声坏笑。拉诺奇卡起了一身鸡皮疙瘩。"四十六,如果她没有欺骗我们。但看起来得有五张儿(五十)了。"

旁边又传来一声坏笑。

"名字呢?"

没声。

"叶伏格拉夫,你知道她的名字吗?还是不知道?"

"一般别人叫她加莉娜。但这个名字不太好,不适合她。我称她为马露西卡。马露西卡!(又是同样的笑声。)"

"姓什么呢?"

"你问这干吗?"

"叶伏格拉夫!你怎么的,你要向大家隐瞒吗?为什么?"

"可是……她还不是我的妻子……"

"就是嘛!"不达目的不罢休的拉诺奇卡喊道,"叶伏格拉夫!她姓什么?"

"你姓什么?"叶伏格拉夫模仿着对方不标准的发音问某人道,然后当听到某人小声的回答后,他马上重复说:

"古古什金娜?古什么?库玛什么?把你的护照给我!(发出哗啦哗啦的声音)给我,我让你把护照给我!否则我不会结婚的!明白吧……(听筒里传出嘎巴嘎巴和咯吱咯吱的声音。)护照!好。看看上面到底写的什么?古——贝——特拉——塔——塔……这有什么好的?咱把姓改了,改了。姓'叶伏格拉夫娜'多好,加利亚①……啊哈!(咯吱咯吱的声音)加利亚,你叫加利亚!哎呀!五十岁!哦!明白了!你以后就是'叶伏格拉夫娜'了!不同意都不行!'马露西卡·叶伏格拉夫娜'!好了,兰卡,再见。我要去农村大自然放飞自我了!"

再也没有任何人见过他。

这么说吧,当时是春天,接下来夏天来了,这对于贫穷的住郊外别墅的主人来说是重要的时刻。那里,也只有那里才有未来生活的源泉,那里有田畦。

---

① 这个名字不是俄罗斯人的名字。

拉诺奇卡去了图奇卡郊外自己的别墅，先是耕种，然后除草，最后收获并煮熟。

回来领退休金的时候，拉诺奇卡给叶伏格拉夫打了电话，但没打通。她收拾了一下，就去了叶伏格拉夫家。

她还是在乔迁宴的时候记下的住址，那可真是一个真正的喜庆日子！既不是葬礼，也不是追悼会或周年纪念，而是对这种正在失去的兄弟情谊而言久违了的乔迁之喜。

同志们大喊："我们给你送家具来了！"把花园长凳放到了他的厨房里。

拉诺奇卡怀揣着一张写着地址的小纸条就出发了。

到了。打了半天电话，按了很多次门铃。

很显然，叶伏格拉夫家里肯定有人，因为有人走动，还听见了男人的声音。但是按门铃没有回应，更不用说开门了。

拉诺奇卡走了，但她坚信叶伏格拉夫一定是遇害了。

警察不想受理她的报案，但到了第二天晚上，在这个不让人安生的老年公民一天一夜的施压之下，还是受理了并做了登记。

"老太太，"调查员说，"哪里会有什么犯罪团伙！那些酒鬼经常会和外地人结婚。而且想结几次就结几次！然后把房子换到农村去，手里拿着倒腾出来的那点儿钱。剧情就是这样的。然后一大帮家伙就会去找这个酒鬼，把钱都喝光，也有一部分钱被他们抢走。他们还会杀死房子的主人。这些都是非人类。人类的残渣。"

"怎么是残渣，他是著名的艺术家！他还拍过电影！"

"又怎么样呢？您想都不用想。我和您说，这就是个纯粹的悬案。而且，我骗您干吗，我马上就要离开这里了……我要辞职了。这里给的钱简直太荒谬了！我怎么，受贿吗？不，不！（他突然脸朝着一个角落发狠，去威胁他想象中的对话者。）最后呢，我可以同意您的看法，但真相更强大。即便出于对您的尊重，我也来不及处理这个案子了。"

拉诺奇卡确实受到了所有人的赞赏、尊重，并看起来给了她尽可能的关照，甚至包括这个调查员。但是她觉得这个秃顶、肮脏、满头大汗的大叔，很显然了解一些东西，因为他都不敢抬眼看她。他为什么要辞去工作？

他们并不会被警察局开除，是因为她才会被开除。

## 拉诺奇卡上战场

拉诺奇卡的记忆力出奇的好。尤其是听觉记忆。例如，她可以模仿别人的发音，任何她根本不了解真实含义的话，都能完美地用各种外语说出来。这是她在各种被称作"小白菜"的聚餐喝酒时的保留节目。

有一次有这么一个场景，她给大家讲，说她曾经有机会去了一趟里加，因为发了免费的疗养券，同一包厢的旅客是一个皮肤黝黑、金发碧眼的女郎，她穿着华丽，就像马里乌波尔人穿的（绿色皮夹克、橙色高跟靴子）一样艳丽，而且她说起话来大致是这样的（这时人们在开怀大笑之前总会怔住）：

"为什么，我从敖德萨来。你叫什么名字？哦，拉诺奇卡。我名字茵吉娅，我很高兴认识你。你想让我把护照给你看？"

然后，这个茵吉娅立即就爬过去，去自己的靴子里找护照，拿出一个微微弯曲的、被踩扁的证件。她护照上显示的名字，确切说，是吉娜伊达。

出示证件意味着对你的完全信任。那你也就可以完全信任这个人。

这时候包厢的门滑开了。门口，像镶在镜框中的肖像一样，出现了一个年迈的英俊男人，也是皮肤黝黑、金色头发，他说了些像是提问的话（这时候拉诺奇卡就说了一些显然不是俄语，而是带有明显口音的话）。

当时吉娜伊达是这样回答他的（再次发出一系列的声音），并且，正如拉诺奇卡所理解的那样，她说她还没来得及思考这个问题。

金发男人点点头。门关上了。

拉诺奇卡于是（注意！）完整地重复了吉娜伊达说的那句话（在"小白菜"喝酒聚餐时她经常重复表演这个节目，并引起观众的开怀大笑）。

吉娜伊达睁大了眼睛，又说了一些其他的话。

拉诺奇卡立即就重复了她说的话，还带着疑问语调。比如，吉娜伊达说："你怎么，我们的都懂？"拉诺奇卡就类似开玩笑地重复她的原话。"我们的语言你都懂吗？"她大声嘲笑着说。

这之后茵吉娅就从包厢里消失了。

显然，那位年长的金发男人问了她有关拉诺奇卡的情况。也就是说，值不值得在她身上浪费时间。茵吉娅回答说还不清楚，但可以看看再说。

可是拉诺奇卡揭穿了他们所有的秘密。

现在，她站在基辅火车站的广场上，为这决定性的一搏已经做好了准备，她背着一个半开半闭的包，里面立着一个开着口的洗干净了的酸奶盒子（盒子里是没喝完的口服液瓶子和药盒，也不是新的），还有一个厚厚的钱包。

她之所以来到这里，是因为听说有个吉卜赛人萨莎在基辅车站从事某种活动，并不只是占卜，而是可以未卜先知，特别是她曾经对拉诺奇卡认识的一个女人说，他[①]在一口井里。

那个闷闷不乐的女人正从阿普列列夫卡来的电车上下来，从她身旁走过时这么对她说的。

---

[①] 俄语中的"他"不一定只指人，也可能是动物。

顺便说一句，女人并没有问吉卜赛人。她是自己凑过来的，然后就一起并排走。

"让我给你占卜一下吧，亲爱的，你正在寻找的最爱，他在一口井里。"她说。

"什么，死了？"这个可怜的女人带着哭腔问道，并从手指上摘下了银戒指。

"还不知道。"占卜女人回答。

"您叫什么名字？"那个可怜的女人大声问道。

"她叫萨莎。"吉卜赛人群里有人嘲笑着回答道。

因为自己国家没有先知。

先知总是被嘲笑的对象，是啊。自己的人民从远古时代就不相信他们。

萨莎抓住戒指，立即消失在同族部落成员的人群里。

当然，这里说的"他"是一只公猫，全家人在别墅所在的村子里已经找了一个星期。

见了萨莎后，女儿把周围的井都搜寻了一遍，最后才把这个坐在井壁深处某个突出部分的浑身潮湿、发霉的可怜家伙用铁桶捞了上来。

其实也不是捞起来：猫很聪明，它自己就翻进了桶里。桶在附近摇摆，它怎么会不利用这个桶！猫喜欢在几乎所有东西里捉迷藏。

那个女人一直在寻找这个传奇的萨莎，想因她的未卜先知给她点儿补偿，但是吉卜赛人，很显然，在整个莫斯科到处游走。唯一可能找到她的地方，就是基辅火车站的那个广场。20世纪90年代乞丐云集的基辅车站！

通往地铁站的路两旁，列队的人们像疲倦不堪的仪仗队，手里拿着售卖的裤子、夹克、大衣，老太太手里拿着香烟，成条的、一根一根卖给年轻人的，"鲜花土匪"手里拿着塑料花瓶，还有口袋鼓鼓囊囊的疯狂的警察……当然还有吉卜赛女人。

她们游走于各个火车站,这些吉卜赛女人显然是不同的团伙,有时她们横穿广场,整个广场上空都充斥着她们向敌对部落发出诅咒的尖叫声。

拉诺奇卡专门去换了一些零钱,将去世的叔叔的旧皮革钱包塞得满满当当,肩上背着一个过时的包,包里塞满了一些小册子、破布,放一个洗干净晾干了的酸奶盒子,里面放了很多口服液的瓶子和药盒,使人一看便清楚他正在和谁打交道(脑袋有病),又放了半棵风干的白菜,再在所有东西上面放一个钱包,然后拉上拉链。但拉链中间那部分是一直开着的。拉诺奇卡肩膀上披了一条漂亮的旧披肩,尽管已经撕破了。所有这些东西足以说明其主人的精神不正常。

然后,用这些道具全副武装的拉诺奇卡出了地铁站,走上了广场。

没错,相互敌对的部落正在广场上游荡。远处传来了他们来势汹汹的叫喊声。

拉诺奇卡从一个家庭中间横穿了过去。她立即被这群都是亲戚的人叫住了:"喂,那个女人,我能算出来你心爱的人在哪儿,他会回来的,在我的手掌上随便放点儿东西,金属的、戒指、项链都可以,不要害怕。"

拉诺奇卡露出天使般的表情,并大声说道:"哎呀,可是我只有钱!"

"好吧,那就放钱吧,亲爱的。"

拉诺奇卡去翻包,然后将其打开,掏出自己鼓鼓的钱包。

整个部落的人都挤在她的周围。

拉诺奇卡手里拿着钱包停下来:"告诉我,亲爱的,我正在寻找的吉卜赛人萨莎在哪儿?"这些互为亲属的吉卜赛人开始紧张起来,一位年长的美女隔着整个广场大喊:

"巴姆巴利姆巴卡伊约奥夫伊思艾萨莎?"

显然是在朝那个部落在喊。

至少给拉诺奇卡的感觉,喊的就是"巴姆巴利姆巴"。

他们从那边打出一个类似于库基什①的手势。

从远处看不到任何细节,但他们喊的肯定是某种不好听的话。

"萨莎走了。"这位美女苦涩地说。这听起来像是"萨莎永远走了"。

"萨莎塔姆帕姆帕拉鲁约奥伊乌戈雅。"她对自己的人解释道。

拉诺奇卡在她的手掌上放了一堆纸币,吉卜赛女人迅速将其藏在她侧面的衣袋里,然后就开始了:"亲爱的,您的爱人走了。但是,如果你在我的手上再放些钱,我就能算出来他什么时候回来。"

"马上,请稍等,我马上哦,哎呀。"拉诺奇卡唱着歌,毫发无伤地逃离了这个家庭。

逃走时走的路正好穿过做买卖的人群,但远处能清楚地看见穿得花里胡哨的一群女人,她们所属的部落和刚才那群是敌对的。

拉诺奇卡大胆而带着敬意地进入了异于先前部落的另一个部落,就像一个驯兽师和漂亮的老虎一同进了笼子,她当时也只能这样。

她周围挤满了那些等着给她提建议的人,等着告诉她如何找到自己心爱的人。

不知为什么,他们所有人都坚信是心爱的人离开了拉诺奇卡。看来她的脸长的就是那样。

"萨莎塔姆帕姆帕拉鲁约奥伊乌戈雅?"拉诺奇卡用刺耳的声音说。

"萨莎?"回头看看自己人,一个又高又漂亮的吉卜赛女人惊呆了,反问道。

"萨莎塔姆帕姆帕拉鲁卡伊约奥伊伊思艾?"拉诺奇卡用纯正的吉卜赛语说道。

"巴姆巴利姆巴特尔普尔卡伊约奥伊伊思艾萨莎?"吉卜赛女人说,

---

① 把拇指从食指和中指中间穿过来,表示嘲弄和轻蔑。

而拉诺奇卡跟着她把她说的话原封不动地重复了一遍，只是加上了问号。

女人开始大叫。拉诺奇卡立即用最大的声音重复了她的话。给人的感觉是她正在积极参与她们的谈话。

她仍然手握着钱包。拉诺奇卡有时候甚至挥动着钱包，证明那里面有钱。

最后，一位吉卜赛老人被带到她身边，她饶有兴趣地很犀利地瞥了一眼拉诺奇卡，立刻说道："你在我的手掌上放点儿什么，戒指、项链，我就告诉你有关你爱人的情况。"

"没有金属，亲爱的萨莎，只有钱。"

"好吧，那你就放钱吧，尽管你那里钱不多。"

"您看，尊敬的萨莎，别人和我说起过您，您能看到很多东西，您在这里与众不同，不像其他人，您是天才！"

这一部落的人表情很丰富：怀疑、轻笑、惊讶，甚至鄙视。

饱经沧桑的罪魁祸首一动不动地站着，脸上的表情没有任何变化。

"天才的萨莎，您找一找，看看他在哪儿，这是我爱人的照片。"拉诺奇卡从兜里拿出一张集体照，叶伏格拉夫站在中间。"这个就是他，拄着拐杖。他上过战场。一条腿。失踪了。"

"哦，巴姆巴利姆巴，拉乔马努什！"萨莎说，"约奥夫乌戈雅？拉乔马努什？你要找卡伊约奥夫伊思艾叶伏格拉夫？"

"卡伊约奥夫伊思艾拉乔马努什，"拉诺奇卡表示同意。"叶伏格拉夫约奥·约奥乌戈雅。塔木巴拉姆。"

"巴姆巴尔达卡伊约奥夫伊思艾，"萨莎给她更正道，"卡伊约奥夫伊思艾。"

"巴姆巴尔达卡伊约奥夫伊思艾叶伏格拉夫？"拉诺奇卡几乎是流着泪说道。

其他的吉卜赛人被这个老太太的话震惊了，她们饶有兴趣地看着她和这张照片。

有几个人开始沉思,好像在回忆着什么。或者只是在装模做样,她们都是好演员。

一个厚厚的钱包可是危在旦夕!

萨莎非常尊重拉诺奇卡所说的话。

她似乎在她身上看到了另一个自己,聪明又狡猾。但是这个职业让她不能有丝毫的放松。饥饿的孩子和同样饥饿的丈夫正在家里等着她。

"巴姆巴尔达德芒格,迈克米什多。"她说着,用下巴指了指钱包。

"巴姆巴尔达帕拉姆,迈克米什多。"拉诺奇卡表示同意并把钱包递到了她伸出的敏捷的手里,"拿去吧。"

"卡达纳米什多。帕拉拉姆纳奈布特拉崴。"萨莎轻蔑地说,甚至没有打开这个礼物。

"帕拉拉姆纳奈,"拉诺奇卡伤心地表示同意。"可是拉巧。纳奈布特拉崴。哎呀——约奥伊,塔拉拉帕姆。再没有了。纳奈布特帕姆。"

"叶伏格拉夫……"萨莎想了想,并露出了一种看上去并非本地人的表情。

吉卜赛女人们嫉妒地看着拉诺奇卡,露出一丝微笑。

一些人转过身去,其中一个甚至打了哈欠,声音里透着凄凉。同部落的女人显然很嫉妒。

"我要是能找到他,金戒指就给你。"拉诺奇卡说,父亲被捕、住宅被剥夺和母亲自杀之后,她的所有值钱的家产都归了内务人民委员部,后来父亲再次被监禁,十七年后才好不容易回到家里。但是爸爸第二次回来后,娶了母亲的妹妹,而母亲的妹妹在彼得格勒的财产保留了下来。

萨莎突然眯起了眼睛,看着基辅火车站的上方和喧嚷的人群。

她的女伴们听说金戒指时也很警觉。就像拉诺奇卡的父亲在经历了那些变故,第二次坐牢后活着回来的时候在一首歌中所唱的,"人为财死"。

他在布图格查格营地的永久冻土中开采了铀,也把他的朋友们埋葬在了那里。整个冬天,他们的遗体都在仓库里等待埋葬(永久冻土是无法穿透的),而随着天气变暖,囚犯就被赶出去挖壕沟,把脚上贴着标签的尸体放进去,再用那些冻土把他们盖上。

拉诺奇卡失望地看着萨莎。

萨莎可以救叶伏格拉夫。

最后她说:"等着吧,会有人告诉你的。等着别走。"然后她就走了,消失在吉卜赛人群里了。她那些对金戒指感兴趣的部落成员们,仍然挤在拉诺奇卡的周围。

但是,看到她的酸奶盒子、半棵白菜和那些小册子,以及乞丐般的装束,再加上挂在拉诺奇卡破夹克上的破旧披肩,这群吉卜赛人没有了精神头儿。

"叶伏格拉夫卡伊约奥夫伊思艾帕拉鲁?"拉诺奇卡大声地喊起来,并开始去拽肩膀上的披肩,打算用它来支付接下来要获取的更多信息,但吉卜赛人对这个客户完全失去了兴趣,并消失在了人群里。

天才的吉卜赛人萨莎拿走了所有的钱。而她们当中没有一个人愿意免费回答这个直接需要回答的问题。

"帕拉鲁,卡伊约奥夫伊思艾?"拉诺奇卡大声说,也准备离开。可是吉卜赛人群已经不见了。

在一个想法的支配下,她赶回家去拿钱,跑回去拿,她在食品店随便买了些东西,然而在商店里货架上摆放的是:超级难闻的"旅游者早餐"罐头、不新鲜的黑面包(仅在早晨有)和永远都有的三升罐装腌制西葫芦,如果有酒,则是著名的令人作呕的"太阳能",但在各家各户,妇女随便用什么东西都可以酿制布拉加家酿啤酒,而男人则酿制烧酒。

拉诺奇卡在商店里抢了最后两个黑面包,还恳求认识的售货员卖给她一包人造黄油。

但谢天谢地，拉诺奇卡还有自己去年的咸菜，没全送给朋友。都是自制的，用来替代已经买不到了的保加利亚腌菜，比如茄子和甜菜根鱼子酱、密封蘑菇、西红柿、黄瓜罐头和黑加仑、草莓、苹果及沙棘果酱。整个冬天，人们（男人也一样）都会储备糖。

一旦突然把它"拿出来"卖的时候，就会排起长长的队伍。

最不济还有苹果干儿（那年有收成）。拉诺奇卡准备好坚守在自己家里的电话机旁，她就是这样理解"等着别走"的含义的。

## 拉诺奇卡在等待叶伏格拉夫的消息

因为叶伏格拉夫不知道拉诺奇卡的地址,所以也就等不到他的来信和送信的人。但是叶伏格拉夫知道她的电话号码。

在任何一个村庄的任何一个角落,都会有带孩子到别墅来度假的莫斯科女性居民,这些慢慢长大的孩子们还能去哪儿,少先队夏令营都取消了,又没人有钱去度假村。

因此,母亲、祖母们就都到农村去,那里有遍地是蘑菇和浆果的树林,那里有带堤坝的小溪或河流,当地的老奶奶们仍然饲养着山羊和十几只鸡,你可以买鸡蛋、奶,尤其是山羊奶,当然还有黑醋栗和山莓,给孩子吃或用来制作果酱简直是无与伦比。

人们把糖一直储备到夏天。

老年妇女是人们生活的基石,老年妇女拉诺奇卡就是这样对自己说的,并且两周没出家门。甚至去浴室洗澡她也拿着电话,就像比熊犬身上的皮带一样。

拉诺奇卡把女友人们打来的无关电话一律挂断。一切都向她们解释清楚了。她们也很少打电话,只是谁生病或去世了才打。她们也都待在乡下的别墅里。

在这段时间快结束时,刺耳的电话铃声终于响了,是个长途电话。

"莫斯科!"接线员大声地喊着,特意强调了"莫"。"是 1614641 吗?

梅连基电话您接吗?"

"是的是的!"拉诺奇卡大声喊道,"是的,我要通话!"

于是有个女人的声音说:"是拉诺奇卡吗?我是受叶伏格拉夫委托给您打的电话。他让我转达对您的问候,这是他的地址,请您记一下:弗拉基米尔州梅连基区杜博采村。您在记吗?"

"马上!"拉诺奇卡大声说道,"我这就去拿笔!"

"拿到了吗?"

"马上……拿到了,是的!我记!"与往常一样,最后什么也没记下来。

而且,由于拉诺奇卡这两个星期为了打发时光,一直在用水彩颜料画她阳台上的花,所以她是用画笔在画册上记录的地址。

怎么办?人家从那边打过来,每分钟都要花钱!

"叶伏格拉夫·尼古拉耶维奇向您转达他的问候并请您记下他的地址,弗拉基米尔州梅连基区杜博采村,需要先坐车到穆罗姆,从那里再到梅连基区。那里有到帕诺瓦的公共汽车,您听到了吗?好吧,从那儿到杜博采只需步行 1.5 千米。您来吧,他在这里的情况很不好。我是从伏尔加格勒来的,"那位女士补充说,"到了杜博采您就问妮娜·伊万诺夫娜。那儿的人都认识我。我来自伏尔加格勒!"

电话断了,第二天早上六点,下了火车后,拉诺奇卡在古城穆罗姆的车站广场上等公共汽车,然后在市内长途车站等去梅连基的汽车,在售票处买了票,但没有排上第一班车……

拉诺奇卡勇敢地接受了这个不顺,她错了,别人都是绕一圈去的车站,车站是圆形的,她是抄近路直奔公共汽车停车的地方,结果碰上道路作业,左右延伸的都是深沟。

群众是有智慧的,有忍耐力并知道路该怎么走,只有知识分子才会走直道。因此,拉诺奇卡又闲待了一个半小时,作为对不相信当地人智慧的惩罚。

她不知道还有什么在等着她,她后来给女友人斯特鲁奇科(豆角)打电话时这样对她说。斯特鲁奇科(豆角)也是一位失业的画家,艺术联合体的元老级人物,昵称为"大家都跳舞",因为她熟练地绘制了苏联各民族人民和动物,特别是熊的集体舞蹈。

斯特鲁奇科(豆角)已经是一位资深奶奶了,她的大儿子当上了律师并为穷人辩护,而她仍然按照伊莎多拉·邓肯的舞蹈体系在搞舞蹈,该舞蹈体系是由著名的阿列克谢娃在20世纪后期发展起来的,直到最近斯特鲁奇科(豆角)还在这个工作室里穿着图尼克舞裙赤脚跳舞,拉诺奇卡也跟着跳。正因如此,她保持着灵活的肢体、苗条的身材和渴望做一些古希腊罗马舞姿内容的愿望。(工作室里的古希腊图尼克舞裙就是在苛性钠里漂白的床单,工作室的人会在裙子里面穿一条运动裤。)

在另一个坐标体系里,大鼻子的斯特鲁奇科(豆角)由于出身王公贵族,时不时还要到新成立的贵族会议上一展风采,还有一位来自艺术联合体的人也常在那儿,关于这个人在联合体里有过传闻,说他是随他的天祖父姓罗曼诺夫,他的天祖母是一名宫女……

但联合体的同事们认为,从他的面孔来看,他的曾曾曾祖母应该是一位清洁女工。保罗皇帝被认为不会长成这样。他有个外号叫"皇室后裔",他的社交气质与众不同,并总是给别人签名。

皇室后裔的签名是"N.罗曼诺夫",和沙皇的签字完全一样(艺术家都会),他的名字第一个字母的确是"N",但,是尼基塔。这两个人都与我们的情节无关,但他们是拉诺奇卡和叶伏格拉夫的朋友。

# 20世纪的拉诺奇卡与叶伏格拉夫

拉诺奇卡坐着公共汽车走过了漫长的路途,在梅连基区的一家餐馆里坐了两个小时,要了一盘菜汤和一份骨瘦如柴的老鸡爪配深色通心粉,等着去里亚希的公交车,到了那又继续等开往帕诺瓦的车,再经过从帕诺瓦到杜博采的森林和田野,卷起裤脚赤脚蹚过切尔尼奇卡河,往上就是通往村子的笔直的路。

从切尔尼奇卡两岸深深的凹痕来看,不久前这里曾有一根原木,但现在被拖走了。在俄罗斯,任何有用的东西都不会就这么在这儿倒着。

这时候,画家的心开始跳动,周围的山丘烟雾缭绕,松树的轮廓依稀可见,完全是北斋[①]的手笔!

手捧这样的水彩画无人能止住眼中的泪水。

哭泣就不必了,拉诺奇卡不是那样的人,但不久之后她又想哭了,只是出于另一个原因。原来找到叶伏格拉夫的小屋很容易,街上站着一排村妇,最头上站的是拉诺奇卡的一个同龄人,她把叶伏格拉夫的房子指给了拉诺奇卡。

---

[①] 葛饰北斋(1760—1849年),日本江户时代的浮世绘画家,他的绘画风格对后来的欧洲画坛影响很大,德加、马奈、凡·高、高更等许多印象派绘画大师都临摹过他的作品。

"我们在等牲口群，"她解释说，牲口群一词的词尾没有弱化①，"要不我就可以带您过去了，可是现在走不开，放牧的里昂卡肯定又喝得东倒西歪，在什么地方睡觉呢，可是牲口群回来了！"

拉诺奇卡到了那儿，看见了一栋漆成天蓝色的看起来很富足的木屋，窗户虽昏暗无光，因为没有擦，但镶嵌着漂亮的花框，还有小门廊和门。

可以啊，拉诺奇卡对自己说，还过得去。窗户我们可以擦。

她走进门斗，拉开盖着带破洞的亚麻布的门，本来一切都还有模有样，可之后就突然置身于蓝天之下了。这座房子没有屋顶。也就是说，上面只有几根人字梁。屋顶的残余部分让木屋看上去还挺漂亮，但仅仅是从街道一侧看。

在一个角落里，一处剩下的檐口下，在一个歪歪扭扭的凳子上坐着叶伏格拉夫。他靠着唯一的一根拐杖。旁边是一个破旧的炉子，原本是白色的，还有两块胶合板躺在那里，显然是为了引火用的。炉子后面有一个炕，关于它我们甚至太不方便来谈论。

地板又湿又脏，前不久下雨了。叶伏格拉夫坐在那也是一样的又湿又脏，一脸花白的大胡子。非常消瘦。

"哦，拉诺奇卡，你来了？"他咳嗽着说。

他们相互问了好，亲吻了脸颊。

拉诺奇卡擦了一下眼泪。

在歪斜地钉在墙上的架子上放着食物：两个煮的去年的土豆、一个腌黄瓜和一个揪得只剩一半的面包。显然这都是农妇们的馈赠。

还有一个旧的锡罐，上面的盖子是歪的，里面是匈牙利产的青豌豆，显然是下酒的。

叶伏格拉夫骄傲而独立地看着拉诺奇卡，但他的脸颊湿润了。

---

① 俄罗斯有南北方的方言差异，北方方言词尾"o"往往不弱化。

拉诺奇卡丝毫没有注意到这个细节,飞快跑了出去,回来时带着妮娜·伊万诺夫娜和一大堆劈柴,妮娜·伊万诺夫娜点燃了炉火。

所有的缝隙都冒着浓烟。叶伏格拉夫咳嗽着说:"要不我就堵上了,但是得去弄黏土,我就一根拐杖,正好你要来。谢谢,幸亏她冬天没把我送过来住。否则第二天早上我肯定就冻死了。可是这里没有电话,只有一个醉汉,叫阿林(鹿),所有树林里的电话线都让他剪下来卖了,里亚希那儿有一个有色金属的回收点。只剩电线没剪了。妮娜·伊万诺夫娜这不是去梅连基给你打的电话,谢谢她。"

"那我们去我那儿吧,"妮娜·伊万诺夫娜说,"这会儿已经改称妮娜奇卡[①]·伊万诺夫娜了。"

他们三人走在街上,还都在不停地咳嗽。

原来她叫过叶伏格拉夫跟她一起住,但是他显然决定死在这里。好像是要故意死给谁看似的。

好不容易走到了。

妮娜·伊万诺夫娜家里桌子旁边坐着一个年纪很大的老太太,牙都没了。

"这是我姐姐,"妮娜赶紧说道,"你们别在意她。"

这时候,甚至都没有回应拉诺奇卡说的"你好",这位姐姐对妮娜说:"你又带情人回来了?你不觉得把他们带到孙子们睡觉的房子里来是羞耻吗?你就是个妓女。婊子。"

拉诺奇卡迅速将叶伏格拉夫扶到旁边的凳子上坐下说道:"不是的,我是,我是来接他的,我们要走了。"

"他能去哪儿?"姐姐冷笑着问,"那就祝他一路顺风吧。"

"玛尼娅,别说了。"妮娜插话说。

---

① 妮娜的昵称。指关系开始亲近了。

"我们要去美国，"反应过来的叶伏格拉夫回答说，"我们去美洲的美利坚合众国。"

"犹太人？"姐姐笑着道，"就是这帮犹太守财奴袭击了我们。很久没见到你们了。你们好。有钱吗？"

"有。"叶伏格拉夫回答，"当然有！整钱是零，零钱无数。"

"俄罗斯面包吃够了，"玛尼娅说，"现在要跑了。"

"是的，"拉诺奇卡赞同地说，"从那儿给您寄点儿什么啊？保暖的上衣？还是药？您这病得可是挺重吧？"

玛尼娅张开嘴似是在冷笑，但妮娜插话说："是的，她病得很重，这是我姐姐，你们认识一下吧。她叫玛尼娅。"

"很高兴认识您，我叫拉诺奇卡·亚历山大洛夫娜。这是叶伏格拉夫·尼古拉耶维奇。我们马上就要走了。您诊断的是什么病？"

玛尼娅回答说："这是她的诊断，我什么诊断也没有。她被诊断出患有精神分裂症，她不洗碗，不照顾孩子，他们从早到晚在街上跑，她只顾给自己找情人。她煮了黑醋栗果酱，但不做草莓酱，她还把浆果分给她那些情人。给我往医院就拿了几个糖球和饼干。"

"希普卡英雄街那里不让吃香肠。"妮娜·伊万诺夫娜赶紧说了一句。

"你自己才住过希普卡英雄街呢，"姐姐笑了，"你在希普卡英雄街住了三次。我一次也没住过精神病院，对。"

叶伏格拉夫喘了口气说："我们急需去美国。飞机正焦急地等着我们。得找一辆车。"

这工夫妮娜·伊万诺夫娜用什么棕色东西做了三明治，她说："这是西葫芦鱼子酱，国外的，我去年自己做过。"她将开水倒入杯里，放入几片叶子（"这是薄荷，这里就长，门廊下面"），然后就急匆匆往外跑，"你们先吃，我去一趟邻居那里，他们家有车。"

"这是我的鱼子酱,"玛尼娅拦着不让吃,"付钱。"

妮娜·伊万诺夫娜在门口停了下来:"行了,愿上帝保佑你吧。干吗总吓唬人家。你们别害怕,她人很好。"

"只是我现在没有美金。"叶伏格拉夫回答说,并向玛尼娅鞠了一躬。

玛尼娅大喊道:"你干吗带回来这么个情人,你自己穷得都快光屁股了,他连草莓酱都做不起,和你是一路货色。好吧,吃吧。"

"没事,没事,别担心,我们只要到了美国就好了,不远。"拉诺奇卡说。

"整整两个小时,"玛尼娅说,"我知道,那里有个城市叫基什尼奥夫。"

妮娜·伊万诺夫娜点点头,跑了出去,玛尼娅继续说:"基什尼奥夫那有肠子①。全是肠子。我就被埋在一堵旧的黑墙后面。"

"您别这么说。"拉诺奇卡回答说,给叶伏格拉夫拿了茶和三明治。

"我还有五年工龄呢,"玛尼娅自夸道,"我和我母亲一样也是老布尔什维克。"

半小时后,拉诺奇卡就带着吃饱喝足的叶伏格拉夫(一个三明治和两杯薄荷茶)坐着邻居的"莫斯科人"奔向了穆罗姆火车站。

必须穿过一片树林,路上都是坑洼和沟壑,还有被雨水冲刷过的深深的车辙。叶伏格拉夫和拉诺奇卡都很瘦弱,到达穆罗姆时,两人如果用一个词的原意来表达,就是被彻底震颤了。

但是售票处没有去莫斯科的票。火车来了,但所有的列车员都像守门员一样站在门口,不准备放进去任何一个球。

拉诺奇卡徒劳地向他们喊话,说他是一名残疾的退伍军人,试图找

---

① 俄语中,肠子的发音是"基什基",和"基什尼奥夫"前半部分发音相似,引起了玛尼娅的联想。

225

到列车长,但一切都无济于事。

只有一个列车员注意力有点儿分散,侧身站着,看着走廊,和谁在那儿哈哈大笑,拉诺奇卡飞快地把挂着拐杖的叶伏格拉夫扶到了较低的台阶上,他又往上跳了一下,然后再爬到平台上,拉诺奇卡把包"哐"的一声甩到地板上,紧贴着站在他身后,紧紧抓住扶手。像一堵墙一样。

"往哪儿挤!"女列车员恶狠狠地转过身,并用强大的身体挤着叶伏格拉夫,没好气地说,"不能上!没有座位,都说过了!"

"这是一位残疾的退伍军人,"拉诺奇卡喊道,"我要起诉你,开除你!你是人民的敌人!我是记者,新闻记者!他这是去克里姆林宫演讲!你疯了,白痴,竟然敢推英雄!他的心脏不好!立即把你们列车长叫来!"

火车已经开动了。列车员嘴里骂着人,在过道上像一座山一样又站了一会儿,随后让叶伏格拉夫和拉诺奇卡进了过道,然后"哐当"一声将台阶收起来,关上了外车厢门,将其锁上,沮丧地吐了口气,然后回了自己的房间。

拉诺奇卡打开了第一个包厢的门。一个人没有。她让叶伏格拉夫坐在窗户旁边,出于好奇,她在整个车厢溜达了一圈。一个人都没有。前往莫斯科的火车没有乘客。但是在穆罗姆站没有卖票。

拉诺奇卡去向列车员理论,想买票,要求叫列车长。还威胁说要在莫斯科向部里写投诉信,所有在这里的人都将被撤职。

在胖列车员的包厢里还有另一个胖列车员,她显然对拉诺奇卡表示同情,不停地点头和眨眼,并且作为对拉诺奇卡大喊大叫的回应,她还用大拇指给拉诺奇卡指了这里谁是领导,也就是这里谁全权负责和该向谁提出投诉。

作为回应,一个心平气和的老太太给她和叶伏格拉夫每人拿来了一杯加糖的茶、几个烤面包圈,甚至还有放在托盘上的几颗药片:"这是给您治心脏的，对您应该有帮助。"然后她迅速离开了。叶伏格拉夫看了看药说："是可乐定。吃了能让人昏睡七个小时起不来。"

知道莫斯科市所有可怕故事的拉诺奇卡表示反对："如果你和酒精一起服用。"

感谢上帝，没有人再打扰他们了，拉诺奇卡无论如何把战争英雄带到了莫斯科，到了克里姆林宫，但是为什么火车是空的，她却始终没弄清楚。

也许这是遍及全国的无处不在的列车员的阴谋，在车站不让上车。乘客麻烦事多、肮脏和醉酒，关闭了一个洗手间，但另一个在他们下车后还是要清理，也没有任何多余收入。

无论乘客多少，满载还是空车，你都是一份薪水，不会多，也不会少。

或者有人为自己的活动包了一整列火车，什么事都会有，纪念日或女儿的婚礼。

这个国家已经进入了奇怪的时期，没有任何人向任何人解释任何事，没人知道正在发生着什么事情。

## 叶伏格拉夫在莫斯科

拉诺奇卡将她的宝藏带回了莫斯科,他们艰难地走到了等出租车的地方,队伍排得很长,但这时候,拉诺奇卡大声喊着"请让残疾退伍军人先过一下",把他从等车乘客长长的队尾领过去(叶伏格拉夫拄着一根拐杖,简直就是一跳一跳过去的,否则没办法),并把他安排在了形形色色的人组成的队列的前面。

因为叶伏格拉夫在火车车厢台阶上往上爬的时候,拉诺奇卡从下边推他,她从他瘦弱的侧面碰到了他右边口袋里一些锋利的铁物件。快到莫斯科前,她让叶伏格拉夫把这些奖章都挂在他那肘部和袖口处都变薄了的外套上。翻领就不用说了,早就卷曲了。

人们没有吐出半个不字。

穷困潦倒的英雄,还挂着一根拐杖,他在队列中唤起了人们统一、团结和向善的精神(这与那些怀孕的女孩和有七个孩子的母亲截然不同,她们总是要求"往前排一个人",她们是让排队的人们烦躁和愤怒的永恒的先锋和源泉)。

(那些年出租车停车场都被关闭了,而私人出租车也不去三个火车站广场,警察一直巡视着,并以灰色的方式与司机打架,据称是因为罚款。还有就是不安全和臭气熏天的车,这些车在外来人员的操控下,在莫斯科的大街小巷横冲直撞,招手便停。经常让乘客感到瞠目结舌的是,他们挥舞的是那只示意"不坐车!"的手。这些车很快就被干净一些的"日古力"所代替,最好的是"丰田"。)

而在拉诺奇卡和叶伏格拉夫到达的车站,这些排在队伍前面的人,包括带孩子的和怀孕的,当等待已久的出租车出现时,的确,也保持了沉默。于是拉诺奇卡旁若无人地,但还是表示了歉意,将自己的被监护人安顿在了后座上。

顺便说一下,除了奖章外,叶伏格拉夫还保留了护照、不好使的手枪形打火机和公寓门的钥匙。都是些他感觉没任何用的东西:叶伏格拉夫和拉诺奇卡到了,上了楼,但是钥匙不好使,住所的门打不开。像是用混凝土浇灌了一样。甚至转动把手都纹丝不动。尽管里面似乎有东西在动,有人从门外的拉诺奇卡和叶伏格拉夫身旁沉重地走过。

拉诺奇卡把自己的英雄带到了警察局,她是从长凳上的老太太(叶伏格拉夫说的"人民监督在行动")那里得知的地址。她让叶伏格拉夫坐在走廊的椅子上,她写了一个声明(叶伏格拉夫挥手签了个名),把写好的纸放在值班警察的桌子上,让他把这个重要文件做了登记,然后上楼去找警察局局长克罗波夫少校(这个名字在门上写着)。

由于某种原因,秘书不在,拉诺奇卡大喊大叫地冲进办公室:"战争英雄,一个残疾人,竟然被一些外地(这里拉诺奇卡放慢了语速)退休老太太禁止进入自己的住宅!被限制!占据了他的居住空间!她们大喊他和她们结婚了!可是她们连户口都没有!"

拉诺奇卡故意选择了这样一个令人难以置信的情节,为的是使克罗波夫明白没有人会与之战斗,退休老太太是爱找麻烦,但她们不会与警察对抗。而且怎么会是这样,和好几个退休老太太结婚?一夫多妻制?

叶伏格拉夫在一楼坐着,小声骂着,把奖章弄得叮当作响。他想抽烟,于是他拄着拐杖一跳一跳地走到值班警察那里。警察给了他一支好烟,恭敬地给他点上,节制了好几个月,叶伏格拉夫又抽上了烟。

在楼上，克罗波夫少校对这位老太太的闯入很不满意（秘书显然是跑出去一会儿，这很正常，人就是人嘛）。这位少校时而看着窗外，时而看着他传呼机的屏幕，打着哈欠，用手指头敲击着桌子，但最后才意识到自己不是对手，然后就大发雷霆，并命令把负责那栋楼的片儿警叫过来（拉诺奇卡不得不在秘书旁边等了一个半小时，她和她瞬间成了好朋友）。

片儿警被派去与拉诺奇卡和叶伏格拉夫一起检查据称被一些外地退休老太太占领的居住空间。

于是片儿警极不情愿地去执行命令。拉诺奇卡马上就明白了，他清楚这件事，而且，看起来他对这套住宅很感兴趣，也许他已经因为那里的非法居住而获得了报酬，或许他自己想将住宅据为己有。

因为他在警察局楼上走廊里和出口处的楼梯旁边，就对拉诺奇卡说过："您是他什么人？他不是有老婆吗？您在这干吗？这有您什么事儿，根本不懂。"

"您是怎么知道的？"她反驳道，"关于他这个'妻子'？哦，您是和她一起谋划的吧？所以您特别了解，她带他去了农村，以便他不会干扰她在这里侵占他的住宅？带他去了一个村子，去了一个没有屋顶的木屋？说现在这是他的房子！她用那个木屋换了他的住宅！把他扔在门廊里，然后就拿了他的一根拐杖跑了，只给他，一个生病的老人，剩下一根拐杖！为的就是让他回不去家！一位残疾的退伍军人，满身的奖章，我们去找他吧，他在楼下坐着呢，您自己会看到的！您看过那个更无耻的声明了吗？说那村里的房子属于他？顶替他莫斯科的住宅？交换据说完成了？这不是他的房子，何况还没有屋顶！我有邻居的证明，他们全都签了字！"

这时候拉诺奇卡从她的包里取出几张不相关的人很久以前写的纸条，并递给了片儿警。片儿警挥手推开。她语气坚决地继续说道："没有房顶的木屋属于他人,那里的主人是两个姐妹,一个在弗拉基米尔市卧床不起,另一个在照顾她。她们已经第三年没有在那里住过了。所以房子是她俩的,所有人都证明了,他既什么都没买,也没有用住宅换这个房子!"

(为了真实,拉诺奇卡使用了当地的表达方式,并把纸条弄得沙沙作响。)

"怎么的(她突然顿悟),她,这个传说中的'妻子',给您提供了他的'死亡'证明吧?"

"什么证明?"片儿警沉闷地说。

"什么证明,就是证明'死亡'的。她买的是假的。他还活着,您也看到了!我们下去,您就会见到,挂着满身奖章在那坐着呢。而且还是战斗英雄!"

"您想要干什么?"

"把这个房子给他腾出来!走吧!克罗波夫少校给了您指示!这是叶伏格拉夫的住宅。战斗英雄的。退伍军人委员会还没给您打电话?他们正在准备诉讼。律师是斯特鲁奇科(豆角)的儿子。顺便说一下,上诉您执法不作为。"

片儿警撇了撇嘴。要是这个案子开始调查,再加上其他的事,可够他受的了。

他们下了楼,叶伏格拉夫还在手扶着拐杖坐在椅子上小声地咒骂,他在拉诺奇卡的帮助下站起来,他们不得不再次去拦私人出租车,可司机们看见身穿制服的警察就不停车,于是拉诺奇卡走到拐角处,骗来一辆车,而且这个外地司机甚至还不要钱,挥了挥他没洗过的小手,摔上车门就冲了出去。

(拉诺奇卡去找他们领导是对的。叶伏格拉夫忍受不了这种人,并且经常在与从上到下的所有领导谈话时都骂街,尤其是和他们主任,最终证明这是有道理的,这位主任最后把他们的房屋,艺术联合体给卖了,卖给了外人,把这些钱据为己有,然后消失了。在这里,在警察局,对于这种丰富而又没完没了的淫秽表达,拉诺奇卡很担心叶伏格拉夫会被关进拘留所。)

这就是一幅列宾笔下的风景画《三套车》:制服紧紧巴巴的肥胖的片儿警,然后是浑身皱皱巴巴、匆匆忙忙地在火车洗手间(在一昼夜的穆罗姆旅行之后,已经快到莫斯科时)梳了梳头发的拉诺奇卡和一个瘦瘦的、穿得像流浪汉一样却满身奖章的叶伏格拉夫。他们终于出了电梯,前往叶伏格拉夫的住宅。

"警察,开门。"片儿警毫无生气地说。

门里死一样的寂静。

"走了?"拉诺奇卡开始担心起来。

叶伏格拉夫在咆哮着:"举起手来,缴枪不杀!警察!一个一个出来!"

警察不赞同地摇了摇头。似乎在说"请不要着急,这里没有你们一切也会按计划进行"。

门里有人开始跑动。哦。起作用了。

他们开始用某种语言大喊大叫,骂人(按俄罗斯的骂法)。

最终,从里面有人很大声地搬动了一下什么东西,看来是门闩。里面发出了尖锐的声音,并在地板上撞了两下。

于是,也没等命令,卡通人物"阿里巴巴和四十大盗"就开始往楼道里走,穿着打扮,说实话,很另类,都穿着肮脏不堪的训练服和背心。浑身散发着不洁净的精神气息。

该队伍的先锋队装备了带长把的油漆滚筒、油漆桶和瓦刀。然而,在其他人的肩膀上,挂着塞得满满的带条纹的袋子。袋子显然很重,最后一个人提着一个旧皮箱。

"这是我的！他们把我的东西都拿走了！"叶伏格拉夫咆哮道，"举起手来！立正！检查证件！我会开枪的！把所有人都关起来！"

然后，他瞬间从拐杖对面的口袋里掏出小手枪形状的打火机。这是他一直以来的玩具。他按了扳机。这也是他的自豪，并且看起来，也是与其他捡瓶子的人争执的有力武器。

警察回头看了看他带着那种表情的脸，可强盗们转眼间扔掉了袋子，顺着楼梯跑了。二楼，跑下去不是问题。轰隆轰隆的声响还在楼梯间里久久地回荡。

住宅的门敞开着，里面恶臭而肮脏。警察第一个走了进去。看到这种情况：墙纸破碎，报纸粘在地板上，天花板灯泡上悬挂着一根切断的电线，这是在过道里，再往前就是散发着微微恶臭的脏物，就像垃圾箱周围一样扔得乱七八糟，流得到处都是那种。

片儿警说："你们自己整理一下吧。"

拉诺奇卡和叶伏格拉夫小心翼翼地走到了这个洞穴的一个个穹顶之下，而警察按下了一个按钮，叫来了电梯（二楼！），但一个怀里抱着孩子、头上缠着绷带的姑娘，简直就是跳到了他的面前。

## 隔壁住宅

姑娘要么躲在了楼上。要么就是安静地在台阶上坐着了。

我是来找您的。我要打开这个住宅的门。就这个，旁边的。

"什么？"警察没听懂，"打开？你们是什么意思？是商量好了吗？我的工作已经完成了，就这样吧。"

那女孩递给他一本护照，显然，她是在看见警察时准备好的。

"您看！这是我的房子！"

"那还有什么事儿？您的房子，怎么不进去呢？进去啊。如果是您的。"

"是我的，这是护照上的注册信息。您看看。"

警察勉强接受了护照。

"照片不是您的。"

"是我的。还能是谁的！只是十年过去了。您护照里的照片也不像您。"

警察回答："这里住的是一个带个孙子的老太太。"

"对，我就是她的女儿，只有姓氏不一样，我跟丈夫姓。"

"她的女儿去世了。这不是您。"

女孩这时果断地拿回了护照。

警察开始打哈欠。他盯了这套房子很久了。

住在这里的是一位很负责任的年岁很大的老太太。据他掌握的资料，她是一个酒鬼，而且还有病，不时有救护车来，而孩子很小。没有亲戚。

如果老太太把孩子送到孤儿院去，那住宅归谁？国家。而国家就是我们。警察局、护照登记室、房屋维修处。

这个受过创伤的女孩继续表述着："不，是我，这上面就是我。这就是我的护照。我走了三年，在国外工作。我回来了，抢劫犯在出租车上袭击了我，拿走了我所有的行李，还殴打了我，好吧，孩子在我的怀里睡着。看见了吧？（她摸了摸缠着绷带的头。）我回到了家，按门铃，没人开门。而且（她简直就是喊了起来）里面还锁着一个孩子！他一直哭，在那里呻吟，就他自己！肯定是发生了什么不幸，您知道吧？他一个人被关在里面！"

警察慢慢走到隔壁住宅的门口。在那儿站了一会儿。

"您是恍惚了，仅此而已。女同志，您的脑袋肯定不正常。您得看医生。而打开住宅门只能根据法院的决定，立案，这个那个的很复杂。不是一时半会儿的事儿。我们知道发生了什么事儿。我们都清楚。"他特别强调说。然后郑重其事地走进了电梯，跌进了"地狱"。

阿丽娜又重新坐回了台阶上。

瓦夏说："我饿！也渴！妈妈！"可是吃什么？

叶伏格拉夫住宅的门仍然打开着。而且，和往常一样，拉诺奇卡早就知道事情的来龙去脉了，她只是没有表露出来，为了不把警察再一次惹恼了。

"怎么了，我的小家伙，"她走到楼梯旁说道，"来我们家吧，来我们家吧，姑娘。都到我们家来吧。"

十分钟后，阿丽娜已经坐在叶伏格拉夫家厨房里的花园长凳上了。她和孩子已经去过了恶臭的厕所，也和孩子在黑乎乎的浴室里洗了脸。

现在，她把瓦夏抱在怀里，她喝着热水（拉诺奇卡把先前住过的人留下的空玻璃罐用开水冲洗干净了）。他们大家一起吃了架子上发现的一块不新鲜的黑面包。

还不只是黑面包，拉诺奇卡在那些袋子里难道会找不到平底锅吗？她送给叶伏格拉夫的自己的平底锅！就是说，他们吃了用这个平底锅煎的滚热的黑面包干（叶伏格拉夫是泡在开水里吃的），而且还找到了盐。

"这个长条凳是我的朋友们从街心公园给我带来的，作为乔迁之喜的礼物。"叶伏格拉夫不知解释了多少遍。

"这我们都记住了，"拉诺奇卡评论道，"警察刚才咋没把你抓走。"

"在隔壁住宅里，"阿丽娜说，"有一个孩子被锁在里面哭呢。"

"走，"拉诺奇卡说，"让孩子先在这睡会儿，我已经为他准备好了。这是我的外套，没有枕头，我给他放了个袋子。"

"妈妈，我要和你在一起。"男孩儿说。

"那我们就都去吧。"

五分钟后，他们就站在隔壁住宅的门口听了，但里面没有任何声音。

"我记得我搬进来时，他们给了我这套住宅，我在电梯旁边见过一个老太太带着孙子。和她们打了招呼。她没回答，男孩儿回答了。一个高傲的老太太。"

阿丽娜突然哭了起来。她再也没有离开过门口。她一直听着，身体侧面紧贴着门缝。瓦夏在她怀里睡着了。

拉诺奇卡说："叶伏格拉夫。我还记得博亚尔斯基喝醉把钥匙丢了的时候，你是怎么把办公室的门打开的。你们坐出租车去了你家，你带回来一大堆铁东西。大家都说，'喂，叶伏格拉夫，你是个小偷。'这些画家怎么也找不到你的万能钥匙。这是抢劫犯的宝物啊。"

"必须善于伪装。"善解人意的叶伏格拉夫回答说。他站了一会儿，在门口听了听（里面再次发出了吱吱的声音），阿丽娜直接跳了起来。

叶伏格拉夫点了点头，拉诺奇卡拿起了他刚才指过的手提箱，还帮他打开了这个老古董钢质手提箱上略微生锈的锁头。在这个宝库的肚子里，放着用报纸包裹着的一堆钥匙和一些小铁钩，所有的铁钩都在一个铁环上。

拉诺奇卡给叶伏格拉夫拿出了一把椅子，但难道一个专业的窃贼还会坐着吗？他精神矍铄地倚着拐杖开始了自己的事业，开始尝试用各种不同的铁钩，但门没有松动。忙活了半小时，没有任何结果。

突然，他们听到门里传来沉重且不均匀的脚步声。为了以防万一，叶伏格拉夫走开了，拉诺奇卡推了椅子。

门里有人在动，传出咯吱咯吱的声音，然后是撞击声（好像女主人那儿也有一个门闩），锁头里咔嗒咔嗒两声，然后门微微打开了，但还上着防盗链。

从门缝里传出一个女性的声音："你们在这干什么？是在开我的门吗？我要报警。有强盗！我正休息呢，你们干吗把我吵醒？"

女人显然是喝醉了。

"对不起，请原谅，"阿丽娜喊了一声，"您的孩子已经哭了很久了。我们以为屋里只有他自己呢。"

"你是谁啊？你有什么权力开我的门？孩子是在哭，他任性。不想吃东西。"

阿丽娜怀里的瓦夏被这大声的喊叫吵醒了。他睁开大眼睛盯着门缝里尖叫的老太太。然后哭了起来。

突然，防盗链被取下，门开了。老妇人走上前，指着瓦夏说："这是谁？他叫什么名字？"阿丽娜回答说："谢尔盖·谢尔佐夫。"

"他几岁了？"

"三岁。"

237

"什么时候出生的？"

"3月18日。"

"在妇产医院和我的玛莎一起住院的难道是你吗？"

阿丽娜往后退了一步，惊慌失措地回答："您在说什么？"

"你怀里的孩子是我的！我不知道，怎么会有这样的奇迹！这是玛莎的儿子，我能认出来！他终于来了！把他还给我，你这个混账东西！这就是我的玛莎，小玛莎！和她长得一模一样！她们把我弄糊涂了，欺骗了我，然后把孩子调换了！你马上还给我！"

这个老太太用颤抖的手抓住了瓦夏，而瓦夏抓着阿丽娜不放，把脸藏在她的背心里。

拉诺奇卡立即站到了老太太面前，把她和自己人隔开。但是她继续去拽瓦夏的衬衫。哭着重复着说："这是活着的玛莎！我一只手不好使，饶了我吧！这是我的孩子！这是一个错误，发生了可怕的错误！我的错，我现在承认！玛莎，到我这儿来！因为我，死了一个人，都是我的错，但只有现在，我才看到了我真正的活着的玛莎！"

突然从门里，从房间里，传出了哭声。孩子瘦瘦的，哭得红红的小脸蛋上全是泪水，抓住住宅主人的裙子，往回拉，不断重复着："妈妈，妈妈！"

"等等，放开，别拽，"老太太看都不看他一眼，大喊道，"你毁了我一辈子，走开，谢尔盖！别哭了！我还怎么的，用一只手给你做吃的？我怎么开煤气，我就一只手好使！"

她身上一股烟味儿。

阿丽娜紧紧地抱着受惊的瓦夏，透过拉诺奇卡和这个奇怪女人的肩膀，她全神贯注地盯着屋里站着的小男孩儿。——哭得红肿的脸，大大的眯着的眼睛，横七竖八的眉毛，大大的鼻子。

她认出了他。阿夫坦季尔的脸。

拉诺奇卡对老太太说:"可怜的老太太,您怎么了?怎么哆嗦?"

"我瘫痪了,右半身!看见了吧?"她朝自己肩膀点了点头。

确实,她的右手臂像鞭子一样垂着。

拉诺奇卡温柔地抓住了那个女人的左手,把它从瓦夏的衬衫上轻轻地拿开,把老太太搀回了家。

她喃喃地说:"是我把他偷走的。但这是一个错误!这不是你们的孩子。你们把那个孩子还给我。因为他我害死了一个人。"

"是的,是的,可怜的老太太,现在我们先安顿一下,然后给您弄点儿吃的。"

"不,给我买两瓶半升的白兰地,求你们了,我向上帝祈祷。我难受,我很难受。只有它可以帮我减轻痛苦,能让我入睡。"

她一边怀疑地拉着拉诺奇卡的手往回走,一边转身朝着阿丽娜,继续说道:"这是我的孩子,您怀里的。真是巧!没有这么巧的,您知道吧?他来的时候我已经死了。我是晚上死的。他来就是为了让我能站起来。我难受,难受……"

然后她就往下弯,身体蜷缩在一起,跪倒,脸趴在衣服的下摆上。

小家伙蹲到她旁边,不停地说:"妈妈,妈妈!"怀里抱着瓦夏的阿丽娜朝他弯下腰去。这才是她的儿子——小阿夫坦季尔。他已经大了,但是他那疲惫的、哭得红肿的小脸儿,肿胀的眼睑,还都是以前的样子。

当年阿夫坦季尔父母把他领走时,他也曾无助地回过头。

必须把自己的命运抓在自己手里。

瓦夏突然爬到地板上,抱住了这个新来的男孩儿,说:"别哭,别哭。"

阿丽娜一把抓起他们两个,把他们抱起来,急匆匆地从蜷曲在地板上的老太太旁边走过去。

拉诺奇卡正在弯腰给她递过去一杯水。她想喂她喝,可老太太呛住了，咳嗽着。她还活着。

拉诺奇卡试图让她站起来，但起不来。

阿丽娜放下了孩子，和拉诺奇卡一起将躺在地上的老太太拖到沙发跟前，给她垫了一个枕头。

她身体一动不动。怎么办？根本就不像是活人的身体：不动的身体抬起头，喃喃地哼了一声什么。

"想喝水吗？"阿丽娜问。

"当然。"老太太艰难地回答道，并垂下了头。

然后阿丽娜开始了喂水程序，老太太一咳嗽，把所有东西都弄湿了，她说："你会不会喂，你把杯子往哪儿弄呢？不往嘴里放。你干吗拿这个茶杯？这是客人用的。那边有一个更朴素一点的。"

喝完了。然后她对她们俩说："你在这儿做什么？你是怎么进来的？简单说，你到底是谁？"

"我是从节度把瓦夏带回来的。"阿丽娜回答说。

"你带回来的根本不是瓦夏，他一直和我在一起，"老太太说，"你给我擦擦嘴，还有前胸都湿了。"

阿丽娜去洗手间，拿了一条很不干净的毛巾，给她擦了擦。

她开始说了："你怎么，你就是和玛莎一起生孩子，然后被那个混蛋谢尔盖抓去做奶妈的小婊子吗？也不知道给谁喂奶？把我这全都弄湿了。得把衣服换了。"她试图起来。

"好像我的腿动不了了。"她又尝试了一下，使尽全身力气用手支撑着。

"不对。我好像什么都感觉不到，腿没有知觉。"

"我叫救护车？"阿丽娜说。

似乎在节度的一幕又重新上演了，这里也是，有主人，又来个附属于她的"奴隶"。

"可能，只能这样了。你叫吧。"这时候拉诺奇卡带着孩子们走了进来。

"阿丽娜，我给他们喝了粥。在那里找到了一点儿米，还有一罐炼乳。哦，您好，亲爱的，您感觉怎么样？"

"你们怎么的，是都住到我这里来了吗？"老太太问道。

"您这门里的孩子昼夜不停地哭，我们不得不把门锁打开，"拉诺奇卡回答说，"怕孩子死了。"

"您找到米了，还有炼乳？您都翻过了，全都找到了吧？"老太太平静地问，"而这另一个孩子是谁？另一个是谁？啊！我的上帝，我的上帝！这是我的玛莎，我的还活着的玛莎来了！"

情景又一次再现。显然，这老太太已经忘记了刚才所发生的一切。

"三年前！我从节度回来！节度？我弄错了！偷了另一个孩子！怎么办，怎么办！"她大声地哭嚎着，似乎完全释放了自己。她透过泪眼凝视着并把一只手伸向阿丽娜的瓦夏。瓦夏藏到了母亲的身后。

这时另一个男孩跑到老太太身边，并将头埋在她的长袍里。她把他抱住，紧贴着自己并对他说："我不会把你给任何人，任何人。别害怕。你是我的孩子。而这是玛莎的孩子。你也到我这来。"

阿丽娜小声地对瓦夏说："去吧，和奶奶打个招呼。她病了。需要同情。"

瓦夏是一个听话的孩子，同时他也是个饥饿的孩子，他乖乖地走到了躺着的老太太面前。

她把他也抱住，把两个孩子抱在一起并下达了命令："我不能死，不能，明白吗？叫救护车了吗？我的玛莎把儿子给我派来，就是为了不让我死。是他让我给你们开的门，他才进来找我的。"

加奶的米粥终于煮好了，孩子们被带到厨房，阿丽娜喂饱了老太太，得到了一些恶毒的评价，这时候救护车到了。

241

阿丽娜带进来一个身材魁梧的女护理员。没人陪她来。

"请问,您怎么了?"她疲倦地问。

"您好,您叫什么名字?"老太太以命令的语气问。

"您怎么了?"她重复了一遍。

阿丽娜插话说:"看来,是双腿瘫痪。"

经过检查和电话商谈后,护理员说:"需要把您拉走。但是谁来抬呢?我们的司机有生以来就没有拿过比瓶子更重的东西,我也无能为力,抬多了身体落下了病根。尽你们所能,去找找邻居吧。"

阿丽娜回答说,邻居都去别墅了。

"对了,我还得提前提醒一下,可以接收您的医院可没有床单。也没有枕套。清洗部门的人没上班。没有洗衣粉。您把自己的带上吧。"

"那里有医生吗?"病人老太太问。

"可是所有人都在度假。有从卢蒙巴来的实习大学生。还有长得黑乎乎和斜眼的朝鲜学生,三年级的。他们在急诊室还向我抱怨过。请求我们不要再往医院拉病人了。他们会拿您练练手。而且药剂也没有。"

"这样啊,"病人哼了一声,"如果我在家,那应该吃什么药?"

"我们没有治疗这个病的药。治疗中风,治疗不明种类的瘫痪都没有药。只能等。可以做做按摩、做操。"

"你会按摩吗?"老太太问阿丽娜。

阿丽娜耸了耸肩。

"那有什么难的?"医护人员"嘿"了一声,"就像给孩子做一样。揉揉、搓搓、拍拍、捏捏,然后扭扭、捶捶。抬起、放下。这都没什么用。以后还会长褥疮。有人游泳,我们知道。"

"你给我叫的这是什么人?"老太太怒斥道。

阿丽娜耸耸肩膀:"03啊。救护车。"

242

"我可是属于特权人啊。好吧,你们可真行。电话旁边有个电话号码本。找字母'K'开头的,克里姆廖夫卡。我是克格勃中尉,证书在壁橱左下方的抽屉里。"

"克里姆廖夫卡是什么?"阿丽娜问。

"这是克里姆林宫医院,"护理员热情地说道,"那里所有的医生都是被严格审查简历后才接收的。他们胆儿都小。我们其实真的有更好的专家。如果是这样的话,那再见吧。你们总是瞎折腾人。"

但是在给克里姆廖夫卡打电话后,老太太又发生了新的中风,克里姆廖夫卡的救护车来的时候,她已经死了。

早晨,医生来了,然后那位片儿警也来了,从门口看了看,点了点头就走了。到了晚上,死者被运走,并暗示要付款。

"叫车的很多,都没去,就来你们这儿了,所以……"一个卫生员说道。第二个点了点头。

付款他们没有等到,于是要求把尸体身上的衣服脱下来,他们抓着这个不幸的裸体女人的胳膊和腿放在两张床单上,打成结,然后带着自己的货物走了。

阿丽娜翻了所有橱柜和桌子的抽屉,找到了玛莎坟墓的证件。在其他东西里还发现,在塔玛拉·格纳季耶夫娜的一堆文件里,有一张红色证书,封面上刻有字母"克格勃"。证书上是她的名字。原来她真是中尉。

或是她在某个地下通道给自己买了这个证书,那时候到处都出售各种不同的封皮,可以订购写有自己名字的任何文凭或证书,甚至是卫生部部长或大学校长,也可以是警察局的政委。

下葬用去了死者钱包里所有的钱。但是已经没钱可以在墓碑上刻她的名字了。最后就只剩下挖掘墓穴的工人立在那里的一个简陋的小牌子。

不过，母亲躺在了女儿的身旁。

阿丽娜轻声地哭着，想起了那善良的妇产医院的邻床。她曾经是多么爱那个混蛋。而他却因为一个妓女背叛了她。

谢尔盖在他们共同生活中最糟糕的时刻，总会回想起拉丽斯卡和她的小技巧。

## 阿丽娜的新家

阿丽娜和孩子们很快被带到了一个别墅，谁的别墅，一想便知。这是一个花园般的友爱集体，在那里她们和拉诺奇卡一起煮了过冬的储备，叶伏格拉夫修缮了摇摇欲坠的淋浴室，然后又花了几个小时的时间把柴棚收拾得井井有条，还在那里的柴草中找到了一本不知名作家的书，村里人说，这书应叫《在花枝招展的姑娘们的身影下》。叶伏格拉夫喜欢这本没有名字的书，他整个夏天都在柴棚里读这本书。

房子里很喧闹，自家和邻家的孩子在跑闹，而大人在煮着果酱。柴棚里，经过主人的清理，散发着劈柴的味道。

老友们常常造访，其中就有那个皇室后裔。

这一切都发生在拉诺奇卡敏锐的目光之外。

村庄的男性成员，也就是那些为数不多的还健在的名人，这些曾经在艺术联合体和儿童出版社谋生的、被封杀的艺术家的精英，时常聚集在叶伏格拉夫的柴棚里。他甚至在那里弄了两个长凳和一张一条腿儿的桌子。

这没用很长时间，柴棚的角落里就已有一个风干了的旧橱柜，还有木板、木棒、斧头、刨子、凿子，包括榔头和钉子。

他们回想过往，品尝去年的自制利口酒。谈论着和孩子们一起上课的事——拉诺奇卡在教孩子们画铅笔画。

叶伏格拉夫说用彩色铅笔绘画是高等艺术及技术工作坊的发明。精英们表示赞同。"比如尼基塔·法沃尔斯基的铅笔画！"叶伏格拉夫继续说道："这是对可识别的局部颜色的拒绝，这里的任务就是从这六种颜色组合中混合构建某种结构。她不教他们这些。这样更简单，画一条狗就行了。但这是两码事！"

"是的，他们还小。"精英们回答。

他们还在回忆：

"我们曾经走遍了全苏联，走遍了各个城市！我们去过沃洛格达的郊外，去拜访过旧礼仪派教徒，四个姐妹和一个聋哑兄弟。他为我们用木头雕刻了好多那种鸭子形状的盛盐容器。被称为索洛尼察。鲍里亚·阿里莫夫从他那里都买了下来，艺术家联盟给了他钱。那个聋哑兄弟走了，回来时已经喝醉了，突然说：'我的要求是很严格的！都给我见鬼去吧！'"

大家都表示赞同：

"那时候每家企业都有自己的固定模式，领导办公室挂着列宁像，走廊里挂的是革命和战争题材的画，还有历史题材的，女秘书那里是鲜花和静物画。他们有这个钱，我们是在联合体领钱。不像现在……"

叶伏格拉夫插话说："还去幼儿园画动物。"

"忘掉这些吧，四条腿儿画家。"这些早就穷困潦倒的无业大师们回答说。

"那又怎么样，"叶伏格拉夫反对说，"现在是这个时代，印象派都成了现实主义者。"

"让我们为当代艺术干一杯吧，"皇室后裔支持他说，"垃圾都成了艺术主题！"

"后来'卢梭'被证明是个敷衍了事之人，竟然拿复制品出售。"

叶伏格拉夫说,"《雾中的刺猬》画得也不好。"

"你指的是马吗?不,我喜欢,但是你画得更好、更富表现力。"皇室后裔说,从罐子里取出一个去年的发酵的醋栗。

对此,头脑中充满了太多的艺术思想的叶伏格拉夫,表达如下:"不要怕犯错。不要怕达不到目的。要学会摆脱任何困境。画如生活,但需要为其增添新的内容。"

"否则就成了一张照片了,"面带满足表情的皇室后裔对他表示支持,一边从脸上抹去残留的醋栗粥。"这才是我们应该担心的。"

叶伏格拉夫还在继续这个主题:

"眼睛可以看见很多东西,但相机却捕捉不到。有些东西我们可以看见,而无法把它拍下来。我们可以欣赏精确的线条,但是有时在绘画时画不出来,这时我们还有自己的'步兵作战规定':如果画出来的画儿不是你想画的,你也什么都不要改……而且以前的作品也无需修正。我们的画作,这是时间的见证。"

阿丽娜的孩子们在花园友爱集体里和大家都成了朋友,而且很快就和一大群别墅里的孩子跑到林边的水坑里游泳,用网子抓了一些小水禽,将它们放在能盛三升水的水罐里,水是水坑里的,然后把罐子放在窗台上观赏。

阿丽娜办了一个英语学习班,全村一半的人都带着孩子来参加,这也是一个社交活动。

大家一起背诵诗歌,妈妈们还会带来吃的。毕竟学习班免费。

最后在学龄前儿童的努力之下,排了一个英文剧《小屋》。

那可是以前的艺术联合体的别墅村,那里生活的都是自己人,画家、设计师都住在那里。因此,演出穿的服装很特别。

布景是叶伏格拉夫本人亲自画的,这是四条腿儿画家的专业,他描绘的所有动物都不比迪士尼的差。

他在一块旧墙纸上画的三套车特别成功。马,是他曾经的激情。

但他们之中很少有人懂得真正的绘画创作。幼儿园和文化之家墙上的马能算吗?

## 险象环生



当阿丽娜（从心存感激的学生父母那里）背着塞满瓶瓶罐罐的背包，带着她的孩子回到家里时，一位不耐烦的片儿警过来看望了她。他已经等得实在是厌倦了。等了两个月！

他的独白是这样的，说孤儿明天就要被带到儿童收容所，住宅必须清空。"您不搬走的东西，他们就会被扔进垃圾堆，"他说，"那里那些无家可归的人很快就会把它们处理掉。正排队等着呢。副部长的亲戚要从塞米巴拉金斯克来了。他岳母和全家人。"

接下来他的通知像念稿一样，他说，别担心孩子，不用担心，这个未成年的谢尔盖·谢尔盖耶维奇·谢尔佐夫，年满15岁，完成八年教育，就会离开孤儿院，进入一所寄宿职业学校，几年后，国家将分给他一个十二平方米的房间，如果精心维护，另加三平方米。

阿丽娜是这样回答这些废话的，说她五岁就已经在这间住宅注册过了。

"护照。"警察要求她出示一下护照。

"我可以拿着给您看，"阿丽娜说，"虽然您无权将其没收，但我仍然不会把它交给您。因为您对我的住宅很感兴趣。"

"什么？"警察很愤慨。

"有资料表明，您和女护照官员已经把两个已故退休人员的两套住宅分别登记在了自己和她的名下，他们都是独身，但有亲属。扎哈罗夫和乌姆诺娃。亲属现在正在起诉。"

"房子归了国家！哪儿来的八竿子打不着的亲属！还起诉！还写起诉信！写也白写！我也在排队的名单里，所有的权利我都有，我是警察怎么了！"

"您没有资格排队分房子，有人知道。您是外地人，在莫斯科只有三年工龄。您无权获得单独的住宅！十年之后您才有权利！"

"我不用排队！你是哪儿来的为人权而斗争的另类啊！你心里清楚！不把房子腾出来，我就把你送到谢尔普斯基精神病院去！"

"我在这里有注册。您去法院告我，法院的判决也会对我有利。"

"这本护照是假的。马丽娅·谢尔佐娃三年前就去世了。护照官员那里有所有的资料。我们会把你拖出去，孩子我们带走。儿童收容所都想他们想得哭了很久了，他们还在这里跑来跑去。东西我们扔到院子去。排队分房的马上就会带着家具搬进来。"

"我和谢尔盖·伊万诺维奇·谢尔佐夫是以已婚夫妇的身份在节度完成使命的，明白吗？国家安全机构，懂吗？我是克格勃中尉！"

警察把嘴唇一瘪，嘲笑地摇了摇头。阿丽娜平静地继续说："他和玛莎就是为此而结婚的，尽管他还有另一个女人。这个孩子是在出发前一周出生的，但是玛莎因难产死了。我们在妇产医院是邻床，也成了好友。我的未婚夫被父母带回格鲁吉亚了。所以在妇产医院我一直没有丈夫陪伴，但有孩子。而谢尔盖和玛莎准备了整整一年的，是克格勃外事部门的重要任务，是很危险的任务。因此，玛莎去世后，他们在医院找到了我，那时候我决定放弃孩子，我既没有房子，也没有家庭，还没有钱，一个住宿舍的学生，所以我就同意了去节度。"

"你听着。"警察意味深长地说，打断了这些没用的废话。

"您才应该听着。然后我们立即带着玛莎和谢尔盖的儿子出发了，我给他喂奶，抚养了他三年。但是来了一个克格勃的上尉别列津，他将我与情报工作联系起来。我会五种语言，并且在那儿又学习爷地语和伊尔都语。谢尔盖对此应该一无所知。我复制他的所有信息并发出去，我有我的联系人，而谢尔盖是通过他的渠道发送的，发送他那为了挣外快而做得粗制滥造的活儿。他的任务是赚钱。而我复制了所有资料，诚实地为机构工作。然后他去护送两艘运铜废料的干货船，据称这两艘船都沉没了。已为保险支付了巨额费用。劳埃德，您听说过这个吧？"

警察扬起眉头，点了点头，白痴一样。

"我不得不带着孩子离开节度。我拖着行李，打出租车去了斯霍德尼亚，但是我那里的房子被卖了。我恳求在一个女同学家过一夜，她带我去了一个房子，他们想杀了昏昏欲睡的我，我醒过来，孩子在哭，我的头上还有伤口，行李也不见了，还好我习惯把证件藏在自己身上。通过联系人得知，他们已经给我往节度发送消息说，我已经被他们授予中尉了。"

辉煌时刻终于到来了：阿丽娜从她的包里拿出并向片儿警展示了红色封面的一个硬壳，上面刻着"克格勃"，这是塔玛拉·格纳季耶夫娜的身份证明。

片儿警正要伸出手，但阿丽娜说："这个不需要您检查，您不清楚吗？我还没有向别列津上尉报告我回来了。应该往节度给他打个电话。但是根据克格勃的文件，这套住宅属于我和我的儿子。而自出生就一直住在这里并注册为玛莎和谢尔盖儿子的孩子也是该住宅的所有者。我不知道为什么这里还有另一个孩子，但我不会将他送到任何孤儿院。全都清楚了？我会打电话给别列津上尉的。我是克格勃中尉。如果发生了什么情况，您要积极主动一些，否则您将被撤职。您将失去您的住宅，还要接受滥用职权的审判，清楚了吗？"

在这份口头报告进行到一半的时候，警察就开始蜷缩了，看着时钟，环顾四周，他几次举起手来，似乎是在安慰阿丽娜，最后他变得十分渺小，点了几下头，表明一切都会正常进行，说了句"您别担心，中尉"，就金蝉脱壳了。

## 生活之后的生活

然而，必须拿着自己的护照去莫大，安排好四年级和五年级错过的考试的事情，然后通过国考（全国考试），暂时先找一份工作。

捡来的小家伙起初在别墅里哭得很厉害，叫阿丽娜阿姨，问"妈妈在哪儿"，然后就模仿瓦夏，开始叫她妈妈了。

在家里（当然成员也包括叶伏格拉夫和拉诺奇卡）为了区别两位小谢尔盖，大家决定让另一个孩子叫奥希亚。

回来之后，阿丽娜在附近发现了一家幼儿园，就去那里应聘了保育员。她把两个谢尔盖也安顿了进去，这是她提出的条件。为什么她可以提这样的条件？因为她很快就开始教英语了。

她被证明是有用的，她是懂两种外语的保育员。

两个男孩儿都叫她妈妈，两个谢尔盖·谢尔佐夫，而在他们的出生记录中，两人的母亲都是玛莎，父亲是谢尔盖。

不过这都没关系，幼儿园园长需要的是钱和保育员，而且有了这样的技术员（她嘴里阿丽娜的职务），幼儿园都被家长们围住了，因为孩子们可以读英文诗歌。星期五他们还唱法语歌。

幼儿园开始收费。后来就变成了收费不菲的幼儿园。而再后来就被私有化并移交给牙科诊所了。

当时许多幼儿园都关闭了，全国的出生率急剧下降，每月给母亲的补助只够去一趟食品店的（很久之后，当情况变得很可怕了的时候，全国人口每年减少数百万人，而且是在和平时期，我们的各级政府才意识到了这一点，并设立"母亲资本"以挽救这一状况。）。

阿丽娜很久没有找到工作。在别人家里找钱没有任何结果，为了以某种方式养活一家人，她不得不开始出售她的藏书。

所有这些书的作者都很受欢迎，都是很好的成套图书，不是大家拿去卖的普希金与托尔斯泰和陀思妥耶夫斯基的书，而是塞顿·汤普森、杰克·伦敦、柯南·道尔，以及大仲马和毛姆的书，因此深受旧书店商品鉴定员们的欢迎。

顺便说一句，这些作品集在苏联时代轻易是买不到的，只有区和州的党委书记、外交官、企业和品牌商店的经理们按照名单才能订到。可是投机者在书库里有关系。稀缺书籍的印数一直不断提高。否则哪儿来的油水？

那时候人们需要书籍。维索茨基的诗集《神经》，一夜之间整整一火车皮全被盗了。火车就在铁轨上停着。

普通人卖废纸，几千克的旧杂志、教科书和没用的书籍，以购买最受爱戴的苏联作家皮库利的著作。书店里都是作家联盟成员的作品，仅莫斯科就有数千人。这些书到期了就会被注销并拿走去再加工了。

这些就是顺口说说而已。

然后，阿丽娜就开始将银手镯送到古董店，最后是一个巨大的奖杯，所有这些都是从一个涂漆的壁橱里一块玻璃下面掏出来的，都是镇宅之宝。

关于这个奖杯，寄卖商店的商品鉴定员恭敬地说："这是真正的库巴奇啊。"

阿丽娜不知道"库巴奇"是什么，他给她开出了很便宜的价格，她也没说什么。

叶伏格拉夫后来解释说:"库巴奇是达吉斯坦的一个村庄,以制造大量的优质白银制品而闻名。""而且非常昂贵。"拉诺奇卡悲伤地补充说。

有一次,一个雨夜,阿丽娜艰难地走回了家。她去给一个有钱的电视节目主持人兼写作狂的(他出名是因为把女儿从她母亲那里夺了过来,以免支付子女抚养费)女儿上课。这是许多有钱的爸爸们采取的一种防卫手段。

这位大腹便便的爸爸建议阿丽娜把女儿的课时费减半。于是他就给了减半的课时费。

阿丽娜耸了耸肩,收下了一半的费用,说以后让他去找别的老师。然后就冒着雨去等公共汽车了。半小时后挤满了人的公共汽车来到了人山人海的公交车站。

屋子里一片寂静。一进门她就明白了,拉诺奇卡已经走了。

阿丽娜带着不祥的预感走进了住宅,马上就听到了俩孩子在小声笑着和一种咔嚓咔嚓的声音。

进入卧室,她发现他俩坐在地板上。一个正在用剪刀剪东西,另一个伸着舌头,心里在给他加油,等待着快点儿轮到自己。

两个孩子周围散落着彩纸。这是以前的钱!剪下来的肖像和克里姆林宫风景放在一块单独的硬纸板上,还有一管胶水。

"妈妈,我们在做拼贴画呢!"瓦夏用叶伏格拉夫的术语使劲儿地喊道。叶伏格拉夫把给他拿来以求得赞美的所有儿童画片都称作拼贴画。

奥希亚瞥了一眼母亲,就急切地去剪了,他意识到自己在干坏事,就决定把这坏事干到底。

"你们在干什么?"

"我们在柜子后面发现了一个文件夹!"瓦夏喊道,"那里面有好多画!"

"那是钱，混蛋，"奥希亚更正说，"这个拼贴画肯定值很多钱！我们把它卖了吧！"

"嗯。你们都停下来。"阿丽娜说。

"妈妈，还可以从那些绿色画片里再剪些肖像吗？"

"哪些……绿的？"由于吃惊，阿丽娜说了半截就卡住了。

"我们在文件夹里还找到别的了呢。你拿给妈妈看看，小灰灰。"

瓦夏给母亲指了指，一沓美元正平静地躺在一个打开的黑色文件夹的一个隔层里。

"我的球滚到你的柜子下面去了，我就看到那里有个东西被推到里面靠墙立着，但可以看见。我们就用刷子的柄把它捅出来了。那里面就有这些漂亮的纸片。还有那些绿色的。"

阿丽娜拿着文件夹进了卧室。里面有五千美元。五十张。

明白了。这不是外交官一辈子都不让积攒的外汇吗？看来说苏联人没有这个权利，也有例外。

因为持有外币会坐牢和被枪毙的。阿丽娜现在开始草木皆兵了，不敢接电话（世界上谁会知道她的这个电话号码？），晚上有人按门铃一概不回应，并教会了孩子们不要往门那儿跑，也不要问"谁啊？"。

拉诺奇卡，马上就去换了第一个一百美元。作为一个"小白菜"聚餐的参与者，联合体里的每个人都知道并喜欢她。

在联合体里曾经有很多非常有钱的人在他们那里工作，马赛克装饰师，他们给水电站、地铁站、豪华浴室和私人游泳池的建筑做装饰。他们全世界到处走，既有钱又需要外币。

谁能怀疑老太太拉诺奇卡会倒卖外汇，就说是在公用电话亭里捡到了这笔钱，就完了。有人把包挂在钩子上，里面只有美元，没有任何证件。

按照这个想法，这种丢三落四的人，弄丢这么多美元，完全可以搅拌到水泥里去（当时，用一桶液态混凝土浇灌是最普遍的一种执行死刑的方式）。

因此，拉诺奇卡就去了公用电话旁，在电话机旁边值了一个星期班。为以防万一她事先编了一个传奇故事，并表情严肃地站在那里，希望报亭的售货员和卖冰淇淋的人可以看到她。

顺便说一句，她们和拉诺奇卡都成了好朋友，毕竟，阿丽娜和叶伏格拉夫的房子所在地区的每个人，哪怕是和她交谈过一次的，都已经是朋友。

的确，根据法律，所有捡到的东西都归国家所有，给发现者一定的比例。但是马赛克装饰师们保持了沉默，他们拿了美元，偷偷再换成卢布。这种货币兑换可以让他们在集中营里度过七年时间。

于是这些美元就一点一点开始派上了用场。

# 我们妇女的委员会

阿丽娜最终在"我们妇女的委员会"找到了工作,这是一个国际组织。这个组织的编辑们,可以举个例子,曾经将卡拉什尼科夫突击步枪装在盒子里,交付给正在抗争中的安哥拉。

还有一名女工作人员也是在安哥拉,在穿越一片河流洪泛区沼泽地时(她肩上扛着一个装着武器的盒子)开始出现严重的腹痛。人们用叛乱分子的直升机,将委员会这个不幸的、不停呻吟的代表运到了医院,她被诊断是宫外孕!这在军医院还是头一次。

阿丽娜被分到委员会的节度部担任翻译。

她已经通过了所有考试,通过了论文答辩并拿到了毕业证书。当然也并非没有绿色肖像①的帮助……她生活中的一切都稳定了下来,唯一缺少的就是男人。

在妇女委员会,她们都担任着负有一定责任的职务,所以也不能屈尊于普通工作人员。

而且,阿丽娜将头发随便盘成个球,也不化妆,穿着最令人悲伤的大长裙子,而脚穿的是苏联的便鞋,或在冬天穿着仿照军鞋缝制的苏联样式的靴子。但无论在下雨天还是在冬天的泥泞中,都很方便,把脚从

---

① 指美元。

靴子里拿出来，一切都是干爽的。靴子放在暖气边上不知不觉就干了，侧着放。

而且事实证明，阿丽娜除了爷地语之外还了解伊尔都语，除了这些，还懂英语、法语和斯拉夫兄弟的语言，她一直被拉去参加谈判，并且大家还为她的外表感到自豪。简朴的苏联劳动者形象！

捷列什科娃[①]本人就是这样的，苏联最好的女性，纺织女工，宇航员。他们给她剪了头发、做了波浪，给她换了衣服，把她打扮得外表看上去有了欧洲人的风格，但是无法重塑她的手臂和颧骨，还有先天缺乏的面部表情，当然还有说话的声音。

在这样的特权国际组织里每周给发一次订购商品：匈牙利的绿豌豆、保加利亚的莱索腌菜、波兰的腌制黄瓜、300克苏联奶酪、两包"纪念日"饼干、一千克的荞麦和两罐原汁粉红色鲑鱼。

也就是说，一家人的生活很美好。房子里时不时还会有节日的气氛。

而且星期六也会有带着鲜花、甜葡萄酒和蛋糕的女士到来，男人们带什么人所共知。

拉诺奇卡甚至还抱怨那些曾和她在艺术联合体一起工作过的女友人们，她们总是随便找个借口，就带着同样的礼物来拜访叶伏格拉夫。叶伏格拉夫一直在喝酒，可是他不能喝酒，拉诺奇卡在电话里反复说，不要带。

而且她还得准备下酒菜。她准备烤土豆和洋葱馅儿的馅饼。

年幼的家庭成员趁机一顿吃，吃得直到星期一都不会饿。

但是阿丽娜一直在担心。担心老谢尔盖会出现。

他可能已经死了，但她不时从贸易代表处的前同事那里得到一些信

---

① 瓦莲京娜·弗拉基米罗夫娜·捷列什科娃，世界第一名女航天员，苏联英雄，苏联空军少将，人类历史上进入太空的第一位女性。

息（他们都炖在同一锅外交汤里，所以有些东西就传到了我们妇女的委员会），都是关于那两艘消失的货船的。说船上运的大量的铜废料是用于建造克里斯托弗·哥伦布的塑像的（这是苏联国家送给某些不感兴趣的拉丁美洲人的礼物），而且保险费劳埃德已经赔偿了，这一保险事件至今仍在核实中。巨额款项也不知所踪。

# 可怕的电话

直到有一天,她手机接到一个陌生电话——白驹过隙,已经到了21世纪。

一个男人的声音,完全是黑帮成员的声音,说:"是马丽娅·谢尔佐娃吗?"

"是……不。您打错了。"

"不,他妈的,我没说错。你是阿丽娜吧?"

"你想干什么?"她说,也转用相同的语调。

"我们想了解一下谢尔盖·伊万诺维奇·谢尔佐夫儿子的情况。"

"了解了又怎么样?怎么,他还活着吗?不是在那个运铜船上淹死了吗?"

"我们想给他付学费,明白吗?他快十七岁了。这样他就不用服兵役了。那可就等于蹲监狱。"

"你很了解啊?"阿丽娜心跳加快,反驳道。

"他中学毕业了吗?"

"快毕业了。英文学校。"

"会说吗?"

"完美。"不知道阿丽娜为什么要吹牛。

"简而言之,会有人给他发去蒙特加斯科的邀请。"

"啊！很多人都躲在那里？"

"这不关你的事。我们可以让谢尔盖·谢尔盖耶维奇·谢尔佐夫在英国接受教育。"

"你是谁？"

"我？我是律师。请记住，用别人的护照住在别人房子里对您来说并不安全。当谢尔盖·谢尔盖耶维奇·谢尔佐夫前往蒙特加斯科时，他的住宅就要被卖掉，钱要转入我们指定的账户。"

"他回来去哪儿？"

"他不会回去的。"

"他会被搅拌在一桶液态混凝土中，并且沉入海底吧？"

"你这只母狗，这样的舌头应该割掉，免得说废话。"

"当然，在他已被官方宣布死亡的父亲给我打电话之前，谢尔盖哪儿都不会去。"

"阿丽娜，咱们认真谈谈吧。谢尔盖·谢尔盖耶维奇·谢尔佐夫的父亲是在昏迷中被渔民从海里捞上来的，他在一个岛上生活了很长时间，关于这些他从来没说过。然后他辗转去了拉丁美洲一个国家，在那里获得了一笔财富。"

"是的，是劳埃德的那份保险。"

"这都是神话。谢尔盖·伊万诺维奇不想返回自己的居住国。"

"哦，这里有人已经等他很久了。"阿丽娜出乎意料地开玩笑说，"两个抬担架，一个带铲子。"

阿丽娜借用了谢尔盖的一句话。那怎么办，和狼一起生活，就得像狼一样嚎叫。这些话说了三年，那三年就像服苦役一样。就是坐牢。

律师回答她说："所有这些都由我们操控。"

"是的，很久没有人给我打电话了。"

"从另一个世界打不了电话。"律师很开心地说。

"还有，你觉得我会把儿子送给这样的父亲吗？"

"他不是您的儿子。他很快就会了解到这一点。他将自己一个人管理他房子的钱。而且每个男孩儿都想知道自己的父亲是谁，这一点您想好。不要让事情的结果发展成我们都不想要的。而第二个谢尔盖·谢尔佐夫，冒充的那个，如果您反对，我们就把他送到某加盟共和国的农村去，送山里去，送地下室去做奴隶。在那里他将被阉割并卖给男人们。这些我们都可以安排。"

电话就此中断。阿丽娜终于坐了下来。

两个小谢尔盖都梦想着知道自己的父亲是谁，这是事实。而且这些威胁也是真实的。

但不是在蒙特加斯科。可以在到达当天就报警。说有人正在准备绑架一个人。

第二天，她找熟人进行了询问，而所谓的熟人不是一般人，是以前"我们妇女的委员会"的。

他们都推荐说蒙特加斯科是一个拥有极其严厉而周密的警察制度的国家。

来自外交部的一位熟人的熟人说，谢尔盖·伊万诺维奇·谢尔佐夫住在那里是当地机构的一个错误，现在已经无法弥补。

他是作为苏联恐怖的受害者而出现在那个国家的，他是跳入公海并在无意识状态下在那里被渔民救上来的，他为什么跳海，因为在苏联，他受到古拉格（苏联劳动改造营管理总局）的威胁（全世界都知道的词）。

于是不知为什么他就漂泊到远离公海的蒙特加斯科，到了那儿就一直在忙活着，直到他娶了蒙特加斯科的公民，而且是一位出身世袭贵族家庭的俄罗斯人，这个家族的继承人在可怕的 1918 年从克里米亚逃到了土耳其，从那里逃到了南斯拉夫，又从南斯拉夫逃到了比利时，最后到了蒙特加斯科就剩下一个三十岁左右的年轻女人带着一个孩子了。

与蒙特加斯科公民结婚后，我们的这位谢尔盖在三年后获得了临时公民身份，并购买了半公顷的庄园，带一栋别墅和一间门卫室。

然后这位红色恐怖的受害者从他的现任妻子那里得知，他需要收养她的儿子。这样，在庄园的主人离世后，遗产就可以不归国家所有，而是归继承人所有。根据蒙特加斯科法律，继承人只能是孩子，而不是配偶。

俄罗斯对谢尔盖回国抱有兴趣的人最终是白忙活，因为根据蒙特加斯科的法律，作为红色恐怖的受害者，他不能被引渡到任何其他国家。

这项法律还是在 1920 年通过的，当时所有的人都从俄罗斯逃跑了——随便往哪儿。

所有被认为有白色倾向的人都逃掉了：贵族、医生、教授、军官、律师、哲学家、银行家、艺术家、作家、作曲家、歌唱家和商人。都是一个国家最优秀的人。契诃夫戏剧中的所有角色。他们离开自己的国家是因为害怕被枪毙。

阿丽娜的高祖父是科斯特罗马中学的督学①，他被带走就再也没有回来。但她还了解到，在蒙特加斯科，谢尔盖是受到监视的。警察局和检察院监视着他所有与外界的联系和他巨大的资本的去向。

这是外交部的人对"我们妇女的委员会"的阿丽娜的女友人说的。也就是说，孩子们在那里会很安全。

而这里，在俄罗斯，谢尔盖的那些狐朋狗友，如果不服从他们的话，他们就会把孩子偷走，房子也将被抢走。

第二天晚上，她告诉小伙子们，说他们的父亲终于（未指定谁）想见他的儿子了，他住在蒙特加斯科，还有就是他计划把他儿子送到英国

---

① 沙俄时代领导某一地区范围内教育等机关的官吏。

去读书。

她问谁想去。

"哦,我们俩都去,"瓦夏说,"我们就说我们是双胞胎,我们不能分开。"

"但是邀请函只有一份。"

简而言之,近期,邮箱中没见到邀请函。

不久,那个自称律师的人又打来电话。

"不,没有收到您那里寄来的任何东西,"阿丽娜说,"您真是的。"显然,她的讽刺语气让经验丰富的对方相信了她的话。

邀请终于到了。奥西亚将它恭恭敬敬地拿给母亲。

过了一段时间,两个谢尔盖就开始收拾,让母亲给他们买好背包、背心和短裤。

"好吧,"她说,"为什么你们两个都去呢?"

"可是我们从邮箱里只掏出一份邀请函。"他们又等了等,一旦第二份邀请也来呢。

他们俩都已经很清楚自己在妇产医院的历史,只是他们不想知道谁是谁。没有必要。有妈妈,有叶伏格拉夫外公、拉诺奇卡外婆就足够了。

而且,妈妈正式更改了她的名字、姓氏和父称,成为谢尔佐娃·马·瓦对她更方便些。他们还换了毕业证。但妈妈还是妈妈。

## 蒙特加斯科的客人

司机科利亚把他们两个带到了别墅。于是,他们就握手问候,主人惊呆了,没想到来了俩,他问:"我们认识认识吧。嗯。等的是一个,却来了两个。你们俩谁是谢尔盖·谢尔盖耶维奇·谢尔佐夫?"

其中一个说:"我们俩都是。"然后他们俩像傻瓜一样大笑起来。

主人说:"我没听懂你们的幽默笑话。"

然后他们摆弄着,笑着给他拿出自己的护照,交给他。主人的脸上肌肉凸起,紧咬着牙。把护照看完还给他们,说:"你们在这跟我开什么玩笑?要我报警吗?哪儿来的双胞胎?这是什么,欺诈吗?"

他们默不作声,不知如何是好。

主人是个很酷的男人,以前对付的可不是他们这样的人,科利亚偶尔见到过,但他却没有和任何人说过。

"所以你们才写信说没有收到邀请函,让我发第二封信是吗?骗我是吗?"

他们沉默着,目瞪口呆。

"说吧,你们谁是我的儿子?我是很认真地问你们的,你们不知道我在这里的势力有多强大。到时候有你们的苦头吃,他们最终会被挖出来的。怎么的,我给他们打电话?"

"您为什么非要知道哪个是您儿子?"其中一个问。

"为什么，这是我的事。还有其他问题吗？"

"如果真相查不出来怎么办？我们自己也不知道。而且妈妈也不知道。"

"哪儿来的什么'妈妈'？"这时候他开始骂人了，"我儿子的母亲是玛莎·瓦列里耶夫娜，生孩子的时候就死了！就是这样！她才是我的妻子！而这个'妈妈'，又是从哪里蹦出来的？她现在叫什么名字？"

"玛莎·瓦列里耶夫娜……"

"她对你们就是骗子，而不是玛莎·瓦列里耶夫娜！我把她埋在了地下！还立了一个墓碑！"

他们又沉默了。

"这……这个。"主人艰难地说。听得出，他多么渴望了解真相。但他也不着急了。

"饿吗？"

"谢谢，不饿。"一个说。

"喝点儿茶？"

这回他找对了路。科利亚明白了，也明白了喝哪种茶。他们互相看了对方一眼。

"可以。"还是刚才那个回答说。

"先坐下吧。"

他们看了看对方，坐下了。

一个男孩儿回答的时候，另一个则保持沉默。科利亚确定，第二个应该是他们当中的主要人物。主要人物的区别就是沉默。他们总是在等，不会马上亮出自己底牌的。第一个回答的就是个跑堂的。

加莉娜就是这么说的。她是最聪明的女人。

主人拨打了一个内部电话。

"嗯，加莉娜，喝点儿巴比伦茶……"

然后对他俩说：

"你们要饼干吗？"

"不，谢谢。"跑堂的那个回答说。

"很好吃的饼干，也是巴比伦的。"

"啊，那好吧。"

"是按照一个古老的配方做的，里面加了辛辣肉桂皮和阿木柿波拉根。"

他们同意了。

# 偷 听

  他们吃了这种饼干，带肉桂味的，很普通的那种。
  但为什么是他们俩呢？这让加莉娜无法忍受。主人正等着的是一个儿子，太太急匆匆去了伦敦，就是不想看到他幸灾乐祸，认为不仅她有儿子。他在这个世界上也有亲人。不仅只有那两个日本女人。她们总是带着移动式浴缸和木桶，来给他用半天的时间洗浴，然后在浴室里和他嘻嘻哈哈，而他则是扯着嗓子开怀大笑。
  他们这到底是什么家庭生活？
  太太随时都会提出离婚，要求分得一半财产，甚至更多。
  让她不快的是，他总打她的眼睛。然后就清楚了，为什么又是叫警察，又是叫救护车了，这些我们已经从邻居那里知道了。
  那个网球运动员的妻子，因颧骨骨裂的事实挣了一千万，他还被禁止出现在她周围一公里内，但是他需要离她近吗？后面就是离婚。又是一个亿！
  加莉娜去了厨房。他们在那儿说的话，她都听得见。
  "为什么你们是两个人，还有你们俩谁是谁啊？"主人说。
  "谁是谁？"他重复了一遍，仿佛在微笑。但是他的龇牙微笑里并没有什么好意。这点加莉娜了解。
  这时有人笑出了声来。是他俩在笑吗？

主人当时就愤怒了。他的椅子吱吱作响。

"说吧。你们当中谁是谢尔盖·谢尔盖耶维奇·谢尔佐夫?"

一个小伙子笑着回答:"我们俩都是谢尔盖·谢尔盖耶维奇·谢尔佐夫。同一天出生。"

另一个说:"肥皂!"

"什么?我没听懂。"这是主人在问。

"就是,肥皂剧。情节是关于被调换的孩子。"

"好吧。"椅子又一阵吱吱作响。"关于被调换的。这事我们以后会弄清楚的。那你们的'妈妈'是谁?"

"我们的母亲是马丽娅·谢尔佐娃。外交官瓦列里·伊万诺维奇·多利宁和塔玛拉·格纳季耶夫娜的女儿。我们的外婆从她母亲的血统说就是格奥尔加泽公主。"

"她现在住哪里?你们的'妈妈'。"主人这时候简直就要跳起来了。椅子几乎都要塌了。

"就住在我们大家住的地方。您知道我们的地址。"

"马丽娅·谢尔佐娃,你们要知道,是我亲自把她埋葬的,我把沙子填在了她的棺木上的!"

"这我们知道。"

"而我的孩子被阿丽娜偷走了!骗子!混账!把孩子弄走了!阿丽娜·列奇金娜!现在用别人的护照在生活吗?好吧,等着坐牢吧。我会努力的。这不是已经有些东西浮出水面了吗。你们那什么,给我再看看你们的护照。"

有人开始走动。主人屁股下的椅子在咯吱咯吱地尖叫。

"嗯嗯……两本护照全一样。有意思。这是伪造的!假护照!你们会被关起来的!制作假证件!"

"不会的,不是假的。我们连生日摘录都有。出生证明里的。"

主人说:"护照我们先拿着。"

"但是你没有权利……"

"我知道我有什么和没有什么。不,吃这个必须喝茶。我的嘴都干了。加莉娜!"

加莉娜立即从厨房做出了回应,来到了厅里。

"加莉娜,给我们弄点儿俄罗斯茶,用心点儿。就喝我的茶!蓝色盒子里的!还有那种饼干。给我就来一杯牛奶吧。"

加莉娜知道"俄罗斯茶"是什么意思。

她把蓝色的盒子放在托盘上,又放一杯农场牛奶,专门放了日式杯子和碟子,还有古老的勺子,一个带徽标的银糖罐,一个同样的整套中的牛奶罐。她把茶送进来,像夫人教的那样,放在手推车上,一切都很精美,茶具是女主人亲自从意大利的佩内市带回来的。

餐巾是亚麻的,真正的沃洛格达亚麻。这是库斯托迪耶夫在图拉的一家纪念品商店里买回来的。

主人对这两个孩子说:"把你们的手机也给我。"

"为什么?"

"因为什么我说了!"

"不……我们不能把手机交给您。一旦有事儿呢。"

"哦,那好吧。加莉娜,"她正好把所有东西都摆在了桌子上,"你下去吧。"

加莉娜小心翼翼地下去了,没有发出任何响动,从后门出了屋子的后院,在灌木丛后面趴了下去,然后爬进了自己的那个透风口,双膝跪在一个垫子上。

这个隐蔽之处,加莉娜已经明白了,是有人为之前的房主专门想出来的,从这里可以清晰地听见卧室、洗手间和餐厅里发生了什么。杂物间和厨房没有进入监听区域。

由于现在只有两个人、两间卧室，于是库斯托迪耶夫晚上就可以随便听他们打电话，但是夫人不讲俄语，而主人只有骂人的时候说话声音才大。说正事的时候声音很小，而且还遮住嘴……

只有一次主人打电话的时候没有躲躲藏藏，而是大喊大叫，使得站在厨房里的库斯托迪耶夫全都听见了。他获得了国籍，原来如此。

"你怎么了……彻底聋了吗？我在这里获得了国籍！……什么？国籍！……你可要知道，多少……"接下来就变成了小声，"但这完全是我们之间的事情。现在……她什么都……得不到……和她的奇葩儿子！……只有我的亲生儿子才有权利！只有……他！是的，她会在我之前蹬腿儿的，哈哈哈，我有一个人儿（耳语）。后来我又通过朋友找到了两个，把他们叫来了，这俩就拼命诋毁那个，我就明白了：这是一个能……能力的象征啊，就是说，他比我们项目中的所有人都厉害。我还从节度叫过来一个，但是他了解了一切就立即消失了。我一步也不能从这里离开，我的这些……列入了国际刑警……我在这也很好。从来没有梦见过白桦树。我本人来自克拉斯诺达尔，那里一……都不长！我不会留遗嘱的，所有的一切都将归我儿子所有。而不是归她。如果她不……这段时间。都归我的谢尔盖·谢尔盖耶维奇·谢尔佐夫，我曾经在他失去了妈妈后在襁褓中抚养过他，他妈妈死了，我晚上就没睡过好觉……我无法相信，该死的，这些遗传……据称化验，用棉签从脸颊上取，这是什么？只有血液才能说出真相。必须取血，然后就清楚了。"

但是那段对话是在很久以前的了，那以后加莉娜就开始制定长远规划，算计着她和科利亚十年能赚多少钱。

现在，库斯托迪耶夫从自己的密室非常专心地听着客厅里的沙沙声和说话的声音。

一片安静。喝茶呢。

马上，几分钟之后，将会发生一些事情。

果然。哐当一声,接着又是一声。

两人都倒下了。两个小伙子都喝了这种安眠药。

"科利亚!(主人在电话里对丈夫说,声音很小。)进来一下。那把锋利的刀还在吗?就那把折叠的。怎么会没有?好吧,无所谓,进来。我还是在莫斯科给你买的,让你放车里……有刀子还能判刑啊?你这个蠢货。算了。我等着呢。"

加莉娜也在等待。

有人开始走动。是科利亚。科利亚现在正在被他利用,让他摊上诉讼案。怎么办。该怎么办。

"这样,科利亚,你去厨房,在抽屉里,你家河马旁边,看见河马了吗?有一把锋利的小刀……切肉的那个,好像是。你站着干什么?哼哼什么?吓傻了?这样……好吧,这个不能在这儿弄。我们把他们弄到草坪上去。你抓住腿……走。像大象一样沉,和我一个品种。而外表看很瘦。他生下来就瘦弱。小不点儿,母亲生病,生了孩子就死了。我很可怜她,虽然我爱着别人。唉,也算不上什么爱!我把所有的钱都花在了她身上,她也不客气。今天要钱还债,明天要钱打车。"

再后来就听不见了,跺跺脚就走了。

科利亚已经被牵扯进来了,肯定不会有好事。打电话报警,他就会被作为同谋抓起来。还有我也是间接的同谋。我们必须离开。加莉娜坐在那儿,似乎石化了。他们将被捕入狱,安吉尔卡将被交给养父母。要不我就说,我当时在家洗衣服。我什么都不知道。我什么都没看见,也没听见。

必须跑。但她没动。

啊,又回来了,两个身体沉重的男人。

科利亚在这里一日三餐,又喝啤酒,都开始发福了。而我像服苦役,像在路边的小餐馆打工一样,从早上忙活到早上。她想的不是这些,但是怨恨好像使一切都黯然失色了。

买现成的食品对我们来说有些贵。这里所有的女主人都什么也不干，没有一个做饭的，把袋子从冰箱放进微波炉就完事了。或者，像丽姆卡说的，如果是独身女人，冰箱里只有水。所以都很瘦。

主人的声音："哦，太沉了……长大了！……"

"嘎"地叫了一声，然后就是迈步的声音。

完了。科利亚肯定判刑了。应该爬出去，做点什么，但没有力气。她麻木了。

加莉娜勉强从隐蔽处钻了出来。她踉跄地登上台阶走进客厅。

走到客厅，从门帘后向外瞄了一眼，一目了然：下面，草坪上躺着两具"尸体"。绿色的草，黑色的头发，白色衬衫。白色的胳膊，叉开的双腿。和死人的一样。

啊，他们在门口把鞋脱了。

上帝啊。上帝。

傻瓜科利亚和拿着刀的主人站在他们的面前。她抽屉里最大的那把刀。切肉用的。正是那把。

主人把刀递给傻瓜科利亚，并对他说着什么。朝他大吼着。科利亚看着一边。摇着他那又大又笨的头。

他已经被粘上了，抬他们了，两具"尸体"。牢房已经在向他招手了。

主人大吼着，指着门帘后的加莉娜。加莉娜赶紧跑开了，蹲到了沙发后面，缩成一团。

科利亚回到客厅里踱着步，用什么东西敲击着玻璃的叮叮咣咣的声音往外走。

加莉娜又回来，站在门帘后面，继续看，需要了解一切动向。

科利亚朝主人递过去三个高脚杯。主人大吼着，再次指着加莉娜的方向。其实指的是客厅的窗户方向。

还得再藏一遍,加莉娜在沙发后面缩成个球,科利亚走了过去,磕磕碰碰弄得玻璃叮当作响,再一次叮叮咣咣地走了下去,库斯托迪耶夫跳了起来,站回了门帘后面自己的位置上。

科利亚递给主人三个高脚杯——红的、蓝的和白的。

主人点点头,拿起酒杯,放在草地上。要干什么呢?

他把刀朝科利亚伸过去。科利亚笨拙地摇着头,看着另一个方向。画了个十字?这是什么意思?

主人还在骂着人,好像嘴里嚼着什么硬东西。然后他吐了口痰,朝其中一个小伙子弯下腰,加莉娜什么也看不见,只能看见主人的后背,他做着细小的动作,拿刀的那个胳膊肘几乎不动。他在割小伙子的手指。他抓起一个白色高脚杯,将其倾斜一个角度,很努力的样子,看起来全身都很紧张。好像他割开了小伙子的手指,在往外挤血?

科利亚往那边看了一眼,一下子就倒下了。昏了过去。

这说明他们在那里做的真的和她想的一样。

科利亚说过,在部队给他采血时,他都是把头转过去,否则就会像在征兵办那样失去知觉。因为他一见血就倒,征兵办的医生就把他作为头有疾病的病人分配到了建筑营地。

主人摇了摇他那剃光了的头。看来,收获甚微。他挥了挥拿刀的手,好像已经下定了决心。他握住那个男孩的手,把手拉到一边(加莉娜可以清晰地看到一切),顺着褶皱把手切开了,然后立即把高脚杯倾斜过来。他把它装满,然后又跪着挪到另一个小伙子跟前,拿起一个蓝色的高脚杯,再一次动了刀子。

而库斯托迪耶夫已经冲向了自己的房子,在电话上拨了警察局的号码。拨了号,说了地址,大喊了一声:"这里杀人了!"然后挂断了电话。

275

她从抽屉里掏出了院门的遥控器。抓起自行车，推着自行车像憋了尿似的奔向大门口。她打开门。

这时候一个老太太从她和自行车旁边挤了过去，进了院子里。进到了主人别墅的禁区。

库斯托迪耶夫用强悍的手抓住了老太太外套的衣领。用另外五个手指紧握着自行车的车把。

因此，她犯了一个错，老太太的外套在她的手里，另一只手还得抓着自行车，尽管她也用她坚硬的膝盖支撑着。

而没了外套的老太太，穿着一件白色的背心，已经朝房子飞奔而去。

加莉娜心里用又长又拐弯的图拉话一顿骂。小心地将这辆昂贵的自行车放在小路上，就开始朝老太太追过去，但是！他们好像就在拐角处值班似的，警车的警笛已经在门口叫起来了。加莉娜转过身，用遥控器打开了大门。

然后，瞬间扶起自行车蹿了上去，在警车前面一边骑，一边用手示意着方向。

简直就像德拉克洛瓦的油画《自由引导人民》一样（库斯托迪耶夫研究了主人所有艺术方面的书籍，在里面寻找像她这样的人。这样的人实在是多如牛毛，例如鲁本斯笔下或德拉克洛瓦的笔下的露出乳房的那种）。

其实警察是接到她打的电话之后才来的！

加莉娜已经想好自己要说的话了。

蒙特加斯科语中"这是我的主意？想法？思想？给你们打电话"怎么说。还有"我害怕手拿刀子的主人，如果干涉，他会杀了我"。

只是傻瓜科利利亚可千万别提前醒过来！

加莉娜又一次开始骂人，反正他们都坐在车里，俄语也狗屁不通。

当警察从车里钻出来时（他们是俩人，后面还有一辆救护车，医生和抬担架的卫生员也从救护车里爬了出来），草坪上的情景令人心惊胆战。

凶手手里拿着刀，跪在三个浑身是血的"尸体"前。血腥的杀手！

相机啪啪作响。哪儿来的记者呢？

一个穿着染上了血的背心的老太太跪在地上，把一个"尸体"的头紧贴着自己的心脏。她抬起头，开始朝手拿刀子的凶手挥动着拳头。她用一种能听懂的语言尖叫着。

顺便说一句，她大喊大叫的就是（库斯托迪耶夫立即翻译给向她伸出相机的记者）："他们的心脏还在跳！没杀死，你这个畜生！该死的恶棍！"

警察行动迅速，带着刀的男人和老太太都被戴上了手铐。

他们还想给库斯托迪耶夫也戴上，但她往前伸了一下诺基亚手机并大喊："是我给警察打的电话！"

然后，她整理了一下发型、挑了挑眉毛，又噘了噘嘴（好像嘴唇打了气一样，但其实只是个理想），小声地告诉记者，"这个老太太（用蒙特加斯科语是'不年轻的妇女'）是刚跑过来的！她没有犯罪！"

他们都拍了下来。

"我在这里做园丁。这是我被害的丈夫，他是司机。"她走到他身旁，跪下，弯下腰，准备号啕大哭。

此时，"被杀死"的丈夫睁开了眼睛，微微抬起头，库斯托迪耶夫小声骂了一句："躺下，闭上眼睛，你这个傻瓜！"他回到了原来的姿势，眯上了眼睛。

警察们把惊呆了的、穿着浑身是血的背心的主人拉起来，带到车上。他们找到了凶器并拍了半天的照片，这是一把巨大的令人恐惧的大刀，然后用塑料膜包起来带走了。

医生在三具"尸体"身上忙活了半天。他们惊讶了很久，因为"死

277

者"的心电图都很好,一个"死者"甚至还睁开了眼睛,还从担架上向电视记者挥手呢。

"傻子!"一个外貌娇好的、长得像鲁本斯画中人物的园丁用外语向他喊道,她不久后就成了电视新闻工作者晚上报道的主要人物,她的照片也出现在每份早报上:她就是那个避免了一场命案的人!

凶手没有足够的时间杀死受害者!

至于那个老太太,她平静地摘下了对她来说太大的手铐(警察没有带儿童手铐,蒙特加斯科可能没有这种手铐,这是一个和平的小国家,那里每个孩子都是国家的财富)。

她首先用俄语,然后用蒙特加斯科语声明道:"这是个错误!这是我的外孙子!我是从莫斯科飞过来的!"

她说得很好,但是听不懂。也就是说,很明显这是蒙特加斯科语,但是蒙特加斯科语里却没有这些词汇。

加莉娜对媒体说的是同样的内容,就一切正常。

他们都记了下来,然后还出席了对老太太、凶手和漂亮的园丁的审讯,就是差点儿被凶手吓死的那个司机的老婆。

早上的报纸上还有一个俄罗斯公民拉诺奇卡的故事,她收养了两个外孙子,他们是"异卵双胞胎",但不是亲兄弟,根本不是兄弟。事实就是这样,然后她担心他们到蒙特加斯科拜访一个俄罗斯黑手党的代表会不会有什么事,这人曾经是"双胞胎"中一个孩子的父亲(但不是两个!这是俄罗斯的某种遗传特征!)。

在离开犯罪现场之前,加莉娜锁上了别墅、车库、她的房子和院门。然后将钥匙串藏到包里,英雄般地离开去向警察作证了。她在那里号啕大哭,说她没有时间,她要在开始说话之前先把女儿从学校接回来。

如果不行,那么至少要先审讯司机,他是安吉尔卡的父亲,既然他已经醒过来了。他在犯罪过程中一直处于昏迷状态在那躺着。他根本什么都没看见，什么也不知道。所以应该马上将他释放，以便他可以去接安吉尔卡放学回家。

实际上，审讯未能快速进行，需要叫来一个俄语——蒙特加斯科语的正式翻译。而他是独自一人在这个国家，此时他正在遥远的城市谢尔普霍夫度假，那里有原始密林和四处游荡的北极熊。

结果（蒙特加斯科的法律很严厉），警察从学校把孩子接走了，送到了第二次世界大战以来一直空着的儿童收容所，以便在她母亲和父亲都被捕的情况下，将她交给一个寄养家庭。

在儿童收容所里，警察问了小女孩儿，她想要吃什么午餐，应她的要求，他们把可怜的女孩儿带到了令人毛骨悚然的麦当劳（为美国和中国游客准备的，原住民从来没去过那儿，担心脂肪和盐分太多，这会导致加速无法治愈的肥胖症），然后，在不幸的孩子的要求下，他们将孩子带到了邻近国家的迪士尼乐园，在那里安吉尔卡在游乐设施上玩儿得很忘情。

而且小美女全程都有记者陪伴，记者甚至还拍了一个有关这个"小乞丐"的片子。

晚上电视台播出了片子，第二天早上就有四十个家庭表达了想要收养她的意愿，然后让她去欧洲最好的大学接受教育。

在这疯狂的一天的傍晚时分，翻译从谢尔普霍夫飞到了蒙特加斯科，女孩儿的父亲被提审，并且因涉嫌同谋而被留在了警察局收容所（送了刀，帮助抬了"尸体"）。

科利亚说他什么都不知道，主人命他给他一把小折叠刀，主人很久以前就给他买了那把刀。还是在莫斯科的时候！在那儿，像报纸上写的，熊四处游荡，还有全是永久冻土的克里姆林宫！

科利亚没有把折叠刀给他，说刀被他弄丢了。"而刀现在仍然在手套箱中。你们可以去检查，我没有给他。"于是主人命令给他一把大的锋利的刀。而这个时候两个小伙子已经躺在客厅的地板上了。他以为他们是坐飞机太疲倦了。

以前主人的客人就是这样，坐飞机过来，和他一起吃过午饭，喝他蓝色盒子里的茶，然后就躺着，仿佛是在睡觉。

而且还需要把他们送到酒店，再抱到房间里，有时特别重，一个人弄不动，酒店那里的仆人经常帮忙将客人从车里抱出来。"你们也可以去找他们对质，他们会确认这一点。那些客人都是一百多千克。"

或者主人有一种安眠茶，就是蓝色盒子里的那个，能把人喝得四蹄朝天（翻译成了"蹄"）。

而且主人总是（翻译成"经常"）要把沉睡客人的电话掏出来进行检查，抄下很多电话号码和姓名。

所以司机心想，一切都会像以往一样（翻译成"依照惯例，像经常发生的那样"）。

所以司机心想，需要把这俩孩子从屋里抬到草坪上去，让他们呼吸一下新鲜空气。他们可能会感觉好些。

这是有效期为半天的安眠药。

可是然后，当司机看到主人开始干什么，并且开始流血的时候，他就什么都不记得了。他看到血就眩晕，他就会失去知觉，在征兵办的时候被发现的。翻译把"征兵办"用"军事总部"替代了。所以才把他弄到建设营了（从谢尔普霍夫来的翻译认为不可译，所以漏过了这句话）。

经过审问后，司机被暂时关在收容所。

最新型的测谎仪（带三个普通的灯泡代表："假""真"和"半真"）亮起了"真"。

在审讯期间，加莉娜一直痛哭流涕，并且就凶手和她都干了什么的问题所答非所问，还提起了有关精子的事，并进行了新的化验。

"真"灯泡此时亮起。

在她和司机之后,警察对主人进行了审讯。

谢尔普霍夫的翻译有些吃不消,从只喝俄罗斯伏特加的原始密林飞过来,省略了凶手不可译的骂人话,竭尽全力地叙述出了以下的故事:

"我呢!本来是想做血液化验!好知道谁是谁[①]。他们俩当中谁是我的儿子!为什么是他们两个,我根本听不明白!为什么来的是他们两个!我发的是一个邀请,但是发了两次!就是这样!可是我不知道怎么化验!怎么取血!是我的司机建议我这样做,并给我带来的这把刀!为此,他还建议把两个小伙子抬到草坪上去!然后他就自己把他们抱了过去!把他们的静脉割开了!然后他摔倒了!(谢尔普霍夫的翻译犹豫了一下,未能找到正确的词,试了半天劲挤出了个'阳痿'。调查人员的脸保持着没有受到干扰的表情,但还是以某种方式一致地抽搐了一下。说明这里还有和躺着的男孩发生性关系的问题吗?)我就采血了!只是采血!好拿去化验!所以我浑身是血!我不相信那些用于基因化验的棉签。只有鲜血才能说出真相。"

测谎仪亮起了"假"灯泡。

审问后,警方给蒙特加斯科说俄语的公民发了寝具、睡衣、同样的帽子、拖鞋(全是带条纹的)和一张 Wi-Fi 数据卡。他们把他带到一个有两个房间的牢房。

但是很快凶手就接受了下一次审讯,是针对第二起案件,处理的是和加莉娜相关的材料。

他被带过来的时候已经穿着满身条纹的制服,在监狱里传统的五点钟下午茶之后(蒙特加斯科受英国女王管辖)。

---

[①] 原文中"谁"使用英文单词"Who"。

犯人提供了证词：

"是她自己邀请我到她家去的，房子是我给他们的，其他仆人都是在郊区租一间棚屋（翻译说是一个单独的窝棚），我以此已经向她提供了一切！后来，我从她那走的时候，就没有付给她钱，又怎么了。我和她……她是愿意的（翻译为'对她做了一些不太体面的事情'）。然后她就揪头上的头发，用头撞地板，开始威胁我让我给她钱和买房子。我拒绝并离开了。然后她就叫来了警察。"

测谎仪的"假"灯泡亮了。

不幸、被羞辱和无罪的加莉娜被送上了警车，在摩托车队的护送下，她、她的女儿和丈夫被送到了蒙特加斯科最昂贵的酒店（当地人称其为"阿联酋旅社"），全部由总统埋单。这个事件登上了当地电视新闻和所有晚报（两家）。——理解，大选即将来临。

阿丽娜从俄罗斯飞过来，她的车由警察的摩托车队护送，还有记者车队。

这个国家已经很久没有发生过类似的事件了！俄罗斯黑手党的受害者！护照资料相同的非亲生双胞胎！

婴儿调包，世纪犯罪！

先是阿丽娜被审问，然后是所有人：醒来的两个谢尔盖、拉诺奇卡（为了不替叶伏格拉夫担心，把他交给了一个不喝酒的女友人照顾，并指示不要让任何妇女带酒和蛋糕过去），也包括一家之主阿丽娜本人，都被安顿在司机科利亚一家已经入住的那家酒店里，酒店的大厅里有很多穿着拖地长袍、戴着白色头巾加头箍的大胡子黑发男性，站在大厅交谈着。并戴着配有钻石表链的瑞士手表。

正如一位睿智的演讲家所说，继续努力，未来可期。

无论如何，在蒙特加斯科，许多人认为，将他们驱逐回祖国俄罗斯是残酷的，等于判死刑。

白熊招摇过市、莫斯科市中心的卢比扬卡的苏联集中营管理总局、永久冻土、无处不在且手眼通天的克格勃。执行死刑将自动导致犯罪分子的子女无法继承资本和财产。

儿子有两个，一个是亲生的，另一个实际是领养的。但是谁是谁，没人去深究。为了不使未成年人的心理受到伤害，也是应他们的要求。

然而，又出了一个难缠的事：司机科利亚的妻子在接受医生检查时发现自己竟然怀孕了，这需要进一步的研究，孩子是谁的。如果他是蒙特加斯科公民的后代，那么这个孩子就会被宣布为蒙特加斯科公民，拥有蒙特加斯科公民的所有权利。而且，根据最近通过的法律，这个未成年公民不能被其亲生母亲放弃，他的亲生母亲也将成为该国的公民。但这是在她能以无可指责的行为证明这一权利的情况下（接下来就对《圣经》和该国刑法中规定的所有罪恶进行了研究，并加上了整日泡在Instagram上晒婴儿照的罪恶！）。

女王万岁！